本书系教育部人文社会科学青年项目"北朝民族融合与文学互动"（17 YJCZH 233）、河南省高校科技创新人才（人文社科类）（2020-cx-023）、国家社会科学基金一般项目"鲜卑和汉文化互动与北朝文学演进研究"（23 BZW 046）阶段性成果。

北朝民族融合与文学互动

于涌 —— 著

National Fusion and
Literary Interaction
in the Northern Dynasty

广陵书社

图书在版编目（ＣＩＰ）数据

北朝民族融合与文学互动 / 于涌著. -- 扬州 ： 广陵书社，2023.10
　　ISBN 978-7-5554-2110-8

　　Ⅰ. ①北… Ⅱ. ①于… Ⅲ. ①少数民族文学－文学研究－中国－北朝时代 Ⅳ. ①I207.9

　　中国国家版本馆CIP数据核字(2023)第143501号

书　　名　北朝民族融合与文学互动
著　　者　于　涌
责任编辑　王　丹

出版发行　广陵书社
　　　　　扬州市四望亭路 2－4 号　　　　邮编　225001
　　　　　（0514）85228081（总编办）　　85228088（发行部）
　　　　　http://www.yzglpub.com　　E－mail:yzglss@163.com

印　　刷　无锡市海得印务有限公司
装　　订　无锡市西新印刷有限公司

开　　本　889 毫米 × 1194 毫米　1/32
印　　张　9.5
字　　数　196 千字
版　　次　2023 年 10 月第 1 版
印　　次　2023 年 10 月第 1 次印刷
标准书号　ISBN 978－7－5554－2110－8
定　　价　80.00 元

目　录

第一章　整合与延续
——五胡十六国的文化建构

第一节　"以教辅政"与五胡政权的文化整合

关于五胡政权与佛教之关系,通常都是站在佛教发展史的立场,从五胡政权对于佛教的崇尚入手,讨论其对佛教传播的促进作用。若转换思考的视角,考察佛教在弘法起信过程中,对五胡政权在政治整合、文化发展、思想建设等方面起到的作用,似能更加全面认识佛教与五胡政权之纠合及相互利用之关联,亦能看出五胡政权在文化建构、民族身份、价值认同等方面做出的诸多努力和得失所在。本节即以石赵、姚秦等政权为例,试图反映崇佛兴教在五胡政权文化建构中的作用与意义。

一、神异弘法与石赵政权对佛教的身份认同

早期佛教传入中国时,走的是上层传播路线,传播范围有限,加之教义深奥,理解困难,摄摩腾初至中土时,"大法初传,未有归信,故蕴其深解,无所宣述"[1]。可以说表达了此时僧人弘

---

[1] 〔南朝梁〕释慧皎撰,汤用彤校注,汤一玄整理:《高僧传》,中华书局1992年版,第1页。

法所面临的普遍困境,故而佛教初传之时,其弘法方式多依托于图谶、方技、道术。汉明帝时期,楚王英为浮屠斋戒祭祀,建武十三年(37)因造作图书有谋逆事,有司奏英招聚奸猾,造作图谶,大逆不道。此时浮屠初入,与中华诸神尚未有所区分,佛教因其倡灵验、宣神异,故与图谶不谋而合。

虽然谶纬与佛教之证验目的不同,图谶皆有其政治目的,而佛教乃出于建立信仰,但黄老与佛屠并称、以图谶方式弘法成为东汉以后一大趋势。佛教传入之初依附黄老道术、图谶之原因在于:其一,传播范围仅限于上层,于民众信仰层面尚未普遍建立;其二,佛教精微大义尚未在全面译经基础上得以深入研究,尚未形成固定的僧团组织;其三,黄老道术和图谶之神异与佛教有天然相通之处,在弘法起信上最见成效。加之东汉末年黄老思想渐趋抬头,佛教借此逐渐进入知识阶层的视野,并逐渐形成上层传播依黄老而格义、下层传播依神异而立信的基本弘法模式。在东汉谶纬及道家思想盛行的社会思潮下,安世高等人一方面"穷理尽性,自识缘业",另一方面表现出"多有神迹,世莫能量"的神异特质,[1]在精研佛理的同时,以神异的方式在下层宣扬佛教。至三国时期,魏昙柯迦罗"善学《四围陀论》,风云星宿图谶运变,莫不贬综。自言天下文理,毕己心腹"[2];吴

---

[1] 〔南朝梁〕释慧皎撰,汤用彤校注,汤一玄整理:《高僧传》,中华书局1992年版,第5页。

[2] 〔南朝梁〕释慧皎撰,汤用彤校注,汤一玄整理:《高僧传》,中华书局1992年版,第13页。

国康僧会"天文图纬,多所综涉,辩于枢机,颇属文翰"[1],皆说明其以图谶等方式试图对上层加以渗透。[2]

五胡时期,佛教传播依然走上层路线,但是其弘法方式有所调适,改变了依附于谶纬的应验模式。基于十六国政权多是胡族,且缺乏文化根基,因此佛教徒的弘法更多以神异感应为主,故而有学者称此时佛教为"神异灵验佛教"[3]。《高僧传·道安传》记习凿齿对谢安称赞道安云:"来此见释道安,故是远胜,非常道士,师徒数百,斋讲不倦。无变化伎术,可以惑常人之耳目;无重威大势,可以整群小之参差。而师徒肃肃,自相尊敬,洋洋济济,乃是吾由来所未见。"[4]从习凿齿所言可知,此时以"变化伎术"惑人耳目的方式弘法实为常态,而道安并不依靠此种方式获得认可,反而被视为异类。

从佛图澄对石赵政权的建设作用可以看出其在推进胡族首领对佛教的认知方面所作的努力和尝试。佛图澄"善诵神咒,能役使鬼物"[5],通过神异方式获得石勒信任。《晋书·艺术传·佛图澄》载:"勒召澄,试以道术。澄即取钵盛水,烧香咒之,须

---

① 〔南朝梁〕释慧皎撰,汤用彤校注,汤一玄整理:《高僧传》,中华书局1992年版,第15页。

② 关于佛教与谶纬之关系,可参考吕宗力:《谶纬与魏晋南北朝佛教》,《南京大学学报》2010年第4期。

③ 〔日〕山崎宏:《支那中世佛教の展开》,法藏馆1971年版。转引自孙英刚:《神文时代:谶纬、术数与中古政治研究》,上海古籍出版社2015年版,第243页。

④ 〔南朝梁〕释慧皎撰,汤用彤校注,汤一玄整理:《高僧传》,中华书局1992年版,第180页。

⑤ 〔南朝梁〕释慧皎撰,汤用彤校注,汤一玄整理:《高僧传》,中华书局1992年版,第345页。

臾钵中生青莲花,光色曜日,勒由此信之。"①这种类似表演幻术的行为,显然是受西域文化的影响。张骞通西域后,西域幻术作为表演形式已经开始在中原流行。张衡《西京赋》中就有"奇幻倏忽,易貌分形。吞刀吐火,云雾杳冥。画地成川,流渭通泾"②的描绘。西域人出身的佛图澄,其某些手段可以作幻术解释,有些则显然是《高僧传》弘法所用的惯常夸张笔法。值得注意的是,无论石勒还是石虎,他们对待佛图澄的态度,一方面表现出尊崇,另一方面希望借助佛图澄的神异能力,在政治、军事上加以咨询,从而获得更大利益,因此对其"军国规谟颇访之"③。所以当面临东晋围困时,石虎称:"吾之奉佛供僧,而更致外寇,佛无神矣。"④表现出与此前推崇的强烈反差,足以表明石虎崇佛并非建立在真正理解教义的基础上,而只是倾服其神通灵验之术而已。

昙摩谶也是以神异方式获得北凉政权建立者沮渠蒙逊的推崇,昙摩谶"晓术数、禁咒,历言他国安危,多所中验。蒙逊每以国事咨之"⑤。沮渠蒙逊也同样以国事咨之,呈现出与石赵政权相同的心理诉求。然而当其子沮渠兴国在对吐谷浑的军事行动中失利被杀后,沮渠蒙逊大怒,"谓事佛无应,即遣斥沙门,五十

---

① 《晋书》,中华书局 1974 年版,第 2485 页。
② 〔南朝梁〕萧统编,〔唐〕李善注:《文选》,上海古籍出版社 1986 年版,第 77 页。
③ 《魏书》,中华书局 1974 年版,第 3029 页。
④ 〔南朝梁〕释慧皎撰,汤用彤校注,汤一玄整理:《高僧传》,中华书局 1992 年版,第 350 页。
⑤ 《魏书》,中华书局 1974 年版,第 3032 页。

已下皆令罢道"①。与石虎对待佛图澄之态度亦极为相似，可见其仅求神异应验而已。当北魏拓跋焘发兵欲求昙摩谶时，"逊既吝谶不遣，又迫魏之强……乃密图害谶……比发，逊果遣刺客于路害之"②。不惜杀之也不肯交出昙摩谶，更加没有表现出对佛教及佛教徒相应的尊重。

以神异方式弘法仅在十六国早期起到作用，随着胡族首领汉化程度的加深，加之佛教典籍的大量翻译，以及教义的不断普及，神异仅作为弘法的一种手段而不是主要的依赖对象而存在。至姚秦政权开始，神异手段便逐渐淡出。与神异弘法者相比，鸠摩罗什的身份更近于学者。弘法方式的调整，显示了佛教在中土适应过程中所面临的困境及其在融入中原文化方面做出的努力，同时也呈现出五胡政权对佛教接受过程的变化。

佛教之所以能够取得胡族政权的认同，一方面在于其神异弘法受到关注，另一方面也在于五胡政权作为胡族的身份认同感。石虎提出了"佛是戎神，所应兼奉"的口号，表明胡族在身份上对于佛教的认可。《晋书·艺术传·佛图澄》载：

> 百姓因澄故多奉佛，皆营造寺庙，相竞出家，真伪混淆，多生愆过。季龙下书料简，其著作郎王度奏曰："佛，外国之神，非诸华所应祠奉。汉代初传其道，惟听西域人得立寺都

① 〔南朝梁〕释慧皎撰，汤用彤校注，汤一玄整理：《高僧传》，中华书局1992年版，第78页。

② 〔南朝梁〕释慧皎撰，汤用彤校注，汤一玄整理：《高僧传》，中华书局1992年版，第79页。

邑,以奉其神,汉人皆不出家。魏承汉制,亦循前轨。今可断赵人悉不听诣寺烧香礼拜,以遵典礼,其百辟卿士下逮众隶,例皆禁之,其有犯者,与淫祀同罪。其赵人为沙门者,还服百姓。"朝士多同度所奏。季龙以澄故,下书曰:"朕出自边戎,忝君诸夏,至于飨祀,应从本俗。佛是戎神,所应兼奉,其夷赵百姓有乐事佛者,特听之。"①

历来仅仅将"佛是戎神,所应兼奉"作为胡族对于佛教认同的证明,若细致分析此段记载,可以看出石虎称"佛是戎神,所应兼奉"的背后,乃是汉族与羯族之间的民族情绪之对抗,也是身为胡族首领的民族自尊起作用的结果。

当时,信佛之人"真伪混淆,多生愆过",已经到了对政权有所威胁的程度,石虎也已下令"料简",对其进行查点。但著作郎王度的奏书显得比较过激,其理由乃是"西域人得立寺都邑""汉人皆不得出家",并建议"赵人为沙门者,还从四民之服",更以"华戎制异,人神流别。外不同内,飨祭殊礼。华夏服祀,不宜杂错"为理由,强调华夷之隔,这激起了石虎强烈的民族情绪。王度的奏疏非但没有起到料简真伪的作用,反而促使石虎下令"其夷赵百蛮有舍其淫祀,乐事佛者,悉听为道",正因为其触及到了民族自尊的问题。②石赵政权在对待民族自尊上是极其敏感的,石勒就曾禁断一切与"胡"相关之语,《邺中记》

---

① 《晋书》,中华书局 1974 年版,第 2487—2488 页。
② 〔南朝梁〕释慧皎撰,汤用彤校注,汤一玄整理:《高僧传》,中华书局 1992 年版,第 352 页。

称:"石勒讳胡,胡物皆改名。名胡饼曰麻饼,胡绥曰香绥,胡豆曰国豆。"[①]而石虎不惜自降身份,称自己"生自边壤,忝当期运,君临诸夏",并下诏"乐事佛者,悉听为道",显然是出于维护民族自尊,同时也不免有与汉族文化士族对抗的意味。[②]

石虎之所以推崇佛图澄,虽然有出于民族情绪对抗汉族士人的意图,但更重要的是因佛图澄在石勒时期通过一系列神异手段获得了信任。佛图澄通过神异方式感召石勒、石虎,将神异弘法方式展示得淋漓尽致,其效果也十分明显。佛图澄曾劝戒石虎慎开杀戒,省欲兴慈,"虎虽不能尽从,而为益不少"[③]。在佛图澄与石赵几乎同存的几十年中,"中州胡晋略皆奉佛"[④]"所历州郡,兴立佛寺八百九十三所,弘法之盛,莫与先矣"[⑤]。不仅在世俗层面,更在文化士族阶层产生影响。这为姚秦政权以佛教笼络人才,进而推进文化整合以对抗东晋政权奠定了基础。

在五胡入主中原后,佛教徒恰恰利用了胡族政权对于中原

---

① 转引自〔唐〕欧阳询撰,汪绍楹校:《艺文类聚》卷十五《百谷部》,上海古籍出版社1982年版,第1453页。

② 〔南朝梁〕释慧皎撰,汤用彤校注,汤一玄整理:《高僧传》,中华书局1992年版,第352页。吴洪琳认为:"民族意识非常强的石勒、石虎,在高扬自己胡族身份的同时,自然而然地对带有明显污名化含义的'胡'之称谓极力回避,因此才会有石氏那些看起来非常矛盾的行为。"(吴洪琳:《合为一家:十六国北魏时期的民族认同》,社会科学文献出版社2020年版,第48页)

③ 〔南朝梁〕释慧皎撰,汤用彤校注,汤一玄整理:《高僧传》,中华书局1992年版,第351页。

④ 〔南朝梁〕释慧皎撰,汤用彤校注,汤一玄整理:《高僧传》,中华书局1992年版,第346页。

⑤ 〔南朝梁〕释慧皎撰,汤用彤校注,汤一玄整理:《高僧传》,中华书局1992年版,第356页。

文化之隔阂,同时采用胡族易于接受的神异方式进行弘法,其效果显著。而胡族在文化上的缺失,恰使佛教作为一种新的文化形态,得以填充中原士族南渡后所形成的文化真空地带。"胡人正应信胡佛"的口号,又隐含针对汉民族固有的夷夏之防的对抗意味,这为其在文化上与南朝一争正统开拓了新的着力点。加之,佛教提倡戒杀的教义精神,更能调和胡族政权杀伐过度所呈现的诸多政治危机,因此佛教受到五胡政权的普遍信奉。至姚秦政权时期,以佛教为手段进行文化构建的意味更加明显。

二、姚兴崇佛的政治文化目的

石赵政权在合法性构建上尚处于摸索状态,文化上也尚未形成正统意识,因此也就无从谈及通过文化自信的建立,来挑战东晋政权的正统性。而姚秦政权在前秦的文化基础上,试图通过佛教建立的文化繁荣来对抗东晋的正统地位。因此姚兴的崇佛不仅仅是出于对佛法的倾心,更包含其政治文化目的,概括起来为:其一,希望能够广泛吸纳人才;其二,振兴文化事业;其三,笼络汉族知识分子。

早在姚仲弋时期,姚氏尚知力量不足立稳中原,依然怀有对晋称臣之心,姚仲弋对诸子称:"我死,汝便归晋,当竭尽臣节,无为不义之事。"[①]虽则如此,但依然暗中"招才纳奇"[②]。至姚襄时期,已然野心膨胀,企图占据一方,称霸中原。姚襄据许昌攻洛阳时,长史王亮曾谏姚襄曰:"公英略盖天下,士众思效力

① 《晋书》,中华书局1974年版,第2961页。
② 《晋书》,中华书局1974年版,第2961页。

命,不可损威劳众,守此孤城。宜还河北,以弘远略。"姚襄曰:"洛阳虽小,山河四塞之固,亦是用武之地。吾欲先据洛阳,然后开建大业。"[①]在姚襄败于苻坚后,其弟姚苌虽然屈服于苻秦政权,但仍韬光养晦,拥兵自立,在慕容冲与苻坚相攻时,厉兵积粟,以观时变。此后于北地、新平、安地立稳脚跟,以羌胡十余万户作为发展基础。

随着力量的不断扩大,加之前有石赵、苻秦作为先例,姚氏试图摆脱"戎狄"身份的意图愈加明显,姚仲弋为晋朝"竭尽臣节,无为不义之事"的遗言已然抛诸脑后,"自古以来未有戎狄作天子者"[②]的约束也显得苍白无力。相比之下,姚秦政权与石赵政权最大的不同在于,姚氏摒弃了单纯以武力征服的简单粗暴,更留心于文教事业,注重向汉文化靠拢。从姚苌时期开始,便已注意收笼人心,宣扬文教。姚苌在文化建设上的作为主要表现在以下方面:

> 修德政,布惠化,省非急之费,以救时弊,间阎之士有豪介之善者,皆显异之。
>
> 散后宫文绮珍宝以供戎事,身食一味,妻不重彩。将帅死王事者,加秩二等,士卒战没,皆有褒赠。立太学,礼先贤之后。
>
> 立社稷于长安。百姓年七十有德行者,拜为中大夫,岁赐牛酒。

---

① 《晋书》,中华书局1974年版,第2963页。
② 《晋书》,中华书局1974年版,第2961页。

苌下书令留台诸镇各置学官,勿有所废,考试优劣,随
才擢叙。①

这些举措表明,姚苌明确认识到文化对于政权建设的作用,前有
苻坚为表率,这为姚兴此后的崇文兴教打下良好基础。姚兴在
为皇子之时,便注重文教。姚苌外出征讨,常留姚兴统后事,"与
其中舍人梁喜、洗马范勖等讲论经籍,不以兵难废业,时人咸化
之"②。可见其汉化程度已深。及称帝以来,"留心政事,苞容广
纳,一言之善,咸见礼异"③,表现出对人才的渴求。姚兴重视文
教,使得姚秦时期西北儒学得以复兴,其崇佛的同时并未放弃儒
学的建设和维护。在幼年便接受儒家经典教育的姚兴看来,儒
家对于治国大有裨益,而佛教不同于儒家,自有其独特意义。

姚兴对于佛教的崇尚最明显表现在广泛收罗僧人纳入麾
下。其政治目的与苻坚并无二致,且表现更加明显。姚兴曾表
示:"佛道冲邃,其行唯善,信为出苦之良津,御世之洪则。"④在
姚兴看来,佛教之作用乃是"出苦之良津,御世之洪则","出苦
之良津"针对佛教在拯救心灵痛苦上的意义而言;"御世之洪
则"则道出了其崇佛可以起到明显的辅政作用。在姚兴的推
动之下,"公卿已下莫不钦附,沙门自远而至者五千余人。起

---

① 以上数条,分见《晋书》,中华书局 1974 年版,第 2967、2968、2968、2971
页。
②《晋书》,中华书局 1974 年版,第 2975 页。
③《晋书》,中华书局 1974 年版,第 2979 页。
④〔南朝梁〕释慧皎撰,汤用彤校注,汤一玄整理:《高僧传》,中华书局 1992
年版,第 52 页。

浮图于永贵里，立波若台于中宫，沙门坐禅者恒有千数。州郡化之，事佛者十室而九矣"①，使后秦呈现出一派宗教文化繁荣的景象。

　　姚兴崇佛的背后，不仅有信仰因素，更重要的乃是笼络人才、振兴文化的政治追求。譬如从其在挽留鸠摩罗什的方式上可以明显看出，姚兴并非仅仅出于信仰佛教而推崇鸠摩罗什。《高僧传·鸠摩罗什传》载："姚主常谓什曰：'大师聪明超悟，天下莫二，若一旦后世，何可使法种无嗣。'遂以妓女十人，逼令受之。自尔以来，不住僧坊，别立廨舍，供给丰盈。"②这种近于戏谑的挽留行为，俨然是对鸠摩罗什人格的侮辱，鸠摩罗什因此也称自己"累业障深"③，并表明态度不收弟子。姚兴之所以请鸠摩罗什入西明阁及逍遥园译出众经，所看重的除了鸠摩罗什翻译经籍的能力外，更看重其声名远播，能够招揽更多人才为己所用。慕鸠摩罗什之名而至长安的僧人数量颇大，"（姚）兴使沙门僧䂮、僧迁、法钦、道流、道恒、道标、僧叡、僧肇等八百余人，咨受什旨"④。"于时，四方义士，万里必集，盛业久大，于今咸仰。"⑤姚兴此举客观上促进了佛法的弘扬，但更为重要的是使

---

① 《晋书》，中华书局1974年版，第2985页。
② 〔南朝梁〕释慧皎撰，汤用彤校注，汤一玄整理：《高僧传》，中华书局1992年版，第53页。
③ 〔南朝梁〕释慧皎撰，汤用彤校注，汤一玄整理：《高僧传》，中华书局1992年版，第54页。
④ 〔南朝梁〕释慧皎撰，汤用彤校注，汤一玄整理：《高僧传》，中华书局1992年版，第52页。
⑤ 〔南朝梁〕释慧皎撰，汤用彤校注，汤一玄整理：《高僧传》，中华书局1992年版，第52—53页。

四方高僧毕集于长安,达到笼络人才、振兴文化的目的。

十六国时,僧徒活动相对自由,僧人之游锡遍及南北。能否汇聚僧人,关键在于统治者是否有崇佛之心,同时也在于政治环境是否清明。以南北对峙的局面而言,僧人的选择往往十分自由,北方若无立足之地,便多南下寻求发展。道安曾在襄阳分张徒众,慧远等人便由此进入南方。作为崇佛的表现,防止僧人的流失也就意味着防止文化的流失。姚兴为了振兴长安文化事业,"专志佛法,供养三千余僧,并往来宫阙,盛修人事"①。为了防止僧人流失也是煞费苦心,乃至采取了诸多手段。而对待南下僧人,则表现出极尽挽留的姿态。佛驮跋陀罗因受到长安僧人排挤,将欲南下,"姚兴闻去怅恨……因敕令追之。贤报使曰:'诚知恩旨无预闻命。'于是率侣宵征,南指庐岳"②。可见姚兴对于人才流入南方的担忧。

姚兴在给道恒、道标两人的诏书中,更加明显地体现了其求才若渴的心态。《弘明集》中收录了姚兴几次劝道恒、道标还俗的诏书:

> 卿等乐道体闲,服膺法门;皦然之操,义诚在可嘉。但朕临四海,治必须才,方欲招肥遁于山林,搜陆沉于屠肆;况卿等周旋笃旧,朕所知尽,各挹干时之能,而潜独善之

①〔南朝梁〕释慧皎撰,汤用彤校注,汤一玄整理:《高僧传》,中华书局1992年版,第71页。

②〔南朝梁〕释慧皎撰,汤用彤校注,汤一玄整理:《高僧传》,中华书局1992年版,第72页。

地……苟心存道味,宁系白黑,望体此怀,不以守节为辞。

　　朕以为独善之美,不如兼济之功;自守之节,未若拯物之大。……然其才用,足以成务,故欲枉夺其志,以辅暗政耳。若福报有征,佛不虚言。拯世急病之功,济时宁治之勋,恐福在此而不在彼,可相诲喻,时副所望。[①]

两则诏书中对于人才强烈的渴求心理溢于言表。在姚兴看来,国家在"治必须才"的时候,"才用足以成务"的道恒、道标等人不应该推辞,为政权服务未尝不是佛教修行的一种方式,他更以儒家所强调的兼济天下的精神来劝戒其还俗入世、以辅时政。如果佛教真有"拯世急病之功,济时宁治之勋"的价值,那么"恐福在此而不在彼",作为僧人更应该注重现世的福报修行,而不是仅追求来世的超脱。姚兴正是利用佛教拯世救俗的人生追求,来试图说服僧人还俗以服务政权。从这一点上来看,姚兴崇佛固然首先出于信佛、敬佛,但也不乏利用佛教吸纳人才,进行文化整合的意图。

　　姚兴崇佛促进了佛教的发展,对佛教经籍翻译也有不可磨灭的功绩,但其单方面崇尚文化建设,寄国家兴亡于宗教事业的振兴,忽视了十六国以军事实力说话的事实。《魏书·崔浩传》载崔浩对姚兴的评价:"昔姚兴好养虚名,而无实用。"[②]从崔浩对姚兴的评价中,可以透露出姚兴单方面崇尚文化建设,而忽

---

① 以上两条,分见〔南朝梁〕释僧祐撰,李小荣校笺:《弘明集校笺》,上海古籍出版社 2013 年版,第 609—610 页、616—617 页。

② 《魏书》,中华书局 1974 年版,第 810 页。

视武功军事建设的后果。从另外一个角度也可以表明，姚兴虽然靠各种手段笼络了以鸠摩罗什为代表的大量僧人，也翻译出了诸多典籍，但实际上其崇佛的目的只是出于文化上的装点门面，因此才会被崔浩称为"好养虚名，而无实用"。

三、五胡政权"以教辅政"文化心理探析

人才的匮乏与文化的缺失，是五胡政权所面临的普遍问题。如何吸纳人才为己所用，如何建立符合胡汉共同利益和价值观的文化形态，不仅关涉到政权之稳固，更关涉国家正统之地位，以及政权之合法性。中原士大夫在永嘉南渡中大量南迁，留在中原的士族又多坚守华夷身份的观念，对异族政权多采取观望或抵触态度。这使得五胡政权在人才叙用上，很难依曹魏以来形成的九品中正制进行选拔，转而更多采取不拘一格的形式广泛吸纳人才。如"少贫贱，以鬻畚为业"①的王猛之于苻坚就是典型例子。北魏政权在建设初期，甚至以逼遣的方式迫使汉族士人加入政权，如昭成帝征见燕凤时"凤不应聘"，于是昭成帝以屠城相逼："燕凤不来，吾将屠汝。"②种种迹象表明，人才的吸纳与争夺是五胡政权在构建文化形态过程中非常重要的努力方向。

现试以姚秦政权人员构成为例，分析五胡政权的人才来源。姚秦政权的人员组成中，除了苻秦政权残存势力外，尚有两部分来源，一部分来自于西北豪族。姚苌时期，"西州豪族尹

---

① 《晋书》，中华书局 1974 年版，第 2929 页。
② 《魏书》，中华书局 1974 年版，第 609 页。

详、赵曜、王钦卢、牛双、狄广、张乾等率五万余家,咸推苌为盟
主"①。受其支持,姚苌于太元九年(384)乃"自称大将军、大单
于、万年秦王,大赦境内,年号白雀,称制行事"②。此为姚秦政权
的核心力量。另外一部分即是归降的东晋人士。晋宋易代之际,
武人出身的刘裕在禅代过程中引起东晋旧臣的不满,不臣刘裕
者多归姚兴。"晋辅国将军袁虔之、宁朔将军刘寿、冠军将军高
长庆、龙骧将军郭恭等贰于桓玄,惧而奔兴。"③"二月,桓谦、何
澹之、温楷等奔于姚兴。"④此外,韩延之、袁式、王慧龙等东晋人
才,皆在刘裕禅代时期归于姚兴。⑤这些汉族士人在姚秦政权
整合过程中起到至关重要的作用,不仅在军事上、内政上,更在
文化上为姚秦奠定了基础。而此类汉人在姚秦政权颠覆后,又
多纳入赫连勃勃政权,后归于北魏,在北朝政治文化中扮演着重
要角色。

　　相对于士族阶层,僧人作为知识阶层的代表,不仅能够为
政权建设提供必要的文化支撑,还能提供相应的决策依据。佛
教徒身份不受门第限制,僧人中多庶族及平民的加入,实际上为

---

① 《晋书》,中华书局1974年版,第2965页。
② 《晋书》,中华书局1974年版,第2965页。
③ 《晋书》,中华书局1974年版,第2982页。
④ 《晋书》,中华书局1974年版,第2602页。
⑤ 《晋书》卷三十七《韩延之传》:"韩延之……以刘裕父名翘字显宗,延之遂
　字显宗,名儿为翘,以示不臣刘氏。与休之俱奔姚兴。刘裕入关,又奔于
　魏。"(中华书局1974年版,第1112页)《北史》卷二十七《袁式传》:"袁
　式……及刘裕执权,式归姚兴。"《北史》卷三十五《王慧龙传》:"晋雍州
　刺史鲁宗之资给慧龙,送度江,遂奔姚兴。自言也如此。姚泓灭,慧龙归
　魏。"(中华书局1974年版,第986、1287页)

政权提供了更富于生机和活力的新鲜力量。因此,政权上层多希望高僧能够参掌机要,为政治决策提供咨询,其手段双管齐下,一方面逼迫僧人还俗,另一方面限制知识分子出家,有效避免人才流失。如苻坚时期,武威太守赵正"年十八为伪秦著作郎,后迁至黄门郎,武威太守"。"因关中佛法之盛,乃愿欲出家,坚惜而未许,及坚死后,方遂其志,更名道整。"①苻坚不许赵正出家事佛,直至苻坚死后,赵正才得偿所愿。在苻坚看来,作为著作郎的赵正,在政治上的作用显然要比佛教徒道整有价值得多。苻坚重用道安,也仅将其作为辅政一员看待。同样,佛图澄之于石勒、石虎,鸠摩罗什之于姚兴,昙摩谶之于沮渠蒙逊,皆是统治者希望僧人能够起到"以教辅政"之作用。

无论是石虎所言"佛是戎神,所应兼奉",还是姚兴支持译经以促进文化繁荣,其背后所隐含的都是文化认同的问题,文化认同的背后又关涉政权正统性的问题,这一问题直接影响人心的向背乃至政权稳定。在文化上,努力建设既受中原士大夫普遍认可,同时又被政权中本民族所接纳的文化形态,一直是五胡政权尝试努力的方向。而佛教作为外来文化,具有先天的优势和便利,其在世俗层面的作用正如姚兴所言,为"出苦之良津,御世之洪则"。加之佛教在士族阶层的渗透,其作为一种调和剂,一定程度上缓和了中原文化与胡族文化之间的矛盾。

在胡族上层利用佛教进行文化统合的同时,僧徒也依靠君

---

① 〔南朝梁〕释慧皎撰,汤用彤校注,汤一玄整理:《高僧传》,中华书局1992年版,第35页。

主弘教,政权与佛教徒形成相互利用的关系,执政者希望通过佛教笼络人心,稳定统治,佛教徒则希望借助政治权力,宣扬佛法。道安曾言:"今遭凶年,不依国主,则法事难立,又教化之体,宜令广布。"①北魏道武帝拓跋珪时期,僧人法果提出皇帝乃是"当今如来,沙门宜应尽礼",其理由是"能鸿道者人主也,我非拜天子,乃是礼佛耳"。②这与南朝慧远所倡沙门不敬王者之论明显不同,究其原因在于北朝传播佛教所依靠的多是上层推广,南朝传播在于智识阶层的接受与倡导。这也是南北朝佛教有所侧重的本质区别所在,南朝重义理讲说,北朝重禅数造像;义理讲说需士族的理解与支持,禅数造像需君主推广。因此,北朝佛教对于君主之依赖尤其突出,这也是北魏太武帝灭佛,以及太子拓跋晃护佛等一系列对佛教传播具有深远影响事件出现的根源。

由"不依国主,则法事难立"到"国主即今之如来"的转变,标志随着僧众群体的不断扩大,弘法起信已经不再是佛教徒面临的主要问题。当佛教在政权及世俗层面已经得到普遍认可和接受时,如何处理政教关系,如何处理皇权制约与宗教自由之间的矛盾,已然成为南北佛教所共同面临的新问题。

---

① 〔南朝梁〕释慧皎撰,汤用彤校注,汤一玄整理:《高僧传》,中华书局1992年版,第178页。
② 《魏书》,中华书局1974年版,第3031页。

第二节　官学与私学之间：
论十六国北朝的儒统延续

明末清初,王夫之在《读通鉴论》卷十五《文帝》一三条论"儒者之统"中云:

　　儒者之统,与帝王之统并行于天下,而互为兴替。其合也,天下以道而治,道以天子而明;及其衰,而帝王之统绝,儒者犹保其道以孤行而无所待,以人存道,而道可不亡。

　　魏、晋以降,玄学兴而天下无道,五胡入而天下无君,上无教,下无学,是二统者皆将斩于天下。乃永嘉之乱,能守先王之训典者,皆全身以去,西依张氏于河西;若其随琅邪而东迁者,则固多得之于玄虚之徒,灭裂君子之教者也。河西之儒,虽文行相辅,为天下后世所宗主者亦鲜;而矩矱不失,传习不废,自以为道崇,而不随其国以荣落。故张天锡降于苻秦,而人士未有随张氏而东求荣于羌、氐者。吕光叛,河西割为数国,秃发、沮渠、乞伏,蠢动喙息之酋长耳,杀人、生人、荣人、辱人唯其意,而无有敢施残害于诸儒者。且尊之也,非草窃一隅之夷能尊道也,儒者自立其纲维而莫能乱也。至于沮渠氏灭,河西无复孤立之势,拓拔焘礼聘殷勤,而诸儒始东。阚骃、刘昞、索敞师表人伦,为北方所矜式,然而势屈时违,只依之以自修其教,未尝有乘此以求荣于拓拔,取大官、执大政者。呜呼! 亦伟矣哉!

　　江东为衣冠礼乐之区,而雷次宗、何胤出入佛、老以害

道,北方之儒较醇正焉。流风所被,施于上下,拓拔氏乃革
面而袭先王之文物;宇文氏承之,而隋以一天下;苏绰、李
谔定隋之治具,关朗、王通开唐之文教,皆自此昉也。一隅
耳,而可以存天下之废绪;端居耳,而可以消百战之凶危;
贱士耳,而可以折嗜杀横行之〔异〕类。其书虽不传,其行
谊虽不著,然其养道以自珍,无所求于物,物或求之而不屈,
则与姚枢、许衡标榜自鬻于蒙古之廷者,相去远矣。

是故儒者之统,孤行而无待者也;天下自无统,而儒者
有统。道存乎人,而人不可以多得,有心者所重悲也。虽然,
斯道亘天垂地而不可亡者也,勿忧也。①

道统与治统的问题是王夫之政治思想中的重要一环,上文阐明
儒统(儒者之统)与治统(帝王之统)的关系,认为儒统与治统
的共同依据是道,儒统遵道,但不依附于治统,当治统断绝,儒
统依然被儒生所延续。在文中,王夫之充分赞扬了十六国北朝
时期儒生对于儒统的延续,并始终强调儒统是"孤行而无待者
也","道存乎人"而非存乎政。接下来举例说明十六国胡族统
治者之所以不敢戕害诸儒,乃是因为"儒者自立其纲维而莫能
乱也",使儒统虽处乱世而不堕。王夫之肯定了儒生们"未尝有
乘此以求荣于拓拔,取大官、执大政者"的气节,同时与南朝援
佛入儒相比,"北方之儒较醇正",此亦为学界所共识。

儒统问题是儒学研究中的重要命题,儒统的内涵至少应包

---

① 〔清〕王夫之:《读通鉴论》,中华书局 1975 年版,第 497—498 页。

含四个维度,即儒家理念的坚守、儒家伦理的维护、儒家经典的传习、儒家学脉的延续。以此来看,儒统问题虽隶属于儒学范畴,却不能与经学等同。尤其在十六国北朝的特殊历史时期,儒统的延续是如何演进的? 政权与儒统之关系如何? 官学与私学在儒统延续中的作用何在? 儒学高门是否能够承载儒统延续之重任? 以上问题虽散见于学者的研究之中,但皆未透辟,若以政治史、文化史、民族史的视角审视,辅之以经学的演进,或许对十六国北朝儒统延续的问题有更深入理解。

一、十六国君主崇儒与儒统延续的局限

钱穆先生在《国史大纲》中以刘渊、石勒、慕容廆、苻秦、姚秦政权的官方崇儒为例,说明"五胡虽云扰,而北方儒统未绝"[1]。显然,钱穆先生认为儒统的延续在于十六国统治阶层的崇儒行为。同样,在讨论到十六国君主与儒学关系时,多数研究者对十六国君主崇儒行为持肯定态度[2],但在肯定其贡献时,还应该切实思考如下问题:十六国政权对儒学实际推动究竟有多少? 其崇儒的政治目的究竟何在? 在效果上是否真对儒统延续起到推进作用?

---

① 钱穆:《国史大纲》,商务印书馆 2017 年版,第 280 页。
② 如罗宏曾:《十六国时期统治者对儒学和学校事业的重视》(《历史教学》1983 年第 9 期);赵跟喜:《开庠序之美 弘儒教之风——前秦政权的汉化教育及其历史原因》(《甘肃社会科学》2010 年第 3 期);戴晓刚:《前秦苻坚与后秦姚兴之汉文化特征及其现代启示——以汉武帝以降"崇儒兴学"的汉文化传统为中心》(《沈阳工业大学学报(社会科学版)》2012年第 4 期)等。

因为十六国国祚相对短暂，国家基本以军事战争为主，在文教事业方面往往徒具其表，中央儒学机构虽有建立，但也多顷刻荒废。伴随战争的频仍，儒生多流离迁徙，不仅难以形成稳定的传承体系，更难将儒家理念贯彻到国家意识形态领域，且其中有诸多政治文化因素乃至民族心理因素的影响，因此在学术层面，以十六国君主为代表的政治集团，并不能真正意义上传承儒统。试以前赵、后赵、前秦、后秦、前燕等政权为例，分析其在儒统延续上的实际效果。

十六国君主虽多尚文雅，但其兴趣多在天文秘纬、谶纬推步之类，对纯正儒学兴趣不大。试以刘曜时期的台产、董景道两人略作对比。据《晋书·艺术传》载，上洛人台产"少专《京氏易》，善图谶、秘纬、天文、洛书、风角、星算、六日七分之学，尤善望气、占侯、推步之术"[1]。台产因对策中陈灾变之祸，竟使刘曜"改容礼之，署为博士祭酒、谏议大夫，领太史令。至明年而其言皆验，曜弥重之，转太中大夫，岁中三迁。历位尚书、光禄大夫、太子少师，位特进，金章紫绶，爵关中侯"[2]。因对策应验而受到刘曜关注，一年之中台产竟至三迁，封爵授侯，显赫一时。一位陈灾异者竟受如此殊荣，这在此前汉族政权中实属罕有。相反，纯儒董景道在经学上造诣颇深，"明《春秋三传》《京氏易》《马氏尚书》《韩诗》，皆精究大义。《三礼》之义，专遵郑氏，著《礼通论》非驳诸儒，演广郑旨"[3]。董景道在儒学传承上明显比台产更

---

① 《晋书》，中华书局 1974 年版，第 2503 页。
② 《晋书》，中华书局 1974 年版，第 2503 页。
③ 《晋书》，中华书局 1974 年版，第 2355 页。

具代表性,但刘曜仅"以明经擢为崇文祭酒"[1]而已。面对刘渊、刘聪、刘曜等人的征辟,董景道始终保持儒者的独立精神,对所授之太子少傅、散骑常侍并不热衷,皆固辞之。[2]

从台产和董景道的对比中可以看出,以刘曜为代表的胡族君主对谶纬、天文、数术的兴趣更加浓厚,而对儒家经书并不感兴趣,理解也不够深刻。或许看到此中弊端,所以像董景道这样的纯儒,也多与政权保持疏离关系,不愿参预其中。虽然刘曜"立太学于长乐宫东,小学于未央宫西,简百姓年二十五已下十三已上,神志可教者千五百人,选朝贤宿儒明经笃学以教之"[3],进行了一系列的崇儒活动,但实际收效一般。因为其所任命的崇文祭酒董景道实际上并不予以配合。台产是中书监刘均所引荐,刘均也是因为陈灾异受到刘曜提拔。身为国子祭酒的刘均仅是投刘曜所好而已,在人才选拔方面,并未突出纯儒的地位。

后赵石勒表面上虽然重视儒学,曾"亲临大小学,考诸学生经义"[4],"命郡国立学官,每郡置博士祭酒二人,弟子百五十人,三考修成,显升台府"[5]。但是对于太学生的任用,也仅限于"擢拜太学生五人为佐著作郎",用于"录述时事"而已。[6]其太子石弘倾心儒术,"受经于杜嘏,诵律于续咸","虚襟爱士,好为文

① 《晋书》,中华书局 1974 年版,第 2689 页。
② 《晋书·儒林传·董景道》:"刘元海及聪屡征,皆碍而不达。至刘曜时出山,庐于渭汭。曜征为太子少傅、散骑常侍,并固辞,竟以寿终。"(中华书局 1974 年版,第 2355 页)
③ 《晋书》,中华书局 1974 年版,第 2688 页。
④ 《晋书》,中华书局 1974 年版,第 2741 页。
⑤ 《晋书》,中华书局 1974 年版,第 2751 页。
⑥ 《晋书》,中华书局 1974 年版,第 2751 页。

咏,其所亲昵,莫非儒素"。但石勒却认为"今世非承平,不可专以文业教也",于是使刘征、任播授以兵书,王阳教之击刺,并且对徐光说石弘是"大雅愔愔,殊不似将家子"。[1]石勒对太子倾心儒学的行为不满,表明其在内心深处并不认同儒家的一套理念,认为儒学在乱世不足以承担平天下之任。再者,从个人兴趣角度来看,石勒虽然雅好文学,但其兴趣在"史"而不在"经"。《晋书·石勒载记》:"勒雅好文学,虽在军旅,常令儒生读史书而听之,每以其意论古帝王善恶,朝贤儒士听者莫不归美焉。"[2]从石勒的种种行为来看,在弘扬儒学与军国政务之间,"不可专以文业教"的思想占据主导,这种军功实用精神贯穿了十六国乃至整个北朝时期,严重阻碍了儒学的发展。

前赵、后赵政权表面崇儒,但其实际效果亦不明显。在前秦苻坚与王寔的对话中,王寔称:"自刘石扰覆华畿,二都鞠为茂草,儒生罕有或存,坟籍灭而莫纪,经沦学废,奄若秦皇。"[3]这也说明刘、石政权虽有崇儒行为,但并没有真正开启儒学的复兴,乃至于王寔有"经沦学废"之叹。在十六国中,苻秦政权与姚秦政权相对来说更加重视文教事业,因为有汉人王猛的协助,前秦儒学渐兴。《晋书·苻坚载记上》:"自永嘉之乱,庠序无闻,及坚之僭,颇留心儒学,王猛整齐风俗,政理称举,学校渐兴。"[4]又《晋书·苻坚载记上》:"坚广修学官,召郡国学生通一经以上充之,公卿已下子孙并遣受业。其有学为通儒、才堪干事、清修廉直、孝悌力田者,皆旌表之。于是人思劝励,号称多士。"① 苻坚本人也常"亲临太学,考学生经义优劣,品而第之"②。建元七年(371),苻坚还曾"行礼于辟雍,祀先师孔子,其太子及公侯卿大夫士之元子,皆束脩释奠焉"③。他希望通过督学、行释奠礼等一系列行为,能实现与汉武帝、光武帝比肩的理想:"庶几周孔微言不由朕而坠,汉之二武其可追乎!"④苻坚虽然有自觉维系儒统的意识,但却不乏矜夸自大之义,儒生也了解其意图,故多投其所好,因此王寔配合苻坚云:"陛下神武拨乱,道隆虞夏,开庠序之美,弘儒教之风,化盛隆周,垂馨千祀,汉之二武焉足论哉!"⑤这一番话显然满足了苻坚比肩二武的虚荣心。苻坚曾在太学中问难五经,博士竟"多不能对",令人不由得对太学博士们的水平产生怀疑,然而博士们是否真不能够应对五经问难?若不能对,何以称之为"博士"。这或许是不敢对,又或是博士们有意阿谀逢迎的行为。

再看姚秦政权,《晋书·姚兴载记上》:"天水姜龛、东平淳于岐、冯翊郭高等皆耆儒硕德,经明行修,各门徒数百,教授长安,诸生自远而至者万数千人。兴每于听政之暇,引龛等于东堂,讲论道艺,错综名理。凉州胡辩,苻坚之末,东徙洛阳,讲授弟子千有余人,关中后进多赴之请业。兴敕关尉曰:'诸生咨访

---

① 《晋书》,中华书局1974年版,第2888页。
② 《晋书》,中华书局1974年版,第2888页。
③ 《晋书》,中华书局1974年版,第2893页。
④ 《晋书》,中华书局1974年版,第2888页。
⑤ 《晋书》,中华书局1974年版,第2888页。

道艺,修己厉身,往来出入,勿拘常限.'于是学者咸劝,儒风盛焉。"[1]虽然有天水姜龛、东平淳于岐、冯翊郭高等硕学耆儒,但姚兴也仅是将他们延请至京,并未授予官位。儒生们皆是随师而至京城,虽促成短暂的儒学繁盛假象,但这种繁盛并不持久,因为姚兴并未提供给儒生长久从事学术的制度保障,也没有在儒学教育方面投入更多的资源。以至于凉州胡辩在东徙洛阳后,一千多名弟子便跟随而去。所以北魏时期崔浩在评价姚兴时,说他"好养虚名,而无实用"[2],这大概是对姚兴在崇儒与文教方面较为客观的评价。相比于儒学,姚兴的兴趣似乎更在于佛教,其"专志佛法,供养三千余僧,并往来宫阙,盛修人事"[3],在大力崇佛的背景下,姚秦政权的儒学建设成效被削弱。

即使是汉化较深的前燕政权,在弘扬儒学上虽有诸多举措,但在授业范围和目的上也有所局限。慕容俊虽雅好文籍,讲论不倦,但"览政之暇,唯与侍臣错综义理"[4],未见奖掖儒生之举。《晋书·慕容皝载记》载慕容皝"赐其大臣子弟为官学生者号高门生,立东庠于旧宫,以行乡射之礼,每月临观,考试优劣。皝雅好文籍,勤于讲授,学徒甚盛,至千余人。亲造《太上章》以代《急就》,又著《典诫》十五篇,以教胄子"[5]。慕容皝虽立东庠,每月临观,但官学的主要教育对象是"大臣子弟",其目

---

[1]《晋书》,中华书局 1974 年版,第 2979 页。
[2]《魏书》,中华书局 1974 年版,第 810 页。
[3]〔南朝梁〕释慧皎撰,汤用彤校注,汤一玄整理:《高僧传》,中华书局 1992 年版,第 71 页。
[4]《晋书》,中华书局 1974 年版,第 2842 页。
[5]《晋书》,中华书局 1974 年版,第 2826 页。

的是为了整体提升慕容鲜卑贵胄子弟的文化素养，对于民间儒学的传承缺乏必要的关怀。记室参军封裕曾上书慕容皝称："四业者国之所资，教学者有国盛事。习战务农，尤其本也。百工商贾，犹其末耳。宜量军国所须，置其员数，已外归之于农，教之战法，学者三年无成，亦宜还之于农，不可徒充大员，以塞聪俊之路。"①可知其官学教授内容是以习战务农为本，以"量军国所须"为标准选取学生，而非导以经术。

十六国时期，诸国的官学在教授范围上多局限于宫廷内部或贵胄子弟。在胡族思想观念中，儒家经书虽自有其价值，但并非有益于军国实际。加之固有的华夷身份之隔阂，令其很难改变疏于文教的传统。苻坚在八岁时，欲"请师就家学"，苻洪就称其"汝戎狄异类，世知饮酒，今乃求学邪！"②北魏孝文帝也曾表示："北人每言北人何用知书，朕闻此，深用怃然。"③世知饮酒、不好诗书，本是胡人难以遽改的习俗，因此以儒学为主导的官学教育在贵胄子弟中很难有效推行。在此学风中，太学博士们的教授热情也不高涨。北魏李郁升任国子博士时，面临"自国学之建，诸博士率不讲说，朝夕教授，惟郁而已"④的窘境。《北齐书·儒林传序》也对胡族贵胄子弟无心向学的情况从根源上进行了剖析："夫帝子王孙，禀性淫逸，况义方之情不笃，邪僻之路竞开，自非得自生知，体包上智，而内有声色之娱，外多犬马

---

① 《晋书》，中华书局1974年版，第2825页。
② 《晋书》，中华书局1974年版，第2884页。
③ 《魏书》，中华书局1974年版，第550页。
④ 《魏书》，中华书局1974年版，第1179页。

之好,安能入便笃行,出则友贤者也。徒有师傅之资,终无琢磨之实。下之从化,如风靡草,是以世胄之门,罕闻强学。……齐制:诸郡并立学,置博士助教授经,学生俱差逼充员,士流及豪富之家皆不从调。备员既非所好,坟籍固不关怀,又多被州郡官人驱使。纵有游惰,亦不检治,皆由上非所好之所致也。"[①]胡汉的文化隔阂,上层文化非其所好,以及皇族贵胄子弟的厌学风气,使官办儒学机构在教育贵胄子弟方面陷入困境,形成了"黉中多是贵游,好学者少"[②]的局面。

综上,十六国时期的君主虽然各自对儒学有不同程度的重视,但由于受到国家初步建立时制度不完善的限制,以及战事频仍等因素的制约,其影响范围始终有限,在官学层面并未达到全面复兴汉魏时期儒学的局面。胡族统治者的兴儒行为,其背后多有笼络世家大族参与政权的政治目的,以及向其敌对政权昭示正统的思想企图,甚至有装点门面,与其他政权相抗衡的文化竞争意味在内,其目的呈现出多重性和复杂性。虽然十六国时期君主的崇儒为儒学提供了存续和生长的环境,但儒统的延续依然有待与政权保持一定距离的隐儒,以及在乡里间教授生徒的纯儒来实现。

二、从中央到地方 —— 北魏官学凋敝与州郡兴学

北魏早年情况与十六国其他政权相似,"军国多事"成为北魏兴学道路上最大的障碍。《魏书·高祖孝文帝纪》提到北魏早

① 《北齐书》,中华书局1972年版,第582—583页。
② 《周书》,中华书局1971年版,第622页。

期文教："有魏始基代朔,廓平南夏,辟壤经世,咸以威武为业,文教之事,所未遑也。"①虽然有张衮、高允等人提倡"文德与武功俱运"②,但推进依然缓慢,且没有实际功效。即使到了全面汉化改革的孝文帝时期,因"迁都草创,征讨不息,内外规略,号为多事"③,元澄等人虽然"置四门博士四十人,其国子博士、太学博士及国子助教,宿已简置",但依然因"军国多事,未遑营立",遂导致"学官凋落,四术寝废"。④宣武帝在诏书中也明确表示,孝文帝时期"戎缮兼兴,未遑儒教"⑤,"自皇基徙构,光宅中区,军国务殷,未遑经建,靖言思之,有惭古烈"⑥。可见,"军国多事"始终是制约北朝儒学发展的主要因素。

与十六国其他政权相比,统一北方后的北魏官学情况也不尽乐观。据《魏书·儒林传序》:北魏道武帝进入中原时,便"以经术为先,立太学,置五经博士生员千有余人。天兴二年春,增国子太学生员至三千"⑦。明元帝时期,"改国子为中书学,立教授博士"⑧。太武帝始光三年(426)春,"别起太学于城东,后征卢玄、高允等,而令州郡各举才学。于是人多砥尚,儒林转兴"⑨。但北魏的中央官学系统延续了十六国时期诸国太学以教育贵胄

① 《魏书》,中华书局 1974 年版,第 187 页。
② 《魏书》,中华书局 1974 年版,第 614 页。
③ 《魏书》,中华书局 1974 年版,第 1422 页。
④ 《魏书》,中华书局 1974 年版,第 1241 页。
⑤ 《魏书》,中华书局 1974 年版,第 204 页。
⑥ 《魏书》,中华书局 1974 年版,第 198 页。
⑦ 《魏书》,中华书局 1974 年版,第 1841 页。
⑧ 《魏书》,中华书局 1974 年版,第 1842 页。
⑨ 《魏书》,中华书局 1974 年版,第 1842 页。

子弟为主的风气,且其中担任中书令的多是鲜卑人,汉人儒生只负责教授,这使得北魏早期的中书学"实际只是一种培养内侍成员的行政学院","中书学不具备传承儒学、教化民众的功能,不符合汉族士人心目中的太学传统"。[①]孝文帝太和年间,又改中书学为国子学,开皇子之学。迁都洛邑后,又诏立"国子太学、四门小学"[②]。而经过孝文帝改革后的国子学依然不振,宣武帝时期,郑道昭曾几次三番上表重建儒学,均未被采纳,其奏疏中提到孝文帝时期的官学建设并不见效果:"今国子学堂房粗置,弦诵阙尔。城南太学,汉魏《石经》,丘墟残毁,蒹葭芜秽,游儿牧竖,为之叹息。"[③]虽然经过元澄等人依旨简置,但因为"意在速就"[④],加之军国多事,未遑营立,"经始事殷,戎轩屡驾,未遑多就,弓剑弗追"[⑤],"遂使硕儒耆德,卷经而不谈;俗学后生,遗本而逐末。进竞之风,实由于此矣"[⑥]。

---

① 胡克森先生深刻剖析了此时中央官学凋敝的原因:"首先,孝文帝汉化改革之后,中央官学的教育功能得以改变,从而废除了军事功臣和侍郎、博士子弟在国子学的特权资格,尤其是废除了进入国子学就是当然官员的制度,使得拓跋贵族官僚们的办学热情大大降低,拓跋贵族和高级士族子弟的求学热情急剧减退。其次,在门阀时代,士族们更热衷于家学和私学,家学渊源和私学资历更受到人们尊重,他们对官学不一定感兴趣,但国子学依旧要坚持它严格的'三品以上及五品清官之子'的等级标准,这又堵塞了寒门进入中央官学的大门,那么,中央官学走向衰落就成为必然。"(胡克森:《北魏州郡学的统一建立与拓跋鲜卑的汉化改革——兼谈北魏汉族士人儒学复兴的艰辛历程》,《史学月刊》2016年第6期)
② 《魏书》,中华书局1974年版,第1842页。
③ 《魏书》,中华书局1974年版,第1240页。
④ 《魏书》,中华书局1974年版,第1241页。
⑤ 《魏书》,中华书局1974年版,第1471页。
⑥ 《魏书》,中华书局1974年版,第1241页。

孝文帝以后,官学更是一落千丈,难以重振。宣武帝时期一度重视国学的营建,曾于正始元年(504)十一月戊午下诏:"可敕有司依汉魏旧章,营缮国学。"①正始四年(507)又下诏曰:"今天平地宁,方隅无事,可敕有司准访前式,置国子,立太学,树小学于四门。"②但一直到延昌元年(512)四月丁卯,诏书曰:"迁京嵩县,年将二纪,虎闱阙唱演之音,四门绝讲诵之业,博士端然,虚禄岁祀,贵游之胄,叹同子衿,靖言念之,有兼愧慨。可严敕有司,国子学孟冬使成,太学、四门明年暮春令就。"③国子学、太学、四门等基础官学建筑,从宣武帝正始元年(504)开始构思营缮,直到延昌元年(512),八年时间依然没有落地建成,可见其对于儒学建设有心无力,无怪乎宣武帝感叹自己"有兼愧慨"。至于孝明帝时期,北魏政治内乱,元叉、胡皇后相继乱政,加之六镇叛乱,虽然在神龟年间"将立国学,诏以三品已上及五品清官之子以充生选",但依然是"未及简置,仍复停寝"。孝昌年间以后,则"海内淆乱,四方校学所存无几"。④北魏的中央官学乃至地方官学系统已然名存实亡。

中央官学不振,导致一部分具有自觉传承儒统意识的汉族官员将视野投向地方州郡。常山太守张恂早在道武帝皇始年间就曾私自"开建学校,优显儒士。吏民歌咏之"⑤。张恂开建学校只是个别现象,并未产生广泛影响,但也说明其行为符合当地儒

① 《魏书》,中华书局1974年版,第198页。
② 《魏书》,中华书局1974年版,第204页。
③ 《魏书》,中华书局1974年版,第211—212页。
④ 《魏书》,中华书局1974年版,第1842页。
⑤ 《魏书》,中华书局1974年版,第1900页。

生们的期望。州郡立学校建议的正式提出,始于献文帝时期的相州刺史李䜣,李䜣曾上疏求立学校:"今圣治钦明,道隆三五,九服之民,咸仰德化,而所在州土,学校未立。臣虽不敏,诚愿备之,使后生闻雅颂之音,童幼睹经教之本。……臣愚欲仰依先典,于州郡治所各立学官。使士望之流、冠冕之胄,就而受业,庶必有成。其经艺通明者贡之王府。则郁郁之文,于是不坠。"①从奏疏中可以看出,李䜣有明确的传承儒统的意识。张恂与李䜣所在的常山和相州,本属燕赵地区。燕赵地区儒学繁盛,但其他地区则相对落后,这也注定了州郡学校的建设具有明显的不均衡特点。有的州郡如燕赵地区,可以起到很好的效果,但有些地区本身儒学并不发达,很难产生同等效果。宣武帝时期,元英曾上奏考察诸州郡学生学习效果:"谨案学令:诸州郡学生,三年一校所通经数,因正使列之,然后遣使就郡练考。臣伏惟圣明,崇道显成均之风,蕴义光胶序之美,是以太学之馆久置于下国,四门之教方构于京㵑。计习训淹年,听受累纪,然俊造之流应问于魏阙,不革之辈宜返于齐民,使就郡练考,核其最殿。顷以皇都迁构,江扬未一,故乡校之训,弗遑正试。致使薰莸之质,均诲学庭;兰萧之体,等教文肆。今外宰京官,铨考向讫,求遣四门博士明通五经者,道别校练,依令黜陟。"②在迁都洛阳以后,州郡虽然兴学,但"乡校之训,弗遑正试",致使"薰莸之质,均诲学庭;兰萧之体,等教文肆"。元英正是看到了州郡学校在人才培养上存在的诸多弊端,因此建议派遣使者"就郡练考,核

---

① 《魏书》,中华书局1974年版,第1040页。
② 《魏书》,中华书局1974年版,第497—498页。

其最殿",但他的建议在宣武帝处得到的回应却是:"学业堕废,为日已久,非一使能劝,比当别敕。"① 吕思勉先生认为北魏时期郡县之学规制虽详,"然亦徒文具而已","规制徒详,并无益于实际也"。其兴学行为"多有粉饰升平之意,地方为物力所限,势不能如中央之修举也"。②

北魏中央官学与地方官学的不振,究其根源在于北魏统治者对于儒学介入政治的热忱度虽高,但儒学在国家治理中,实际发挥的作用并不突出,致使选官系统中"进必吏能,升非学艺。是使刀笔小用,计日而期荣;专经大才,甘心于陋巷③。儒生的仕途因此大受阻碍,博士以及太学生们也比较清楚此点,有的太学生甚至改弦更张,充为武将,以谋进取。如尉拨"为太学生,募从兖州刺史罗忸击贼于陈汝,有功,赐爵介休男。从讨和龙,迁虎贲帅,转千人军将"④。北魏人才的选拔更趋向于实用性,经术并非选拔人才的必要条件。相比之下,能够直接为朝廷提供智力或武力支持,比讨论儒学经典更具有实效性。这种观念一直延续至北魏末年乃至北齐时期。如北魏末年,赵郡人李子雄"家世并以学业自通",但却毅然放弃世代相传的儒学,转而从军,其兄李子旦以"弃文尚武,非士大夫素业"相劝,但李子雄曰:"自古诚臣贵仕,文武不备而能济功业者鲜矣。既文且武,兄何病焉。"⑤ 此种"既文且武"的观念在北齐名儒杨愔身上

① 《魏书》,中华书局 1974 年版,第 498 页。
② 吕思勉:《两晋南北朝史》,上海古籍出版社 2005 年版,第 1204 页。
③ 《魏书》,中华书局 1974 年版,第 1704 页。
④ 《魏书》,中华书局 1974 年版,第 729 页。
⑤ 《北史》,中华书局 1974 年版,第 1237 页。

同样有所体现。杨愔在韩陵之战中身先士卒,"每阵先登",被人赞曰:"杨氏儒生,今遂为武士。"[1]无论是弃文尚武还是既文且武,都是儒生在无法以儒术介入政权后的无奈选择,这更加速了官学的凋敝,于是导致"专经大才,甘心于陋巷"[2]的私学转而勃兴。

三、私学潜流与儒统延续

北魏高允曾言:"自永嘉以来,旧章殄灭。乡闾芜没《雅颂》之声,京邑杜绝释奠之礼。道业陵夷,百五十载。"[3]事实上,高允所说略有不妥,北方自永嘉以来,虽然"京邑杜绝释奠之礼",但乡闾之间并未芜没《雅颂》之声。《魏书·儒林传序》云:"自晋永嘉之后,运钟丧乱,宇内分崩,群凶肆祸,生民不见俎豆之容,黔首唯睹戎马之迹,礼乐文章,扫地将尽。而契之所感,斯道犹存。高才有德之流,自强蓬荜;鸿生硕儒之辈,抱器晦己。"[4]官学的不振导致一批"儒隐"的大量出现,这些高才有德、鸿生硕儒之辈虽然不就官府征辟,但依然讲学不辍,或笃学自励,以维系儒统延续为己任。为保存儒统的延续不断,"自强蓬荜""抱器晦己"成为儒生们新的人生选择,这些儒生是"斯道犹存"的主要力量。

这些隐儒的出现一方面是因为官学不振,虽然官府多授予

---

① 《北齐书》,中华书局 1972 年版,第 455 页。
② 《魏书》,中华书局 1974 年版,第 1704 页。
③ 《魏书》,中华书局 1974 年版,第 1077—1078 页。
④ 《魏书》,中华书局 1974 年版,第 1841 页。

官职,但往往与其倾心学术的志趣不符。抱器晦己的儒隐往往本身志趣不在官场,思想上多受道家影响,志守冲素,不预人事。如天水人杨轲"养徒数百,常食粗饮水,衣褐缊袍,人不堪其忧,而轲悠然自得,疏宾异客,音旨未曾交也。……刘曜僭号,征拜太常,轲固辞不起,曜亦敬而不逼,遂隐于陇山"①;敦煌效谷人宋纤"少有远操,沈靖不与世交,隐居于酒泉南山。明究经纬,弟子受业三千余人。不应州郡辟命,惟与阴颙、齐好友善"②;陇西狄道人辛谧"虽处丧乱之中,颓然高迈,视荣利蔑如也"③;李谧"不饮酒,好音律,爱乐山水,高尚之情,长而弥固,一遇其赏,悠尔忘归"④。亦有因乱世抱持明哲保身之道者,如敦煌人氾腾"属天下兵乱,去官还家"⑤;谯秀"知天下将乱,预绝人事,虽内外宗亲,不与相见。郡察孝廉,州举秀才,皆不就"⑥。董景道于"永平中,知天下将乱,隐于商洛山,衣木叶,食树果,弹琴歌笑以自娱"⑦。

　　另一方面,也有抱持华夷之辨的儒家观念,自觉与胡族政权保持距离的自尊心理。如杨轲"既见季龙,不拜,与语,不言"⑧;公孙凤"及见暐,不言不拜";公孙永"及见暐,不拜,王公

---

① 《晋书》,中华书局1974年版,第2449—2450页。
② 《晋书》,中华书局1974年版,第2453页。
③ 《晋书》,中华书局1974年版,第2447页。
④ 《魏书》,中华书局1974年版,第1937页。
⑤ 《晋书》,中华书局1974年版,第2438页。
⑥ 《晋书》,中华书局1974年版,第2444页。
⑦ 《晋书》,中华书局1974年版,第2355页。
⑧ 《晋书》,中华书局1974年版,第2450页。

以下造之，皆不与言"。①又《晋书·姚兴载纪》载辛恭靖"至长安，引见兴而不拜，兴曰：'朕将任卿以东南之事。'靖曰：'我宁为国家鬼，不为羌贼臣。'兴怒，幽之别室"②。《晋书·赫连勃勃载纪》载，赫连勃勃曾征隐士京兆韦祖思，韦祖思恭惧过礼，勃勃怒曰："吾以国士征汝，奈何以非类处吾！汝昔不拜姚兴，何独拜我？我今未死，汝犹不以我为帝王，吾死之后，汝辈弄笔，当置吾何地！"③遂杀之。

儒生这种不与政权合作的姿态，以及胡族政权对于人才需求之间的矛盾，导致胡族政权在人才征用上，多以逼遣的方式征辟儒生。如石季龙备玄纁束帛安车征杨轲，"轲以疾辞。迫之，乃发"④；张祚遣使者以安车束帛征郭荷为博士祭酒，"使者迫而致之"⑤又遣使者张兴备礼征宋纤为太子友，"兴逼喻甚切"⑥；拓跋什翼犍甚至曾以屠城作为威胁，强征代人燕凤，燕凤"博综经史，明习阴阳谶纬。昭成素闻其名，使人以礼迎致之。凤不应聘。乃命诸军围代城，谓城人曰：'燕凤不来，吾将屠汝。'代人惧，送凤"⑦。在太武帝以前，此种现象依然十分严重，"先是，辟召贤良，而州郡多逼遣之"，因此太武帝特下诏书称："诸召人皆当以礼申谕，任其进退，何逼遣之有也！"⑧然而即便到了孝文帝

---

① 《晋书》，中华书局1974年版，第2451页。
② 《晋书》，中华书局1974年版，第2984页。
③ 《晋书》，中华书局1974年版，第3209页。
④ 《晋书》，中华书局1974年版，第2450页。
⑤ 《晋书》，中华书局1974年版，第2454页。
⑥ 《晋书》，中华书局1974年版，第2453页。
⑦ 《魏书》，中华书局1974年版，第609页。
⑧ 《魏书》，中华书局1974年版，第81页。

时期,仍有逼遣儒生入仕的行为,如刘献之"本郡举孝廉,非其好也,逼遣之,乃应命,至京,称疾而还。高祖幸中山,诏征典内校书,献之喟然叹曰:'吾不如庄周散木远矣! 一之谓甚,其可再乎。'固以疾辞"①。太武帝之前逼遣的儒生多受华夷之辨的影响,心理上不愿意接受胡族政权的统治。孝文帝以后的儒生不仕,则多是志趣所向。

北朝儒生参与政治的热情度不高的另一个原因,是因为在政治生活中重吏不重儒,儒生参与政治决策的机会不多。北魏末年,羊深曾提出儒生不受重用的现象:"自兹已降,世极道消……进必吏能,升非学艺。……至如当世通儒,冠时盛德,见征不过四门,登庸不越九品。以此取士,求之济治,譬犹却行以及前,之燕而向楚。积习之不可者,其所由来渐矣。"②在北魏上层看来,儒生往往优柔闲雅,目光短浅,长于俎豆之事,疏于决断。如孝文帝在迁都洛阳时,李冲曾不断进言劝阻,孝文帝大怒称:"方欲经营宇宙,一同区域,而卿等儒生,屡疑大计,斧钺有常,卿勿复言!"③以李冲之资历尚且被视为目光短浅,这促使很多儒生基本游离于政权之外。如贾思伯"自以儒素为业,不好法律,希言事"④;高允晚年也"儒者优游,不以断决为事"⑤。在政治生活中发言权较少,也是儒生普遍不愿入仕的主要原因。

这些不与政权合作的儒生或选择隐逸山林,或选择在乡里

① 《魏书》,中华书局 1974 年版,第 1850 页。
② 《魏书》,中华书局 1974 年版,第 1704 页。
③ 《魏书》,中华书局 1974 年版,第 1183 页。
④ 《魏书》,中华书局 1974 年版,第 1613 页。
⑤ 《魏书》,中华书局 1974 年版,第 1086 页。

间传播儒学。如李谧"结宇依岩,凭崖凿室,方欲训彼青衿,宣
扬坟典,冀西河之教重兴、北海之风不坠"[1];庐江杜夷"年四十
余,始还乡里,闭门教授,生徒千人"[2];杨方"自以地寒,不愿久
留京华,求补远郡,欲闲居著述。……导将进之台阁,固辞还乡
里,终于家"[3];王欢"安贫乐道,专精耽学,不营产业,常丐食诵
《诗》,虽家无斗储,意怡如也"[4];徐遵明于"建义中,以兄场卒,
遂抚育孤侄,归于乡里"[5];常爽"不事王侯,独守闲静,讲肄经典
二十余年"[6];(《资治通鉴》曰:"由是魏之儒风始振。"[7])"高祖
幸中山,诏征典内校书"[8],刘献之固以疾辞;张吾贵"气陵牧守,
不屈王侯,竟不仕而终"[9];梁祚"积十余年,虽羁旅贫窘而著述
不倦。……清贫守素,不交势贵"[10];河东人关朗"有经济大器,
妙极占算,浮沈乡里,不求官达"[11],等等。以上所举数例仅于史
书中明确记载,具有代表性者。

　　浮沉乡里的情况到北朝后期尤其突出。北齐时期,国学博

---

[1] 《魏书》,中华书局 1974 年版,第 1938 页。
[2] 《晋书》,中华书局 1974 年版,第 2353 页。
[3] 《晋书》,中华书局 1974 年版,第 1831 页。
[4] 《晋书》,中华书局 1974 年版,第 2366 页。
[5] 《魏书》,中华书局 1974 年版,第 1179 页。
[6] 《魏书》,中华书局 1974 年版,第 1849 页。
[7] 〔宋〕司马光编著,〔元〕胡三省音注,"标点资治通鉴小组"校点:《资治通鉴》,古籍出版社 1956 年版,第 3878 页。
[8] 《魏书》,中华书局 1974 年版,第 1850 页。
[9] 《魏书》,中华书局 1974 年版,第 1851 页。
[10] 《魏书》,中华书局 1974 年版,第 1844—1845 页。
[11] 张沛:《中说校注》,中华书局 2013 年版,第 275 页。

士已徒有虚名，"唯国子一学，生徒数十人耳"①，官学不振的情况依然没有得到改善，"故横经受业之侣，遍于乡邑；负笈从宦之徒，不远千里。伏膺无怠，善诱不倦。入闾里之内，乞食为资；憩桑梓之阴，动逾千数。燕、赵之俗，此众尤甚"②。北齐时期，燕赵之地是非常重要的儒学传承地，燕赵之地的儒生有悠久的私学传统。如李铉"年二十七，归养二亲，因教授乡里，生徒恒至数百。燕、赵间能言经者，多出其门"③；邢峙"游学燕、赵之间"④；马敬德"教授于燕、赵间，生徒随之者众"⑤；中山人冯伟"后还乡里，闭门不出将三十年，不问生产，不交宾客，专精覃思，无所不通"⑥；渤海人鲍季详"齐亡后，归乡里讲经，卒于家"⑦。他们以乡里授徒的形式将燕、赵地区汉魏以来的儒学传统延续下去。

既然不与政权合作，也就不能食官禄，因此乡里授徒是儒生维持生计的主要方式。《魏书·贾思伯传》载："初，思伯与弟思同师事北海阴凤授业，无资酬之，凤遂质其衣物。及思伯之部，送缣百匹遗凤，因具车马迎之，凤惭不往。时人称叹焉。"⑧贾思伯没有学费，阴凤竟要求其以衣物作抵押。大儒徐遵明虽然"讲学于外二十余年，海内莫不宗仰"，但"颇好聚敛，有损儒

---

① 《北齐书》，中华书局1972年版，第582页。
② 《北齐书》，中华书局1972年版，第582—583页。
③ 《北齐书》，中华书局1972年版，第585页。
④ 《北齐书》，中华书局1972年版，第589页。
⑤ 《北齐书》，中华书局1972年版，第590页。
⑥ 《北齐书》，中华书局1972年版，第587页。
⑦ 《北齐书》，中华书局1972年版，第588页。
⑧ 《魏书》，中华书局1974年版，第1613页。

者之风"。① 由此可知,当时乡里授徒收取学费,是儒生维持生计的重要渠道,这也是北朝私学兴盛的一个重要原因。

民间私学的盛行,虽潜在促进儒统之延续,但其弊端也十分明显:首先,乡里间儒者多专精一经,欲广其学者,不得不转益多师。如李铉"年十六,从浮阳李周仁受《毛诗》《尚书》,章武刘子猛受《礼记》,常山房虬受《周官》《仪礼》,渔阳鲜于灵馥受《左氏春秋》"②。孙惠蔚"十八,师董道季讲《易》;十九,师程玄读《礼经》及《春秋》三传。周流儒肆,有名于冀方"③。这些儒生在某一经上有固定的师学延续,其学成后,又多转回乡里开坛授徒。如赵翼《廿二史札记·北朝经学》所言:"诸儒师资有自,非同后世稗耳贩目之学也。其业既成,则各有所著,以开后学。"④

其次,乡里间的学术资源有限。一方面,乡里书籍有限,如刘昼"恨下里少坟籍,便杖策入都。知太府少卿宋世良家多书,乃造焉。世良纳之。恣意披览,昼夜不息"⑤。刘焯得知"武强交津桥刘智海家素多坟籍,焯与炫就之读书,向经十载,虽衣食不继,晏如也"⑥。另一方面,乡里间师资水平不够,李铉因"乡里无可师者",转而与州里杨元懿、河间宗惠振等人"结侣诣大儒徐

---

① 《魏书》,中华书局 1974 年版,第 1855 页。
② 《北齐书》,中华书局 1972 年版,第 584 页。
③ 《魏书》,中华书局 1974 年版,第 1852 页。
④ 〔清〕赵翼著,王树民校证:《廿二史札记校证》,中华书局 2013 年版,第 334 页。
⑤ 《北齐书》,中华书局 1972 年版,第 589 页。
⑥ 《隋书》,中华书局 1973 年版,第 1718 页。

遵明受业"。①可知乡里资源有限,学业难以精进。

再次,墨守郑玄章句之学,对于儒学新趋势把握不住,尤其是对玄学化的新解经方式接受度较低。隋代王邵曰:"魏、晋浮华,古道夷替,洎王肃、杜预,更开门户。历载三百,士大夫耻为章句。唯草野生专经自许,不能究览异义,择从其善。徒欲父康成,兄子慎,宁道孔圣误,讳闻郑、服非。然于郑、服甚愦愦,郑、服之外皆仇也。"②唐长孺先生称:"北朝经学实即河北之学,而河北之学基本上沿袭汉末的郑玄之学。"③正因为民间私学兴盛,从教人员较多,因此经师必要树立权威,对于郑玄、服虔之说,不敢以意擅改,致使"郑、服之外皆仇也"。

对于墨守章句的问题,皮锡瑞认为,这正是北学纯正胜于南学之处,究其原因在于:"北人俗尚朴纯,未染清言之风、浮华之习,故能专宗郑、服,不为伪孔、王、杜所惑。"④谨守师学,固守汉魏传统,虽然不失淳朴,但不免流于鄙俗。此点在颜之推《颜氏家训·勉学》中即有所言及:

> 末俗已来不复尔,空守章句,但诵师言,施之世务,殆无一可。……洛阳亦闻崔浩、张伟、刘芳,邺下又见邢子才:此四儒者,虽好经术,亦以才博擅名。如此诸贤,故为上品,以外率多田野闲人,音辞鄙陋,风操蚩拙,相与专固,无所堪

---

① 《北齐书》,中华书局 1972 年版,第 584 页。

② 《旧唐书》,中华书局 1975 年版,第 3181 页。

③ 唐长孺:《魏晋南北朝隋唐史三论》,中华书局 2011 年版,第 218 页。

④ 〔清〕皮锡瑞著,周予同注释:《经学历史》,中华书局 1959 年版,第 182 页。

能,问一言辄酬数百,责其指归,或无要会。邺下谚云:"博士买驴,书券三纸,未有驴字。"使汝以此为师,令人气塞。[1]

在颜之推看来,好经术但不失博才者是为上品,他认为乡里间教授私学的"田野闲人"守家学师学,转述多,发挥少,是北朝经学的一大弊端。《周书·儒林传》中载有樊深者,"经学通赡,每解书,尝多引汉、魏以来诸家义而说之。故后生听其言者,不能晓悟。皆背而讥之曰:'樊生讲书多门户,不可解。'"[2]此与颜之推所言"相与专固,无所堪能,问一言辄酬数百,责其指归,或无要会"若合符契。此类儒生不在少数,因此《隋书·儒林传序》称"爰自汉、魏,硕学多清通,逮乎近古,巨儒多鄙俗"[3]。私学导致门户之间壁垒森严,交流不够充分,固守章句,遂多鄙俗之儒。

从私学的表现来看,北朝儒统的延续是在私不在官。北魏太武帝时期,曾下令禁止私学,《魏书·世祖纪下》载太平真君五年(444)春正月庚戌诏曰:"今制,自王公已下至于卿士,其子息皆诣太学。其百工伎巧、驺卒子息,当习其父兄所业,不听私立学校。违者师身死,主人门诛。"[4]说明当时私立学校风气较盛,不诣公门,私家传授者较多。太武帝禁私学的另一个主要目的在于,将流落于乡里的儒生或者诸生收归至中央管辖范围内,进而达到笼络人才的目的。因为官学与私学的追求不同,官

---

① 王利器:《颜氏家训集解(增补本)》,中华书局1993年版,第176—177页。
② 《周书》,中华书局1971年版,第811—812页。
③ 《隋书》,中华书局1973年版,第1706页。
④ 《魏书》,中华书局1974年版,第97页。

学更多是为了笼络高门士族,是儒学高门与政权合作的手段,而私学则保证了儒统的延续。

四、儒学高门对儒统的延续及其局限性

在官学和私学之外,儒学高门也承担儒统的延续。与官学、私学侧重于经学的传延不同,儒学高门更侧重在政治生活中对儒家伦理精神的渗透。

陈寅恪在《崔浩与寇谦之》一文中提出:"故东汉以后学术文化,其重心不在政治中心之首都,而分散于各地之名都大邑。是以地方之大族盛门乃为学术文化之所寄托。中原经五胡之乱,而学术文化尚能保持不坠者,固由地方大族之力,而汉族之学术文化变为地方化及家门化矣。故论学术,只有家学之可言,而学术文化与大族盛门常不可分离也。"[1]陈寅恪先生更多关注到儒学高门在政治中的表现而有此结论,但高门士族却不能代表儒家正统学术的传承。所谓的地方儒学高门在进入政权后,其性质往往发生变化,身份已经转换为政治家。如贾思伯"少虽明经,从官废业"[2]的情况不在少数,对儒家学说主要从理念及思维上对少数民族政权者进行影响,因此儒家在学术传承上,更多的是依赖民间儒者,甚至寒门出身的普通人。尤其是北朝在经学传承上起到重要作用的一些大儒,多非高门出身,如徐遵明、刘献之等人多是"少而孤贫"。

儒学高门与胡族政权是一种暂时性的合作关系,维系家门

---

① 陈寅恪:《金明馆丛稿初编》,上海古籍出版社 1980 年版,第 131 页。
② 《魏书》,中华书局 1974 年版,第 1615 页。

不堕和政权稳定是维持两者关系稳定的纽带。敦煌人宋繇的行为典型体现了两者合作的不稳定性。宋繇在后凉吕光时，除郎中，后转投段业，又因为段业"无经济远略，西奔李暠，历位通显"①。沮渠蒙逊平酒泉后，又拜宋繇为尚书吏部郎中，委以铨衡之任。北魏拓跋焘平凉州后，又拜为河西王右丞相，赐爵清水公，加安远将军。从宋繇的几次改换门庭，可以看出其忠君意识较为淡薄，更多的是具有自觉维护门户不堕以及承担儒统的意识。宋繇少有志尚，曾言："门户倾覆，负荷在繇，不衔胆自厉，何以继承先业！"②他虽在兵难之间，但"讲诵不废，每闻儒士在门，常倒屣出迎，停寝政事，引谈经籍"③。这种维持家门不堕及延续儒统的意识，使他虽然几次易主，但依然不废儒学，也因此受到北魏君主的礼遇。正如陈明所言："当时确有许多士族是怀着实现儒家王道政治理想而与胡人政权结合在一起的，颇近'邦有道则仕，邦无道则隐'的风格。"④

儒学高门在进入胡族政权后，多转向政治。学而优则仕的理念使其入仕之后，对儒家经典的研习和传承并不多，更多是在儒家精神层面或儒家伦理观念上对上层进行影响，然而这种影响往往也伴随着残酷的代价。当儒家的精神内核一旦与政权相违，政权便毫不犹豫地舍弃甚至牺牲儒家伦理。如韦谀在冉闵政权中提出建议，要"诛屏降胡，去单于之号，深思圣王苞桑之

① 《魏书》，中华书局 1974 年版，第 1152 页。
② 《魏书》，中华书局 1974 年版，第 1152 页。
③ 《魏书》，中华书局 1974 年版，第 1152—1153 页。
④ 陈明：《儒学的历史文化功能——士族：特殊形态的知识分子研究》，学林出版社 1997 年版，第 297 页。

诚也",但冉闵"志在绥抚,锐于澄定,闻其言,大怒,遂诛之"。[①]

在胡族文化与儒学发生冲突,乃至触及到统治阶层自尊心时,便会对其产生致命打击,北魏早期崔浩案是显著的例子。关于导致崔浩案的原因有多种说法,但究其实质,乃是以崔浩为代表的儒学高门在试图改变胡族文化的道路上走得过于激进。他的一系列做法如非毁佛法、分明族姓、修史备而不典,乃至于心存华夏等,究其本质都是为了维系儒家传统的精神内核,甚至希望使儒学通过自己的努力重新在胡族政权中焕发生命。但其结果是受到现实的剧创,受到崔浩案牵连的儒学士族也遭到沉痛打击,"清河崔氏无远近,范阳卢氏、太原郭氏、河东柳氏,皆浩之姻亲,尽夷其族"[②]。这一事件直接使得诸多儒学高门在此后的政治风浪中谨小慎微行事,以高允为代表的儒学高门在汉化的道路上始终保持谨慎态度。崔浩案后,高允自言"不为文二十年矣"[③],张湛也烧掉了与崔浩此前的往来赠诗[④],凡此种种,皆道出了在夹缝中生存的儒学士族的艰辛与无奈。一方面,他们努力维持家门在政治斗争中不堕,一方面尽力维系根深蒂固的儒家精神。相比于后者而言,前者显得更为重要,因此有时不惜以牺牲儒家精神为代价,以迁就家门长久。

在崔浩案之后,以高允为代表的儒学高门虽然谨慎前行,

[①] 《晋书》,中华书局 1974 年版,第 2361 页。

[②] 《魏书》,中华书局 1974 年版,第 826 页。

[③] 《魏书》,中华书局 1974 年版,第 1081 页。

[④] 《魏书·张湛传》:"湛至京师,家贫不粒,操尚无亏,浩常给其衣食。每岁赠浩诗颂,浩常报答。及浩被诛,湛惧,悉烧之。"(中华书局 1974 年版,第 1154 页)

但并未放弃对北魏上层进行儒家精神的渗透。文成帝时期，高允曾有《上谏文成帝不厘改风俗》，其中提到大飨之礼中，"今之大会，内外相混，酒醉喧诼，罔有仪式。又俳优鄙艺，污辱视听。朝庭积习以为美，而责风俗之清纯，此五异也"[1]。可见在孝文帝之前的朝廷宴会上，依然保持了鲜卑族原始的风俗。此外，高允还针对婚姻、丧葬、祭祀等内容提出改革的建议。虽然此前有些风俗已经明令改革，但是效果并不显著，"虽条旨久颁，而俗不革变"，乃至高允感叹"教化陵迟，一至于斯"。[2]但是对于高允的劝谏，文成帝也只是"从容听之"而已，甚至"或有触迕，帝所不忍闻者，命左右扶出"。[3]由此可知，以儒家伦理精神对游牧民族浸染已久的风俗习惯进行改变是需要时间的。但高允并未放弃努力，孝文帝太和二年（478）告老还乡后，高允上献《酒训》一文，其中提到："在朝之士，有志之人，宜克己从善，履正存贞。节酒以为度，顺德以为经。悟昏饮之美疾，审敬慎之弥荣。遵孝道以致养，显父母而扬名。蹈闵曾之前轨，遗仁风于后生。仰以答所授，俯以保其成。"[4]其表面是劝戒官员不要饮酒，实际则是宣扬儒家"克己从善""遵孝道以致养"等伦理精神。《酒训》与《上谏文成帝不厘改风俗》同样是针对改变拓跋民族旧习而发，但显然《酒训》更富有儒家教训意味。

　　经过政权中儒学高门的不断努力，儒家伦理精神以及文化

---

[1]《魏书》，中华书局 1974 年版，第 1075 页。
[2]《魏书》，中华书局 1974 年版，第 1074 页。
[3]《魏书》，中华书局 1974 年版，第 1075 页。
[4]《魏书》，中华书局 1974 年版，第 1088 页。

风俗渐渐改变了胡族的文化结构。从北魏贵族的墓志中,明显可以看出深受儒学浸染后的北魏贵族文士化及儒士化的倾向十分突出。[①]北朝后期,儒家的精神核心已然渗透至国家法典中,北周苏绰的《六条诏书》,即是将儒家伦理精神贯彻到国家治理层面的成功范例。在《六条诏书》中,苏绰首先强调的就是要"先治心",强调地方官要以清心为务,控制物质欲望的膨胀,如谷川道雄所言,此条"先治心"的目的即"超越了作为他律规范的道德,进而追求更为先验的内在世界的境界","这不仅是一种他们以官僚生活的心境治民的问题,也是在私生活中以同样生活态度要求自己的问题"。[②]简而言之,这就是先秦儒家所强调的"慎独"精神的体现,强调以儒家修身伦理来控制个人欲望,是对北魏官员无俸禄导致的官场贪污腐败现象的纠正,也是对抗北朝后期胡化倾向抬头的一次胜利。

回到王夫之所言,王夫之在明末清初的历史节点肯定了十六国北朝儒生对儒统的延续,其实也是在宣示弘道在人,而不在政。无论政权如何更替,儒统始终不会断绝。其思想明显带有家国民族情怀。本节无意探讨王夫之政治思想的问题,仅以王夫之儒统论为引发,对十六国北朝儒学具体情况进行思考与

---

① 详参何德章:《北魏迁洛后鲜卑贵族的文士化——读北朝碑志札记之三》,《魏晋南北朝史丛稿》,商务印书馆 2010 年版,第 263—282 页;王永平:《迁洛元魏皇族群体之文雅化——以学术文化水平提升为中心》,《迁洛元魏皇族与士族社会文化史论》,中国社会科学出版社 2017 年版,第 120—127 页。

② [日]谷川道雄著,马彪译:《中国中世社会与共同体(增订本)》,上海古籍出版社 2013 年版,第 187 页。

还原,认为十六国北朝儒统的延续,在于以儒生个体为中心的求学、教授、著述等方面,无论是在乡里或是都城,其与政权的关系虽是复杂多变的,但儒生始终保持对儒家信念的坚持,对儒家精神的践行,使儒学虽在乱世,但未经断裂,反而呈现欣欣向荣之局面。孔子云:"人能弘道,非道弘人。"[1]《中庸》亦云:"道不远人,人之为道而远人,不可以为道。"[2]或即此谓也。唐人李百药《北齐书·儒林传》赞曰:"大道既隐,名教是遵,以斯建国,以此立身。帝图杂霸,儒风未纯,何以不坠,弘之在人。"[3]庶几可与王夫之所论相呼应。

---

① 〔清〕阮元校刻:《十三经注疏(清嘉庆刊本)》,中华书局 2009 年版,第5470 页。
② 〔清〕阮元校刻:《十三经注疏(清嘉庆刊本)》,中华书局 2009 年版,第3531 页。
③ 《北齐书》,中华书局 1972 年版,第 597 页。

第二章　武功与文德
——北魏民族融合的进程

第一节　北魏正统化进程中的汉族士人

在北魏的汉化进程中,追求中原正统始终是伴随北魏政权建设的重要内容。道武帝之前,亦即代国时期的拓跋族,仍然延续十六国对华夷认知的态度,其华夷身份之区别仍很清晰,对于正统的构建依然没有明确的方向。到了太武帝时期,华夷身份的冲突随着需求的急切以及改革的深入,触及到实质性内容。崔浩的"国史之狱",实则是北魏构建正统以及华夷秩序重建过程中,汉族士人与北魏政权矛盾集中爆发的体现。在此过程中,汉族士人为实现中原秩序的重建,努力打破鲜卑大民族主义的观念,将中华正统的衣冠穿在鲜卑统治者的身上,付出了诸多代价。

一、北魏前期士人地位与正统化进程

十六国时期,曾经短暂实现过大一统的晋室南渡,此时中华正统尚且明确。前燕、前秦、后秦、前凉、西凉等政权都不同

程度地认可东晋司马氏的正统地位。[①]且国家之间忙于征战，国祚短暂，彼此间皆以武力为胜，以掠民为目的，无暇进行政治正统及文化正统的运作，正统建设必待统一以后方可考虑。前秦与北魏都曾统一过北方，但两者对正统的理解与构建的步伐都不相同。前秦自376年统一北方后，至394年被姚苌所灭，其统一时间仅19年，又因其内部少数民族成分混杂，民心不齐，使得正统建设的效果和作用不甚明显。北魏439年灭北凉，统一北方。在此之前，永嘉之乱中曾经援晋，猗卢受封为代王，食代、常山二郡，之后割裂与西晋的关系成为其确立正统的前提。[②]在北魏统一北方之后，南朝刘裕于420年篡晋建宋，刘裕篡取政权的弱点恰好给北魏建立正统制造了契机。

北魏正统化的锻造过程可以孝文帝为分界线分成两个阶段。北魏出现在十六国后期，是北方少数民族南下的代表，保留大量原始的生产生活方式以及氏族习惯。其前期文化程度不能与中原少数民族政权如苻秦、慕容燕等同，更遑论与汉族匹敌，且早期北魏"情专武略，未修文教"[③]，在武功上的重视大于文化

---

① 慕容廆、慕容皝接受东晋封号为燕王，后慕容儁始僭称伪帝王，《十六国春秋·前燕录》载："十一月，儁即皇帝位于正阳前殿，大赦改年，时晋遣使诣儁，谓之曰：'还白汝天子，我承人乏，为中国所推，已为帝矣。'"苻坚早期对晋称臣，但后有僭伪之心，《十六国春秋·前秦录》载："永和六年，帝以洪为征北大将军、都督河北诸军事、冀州刺史、广川郡公，时有说洪称尊号者，洪亦以谶文有'草付应王'。"而张轨始终"以晋室多难，阴图保据河西，追窦融故事"。可谓忠诚。（《丛书集成初编》本，商务印书馆1937年版，第67、19、45页）《十六国春秋·前凉录》载西凉李氏二主亦仅称"公"而未称"帝"。

② 宋妍娟：《拓跋氏援晋与北魏正统问题》，《沧桑》2004年第1期。

③ 《魏书》，中华书局1974年版，第2780页。

上的建树。到太武帝时期,军事和官制尚且不完善,文化建设更是阙如,《魏书·世祖纪上》载:"昔太祖拨乱,制度草创,太宗因循,未遑改作,军国官属,至乃阙然。"[1]又如崔浩所言:"太祖用漠北醇朴之人,南入中地,变风易俗,化洽四海。"[2]揭示了其早期文化落后的事实,因而中原士人多不愿入北魏仕宦。在这一前提下,正统的锻造对于早期北魏意义重大,能否以正当名义团结汉族士人力量成为这时期正统建设的主要任务。而自孝文帝全面汉化改革后,汉族士人的势力得到稳固,与南朝对立则成为正统意义的指向和文化建设的目的。

对于北魏来说,正统建设与汉化进程是相互促进、相互激发的。[3]而汉化的过程与汉族士人地位的升黜关系密切。进一步说,汉族士人在正统化建设过程中起到至关重要的作用。正如陈寅恪先生所言:"在我国历史上,统一不能从血统着手而要看文化高低。文化低的服从文化高的,次等文化服从高等文化。

---

① 《魏书》,中华书局 1974 年版,第 76 页。

② 《魏书》,中华书局 1974 年版,第 811 页。

③ 陈寅恪先生认为:"北魏孝文帝迁都洛阳,推行汉化,在与南朝争取文化正统地位上,做得相当成功。……洛阳为东汉、魏、晋故都,北朝汉人有认庙不认神的观念,谁能定鼎嵩洛,谁便是文化正统的所在。正统论中也有这样一种说法,谁能得到中原的地方,谁便是正统。如果想被人们认为是文化正统的代表,假定不能并吞南朝,也要定鼎嵩洛。当然,单是定鼎嵩洛,不搞汉化也不行。孝文帝迁都洛阳,厉行汉化,其目的正在统一胡汉,确保北魏统治。"(万绳楠整理:《陈寅恪魏晋南北朝史讲演录》,贵州人民出版社 2007 年版,第 200 页)陈金凤:《北魏正统化运动论略》:"或可以说,如果没有正统化的驱动,汉化是不大可能坚持下去的,正统运动正是促使拓跋鲜卑不断吸收先进汉族文化的动力。"(《黑龙江民族丛刊》2008 年第 1 期)

而文化最高的是汉人中的士族。要统一汉人和各种不同的胡人，就要推崇汉化，要汉化就要推崇汉人，而推崇汉人莫过于推崇士族。"①

在北魏建立政权的过程中，部分汉族士人起到了鼓励支持的作用。《魏书·良吏列传》载张衮弟张恂言于太祖曰："金运失御，刘石纷纭，慕容窃号山东，苻姚盗器秦陇，遂使三灵乏响，九域旷君。大王树基玄朔，重明积圣，自北而南，化被燕赵。今中土遗民，望云冀润。宜因斯会，以建大业"，"太祖深器异，厚加礼焉"。②所谓"金运"指的就是晋朝，张衮分析形势，劝太祖继承晋朝正统，尽快在中原建立政权。又如许谦"及闻（慕容）垂死，谦上书劝进。太祖善之"③。劝太祖抓紧战略时机，进攻后燕以占据中原。汉族士人在经历刘石混乱以后，已经不再抱有匡复晋室的希望，政权掌握在谁手中并不重要，重要的是能够有机会维系其所信奉的儒家理念以及使家族门第长久不坠。

但道武帝对这些汉人只以谋士视之，多数时候仅是利用其军事外交的才能，如《魏书·许谦传》载："明年，慕容垂复来寇。太祖谓谦曰：'今事急矣，非卿岂能复致姚师，卿其行也。'"④以许谦充当谈判专家的角色。又如张衮"常参大谋，决策帷幄"⑤，为太祖进行军事谋略。这些汉人在军事上的高远认识和杰出

---

① 万绳楠整理：《陈寅恪魏晋南北朝史讲演录》，贵州人民出版社 2007 年版，第 197 页。
② 《魏书》，中华书局 1974 年版，第 1900 页。
③ 《魏书》，中华书局 1974 年版，第 611 页。
④ 《魏书》，中华书局 1974 年版，第 611 页。
⑤ 《魏书》，中华书局 1974 年版，第 613 页。

贡献,使得北魏早期统治者认识到汉族士人的力量和作用。这时的拓跋统治集团也已经对文化建设有了初步的认知,太祖曾经问李先:"'天下何书最善,可以益人神智?'先对曰:'唯有经书。三皇五帝治化之典,可以补王者神智。'又问曰:'天下书籍,凡有几何?朕欲集之,如何可备?'对曰:'伏羲创制,帝王相承,以至于今,世传国记,天文秘纬不可计数。陛下诚欲集之,严制天下诸州郡县搜索备送,主之所好,集亦不难。'太祖于是班制天下,经籍稍集。"①反映了太祖时期已然意识到文教的重要性,并表现出对汉文化的好奇和渴望。

在道武帝的这种认识下,燕凤、崔玄伯、封懿、梁越等汉族士人常常"入讲经传,出议朝政"②,并参与国家政治制度的建设。太祖与张衮"草创制度"③,与崔玄伯议定国号为魏,又"命有司制官爵,撰朝仪,协音乐,定律令,申科禁,玄伯总而裁之,以为永式"④,又"玄伯陈古人制作之体,及明君贤臣,往代废兴之由,甚合上意"⑤。北魏早期文化建设虽显薄弱,但道武帝用汉人首创制度,可以说是汉文化的启蒙时期。

另外,《魏书·贺狄干传》载:"狄干在长安幽闭,因习读书史,通《论语》《尚书》诸经,举止风流,有似儒者。初,太祖普封功臣,狄干虽为姚兴所留,遥赐爵襄武侯,加秦兵将军。及狄干至,太祖见其言语衣服,有类羌俗,以为慕而习之,故忿焉,既而

---

① 《魏书》,中华书局 1974 年版,第 789 页。
② 《魏书》,中华书局 1974 年版,第 610 页。
③ 《魏书》,中华书局 1974 年版,第 620 页。
④ 《魏书》,中华书局 1974 年版,第 621 页。
⑤ 《魏书》,中华书局 1974 年版,第 621 页。

杀之。"①这段材料在引用时常常被理解为道武帝排斥汉化,然而联系《贺狄干传》上下文义,贺狄干之诛主要原因是出于道武帝对姚兴政权的仇视,就此认为道武帝排斥甚至反对汉化有失武断,只能说这时候拓跋氏对血统的认可大于对政权正统性的建设。

道武帝天兴年间,在国家体制改革上进行了初步的汉化,包括立宗庙、典官制、立爵品、定律吕、协音乐等具体措施。②并且加强了对儒学的建设,《魏书·儒林传序》曰:"太祖初定中原,虽日不暇给,始建都邑,便以经术为先,立太学,置五经博士生员千有余人。天兴二年春,增国子太学生员至三千。岂不以天下可马上取之,不可以马上治之,为国之道,文武兼用,毓才成务,意在兹乎?圣达经猷,盖为远矣。四年春,命乐师入学习舞,释菜于先圣、先师。"③但这种早期的制度也"只是部分地采用了汉晋传统,或者说在汉制的名义下糅合了大量鲜卑旧俗"④。如在官名上,《魏书·官氏志》载:"初,帝欲法古纯质,每于制定官号,多不依周汉旧名,或取诸身,或取诸物,或以民事,皆拟远古云鸟之义。诸曹走使谓之凫鸭,取飞之迅疾;以伺察者为候官,

① 《魏书》,中华书局 1974 年版,第 686 页。

② 《魏书·太祖本纪》:"(天兴元年)十有一月辛亥,诏尚书吏部郎中邓渊典官制,立爵品,定律吕,协音乐;仪曹郎中董谧撰郊庙、社稷、朝觐、飨宴之仪;三公郎中王德定律令,申科禁;太史令晁崇造浑仪,考天象;吏部尚书崔玄伯总而裁之。"(中华书局 1974 年版,第 33 页)

③ 《魏书》,中华书局 1974 年版,第 1841—1842 页。

④ 何德章:《北魏初年的汉化制度与天赐二年的倒退》,《中国史研究》2001 年第 2 期。

谓之白鹭,取其延颈远望。自余之官,义皆类此,咸有比况。"①
又如在舆服制度上,《魏书·礼志四》载:"魏氏居百王之末,接
分崩之后,典礼之用,故有阙焉。太祖世所制车辇,虽参采古式,
多违旧章。"②这一胡汉杂糅的特征不仅在早期汉化中表现得明
显,甚至在孝文帝朝还依然有所保留。③但是由于鲜卑贵族与
统治集团的利益不一致等诸多原因,导致这次汉化在天赐年间
流产。④这表明北魏初期汉文化建设面临多方面的阻力,但以
汉化促正统的步伐已经确定,对汉文化的追求作为主流已经潜
伏在统治集团的潜意识之中。

值得注意的是,在明元帝拓跋嗣时期,张衮临终前就已经
提出文化建设的重要意义:

> 方今中夏虽平,九域未一,西有不宾之羌,南有逆命之
> 虏,岷蜀殊风,辽海异教。虽天挺明圣,拨乱乘时,而因几抚
> 会,实须经略。介焉易失,功在人谋。伏愿恢崇睿道,克广
> 德心,使揖让与干戈并陈,文德与武功俱运,则太平之化,康
> 哉之美,复隆于今,不独前世。⑤

---

① 《魏书》,中华书局1974年版,第2973—2974页。
② 《魏书》,中华书局1974年版,第2811页。
③ 孝文帝汉化过程中面临的压力迫使他恢复原始的祭天模式,这是对反对汉
化鲜卑贵族的一种妥协,也是促使孝文帝决定迁都的重要因素之一,与太
祖时期胡汉杂糅的前提是不同的。
④ 何德章:《北魏初年的汉化制度与天赐二年的倒退》,《中国史研究》2001
年第2期。
⑤ 《魏书》,中华书局1974年版,第614页。

"文德与武功俱运"是针对北魏道武帝时期"情专武略,未修文教"[①]的实际情况提出的建设性意见,这成为北魏在道武帝以后历代帝王一直奉行的基本国策。到了太武帝时期,在追忆起张衮的建议时仍觉得受益匪浅,并对张衮"追录旧勋,遣大鸿胪即墓策赠太保,谥曰文康公"[②]。可以说,汉族士人在政权建设早期便认识到政治正统的建立必须要以汉文化正统的确立为前提,汉族士人也是以这样的心态来试图影响拓跋氏统治集团的。

二、北魏前期士人地位与汉化进程

钱穆先生认为:"五胡虽云扰,而北方儒统未绝。"[③]这里的"儒统"可以理解为保存汉文化的整个汉族士人阶层。十六国时期,中原士人基本通过两种方式保全文化:一是进入半封闭性质的邬壁,二是举族迁徙。这两种方式都对北魏前期汉族士人组成成分以及地位的升黜产生了影响。北魏前期汉文化因素的主要来源有四个方面:1.中原以及河北、代北、山东本土汉族士人,如清河崔氏、范阳卢氏等世家大族;2.后燕政权中的汉族士人,因慕容氏早期能够吸引一批中原士人,使辽东地区能够保存大量汉文化;3.河西凉州汉族士人,自张轨建立政权以后,西晋以来士人多聚集凉州,使得这一地区"号有华风"[④];4.南来士人,如"平齐民"身份的青齐士人,献文帝于皇兴三年(469)平

---

① 《魏书》,中华书局1974年版,第2780页。

② 《魏书》,中华书局1974年版,第614页。

③ 钱穆:《国史大纲》,商务印书馆2017年版,第280页。

④ 《魏书·胡叟传》载:"凉州虽地居戎域,然自张氏以来,号有华风。"(中华书局1974年版,第1150页)

齐,将青齐士人迁徙到平城附近的桑乾地区,这些士人在后来太和年间的汉化改革中起到重要作用①。

在这些人中,代北本土士人多是采取积极合作的态度,而北燕地区以及凉州地区的士人在入魏后态度有两种。其不合作者,如封懿由燕入魏,"太祖数引见,问以慕容旧事。懿应对疏慢,废还家"②。从封懿撰《燕书》的事实来看,他对慕容燕的礼制十分谙熟,其"应对疏慢"无非是不愿与北魏合作。这种对前朝文化怀有特殊感情而不愿合作的士人大有人在,崔逞即是此类代表。崔逞本由燕入魏,受张衮的引荐,被太祖"拜为尚书,任以政事,录三十六曹,别给吏属,居门下省。寻除御史中丞"③。虽先后被拜为尚书、御史中丞等要职,但在民族态度上崔逞毫不掩饰对鲜卑的鄙夷。《魏书·崔逞传》载:"太祖攻中山末克,六军乏粮,民多匿谷,问群臣以取粟方略。逞曰:'取椹可以助粮。故飞鸮食椹而改音,《诗》称其事。'太祖虽衔其侮慢,然兵即须食,乃听以椹当租。逞又曰:'可使军人及时自取,过时则落尽。'太祖怒曰:'内贼末平,兵人安可解甲仗入林野而收椹乎?是何言欤!'以中山未拔,故不加罪。"④崔逞的直接死因是他给东晋使者的书信中称东晋皇帝为"贵主",太祖愤而将其处死,与此事相关的张衮也被黜为尚书令史。从这一事件可以看出拓跋氏早期的民族自尊心理在对外交往以及对待士人态度上的影响较

① 严耀中:《平齐民身份与青齐士族集团》,《魏晋南北朝史考论》,上海人民出版社 2010 年版,第 220 页。
② 《魏书》,中华书局 1974 年版,第 760 页。
③ 《魏书》,中华书局 1974 年版,第 757 页。
④ 《魏书》,中华书局 1974 年版,第 758 页。

大。崔逞之死直接影响了汉族士人对拓跋氏政权的参与度,本来答应归降的司马休之在闻听崔逞被杀后,危惧不归,导致太武帝深感后悔,"自是士人有过者,多见优容"①。从这点上讲,崔逞之死与崔浩国史之狱有着同等意义,在于以自身之诛唤起拓跋氏对汉族士人的宽容。

对于合作者,道武帝大多礼遇有加,并且赐予官爵。其中不乏才俊之士,在朝廷中得以重任,如屈遵"拜中书令,出纳王言,兼总文诰"②;张蒲"太宗即位,为内都大官,赐爵泰昌子,参决庶狱"③;北海王宪,逃奔清河匿于民家,"太祖见之,曰:'此王猛孙也。'厚礼待之,以为本州中正,领选曹事,兼掌门下"④。值得注意的是,这些人中或本人或族人皆有被选为行人,从事外交活动者。如张济,"太祖爱之,引侍左右,与公孙表等俱为行人,拜散骑侍郎"⑤;又如宋隐族侄宋宣,"寻兼散骑常侍,使刘义隆"⑥。北魏行人应具备与南朝汉人相对等的才学和风仪,其作用和地位在文化交流中十分重要,且在选拔中多注重家族士望,并非普通士人可以担当。

这些汉人组成了北魏早期朝廷汉化建设的基础,并且在汉文化的保存中起到重要作用。如高湖由慕容燕入魏,其子高谧"以坟典残缺,奏请广访群书,大加缮写。由是代京图籍,莫不审

① 《魏书》,中华书局 1974 年版,第 758 页。
② 《魏书》,中华书局 1974 年版,第 777 页。
③ 《魏书》,中华书局 1974 年版,第 779 页。
④ 《魏书》,中华书局 1974 年版,第 775 页。
⑤ 《魏书》,中华书局 1974 年版,第 787 页。
⑥ 《魏书》,中华书局 1974 年版,第 774 页。

正"①,使北魏典籍得到初步的考订。此外,封轨(封懿族兄)是博通经传的儒者,还参与明堂建设的议论。

虽然太祖后期对汉人"礼遇甚重",但所授官爵与掌管权力都不大,并且他们还时常面临地位不保的危险。在这种情况下,汉族士人行事多谨小慎微,然而即便如此,仍不免被杀戮的危险。如邓渊虽然"谨于朝事,未当忤旨"②,但仍遭太祖怀疑而被杀,《魏书·邓渊传》载:"跋有罪诛,其子弟奔长安,或告晖将送出之。由是太祖疑渊知情,遂赐渊死,既而恨之。时人咸愍惜焉。"③又如晁懿"言音类太祖。左右每闻其声,莫不惊竦。太祖知而恶之"④,竟被太祖所杀。⑤《魏书·高允传》:"魏初法严,朝士多见杖罚。"⑥所谓"法严"实际上是对汉族士人而言。又《魏书·郭祚传》:"太和以前,朝法尤峻,贵臣蹉跌,便致诛夷。"⑦也道出这时士人的被动地位。这种情况下,士人多谨慎行事,如崔玄伯虽然"深为太祖所任。势倾朝廷",但是仍然"俭约自居,不营产业,家徒四壁;出无车乘,朝晡步上"。⑧张衮虽被"太祖器之,礼遇优厚",而且"率心奉上,不顾嫌疑",但仍需"清俭寡

---

① 《魏书》,中华书局 1974 年版,第 752 页。
② 《魏书》,中华书局 1974 年版,第 635 页。
③ 《魏书》,中华书局 1974 年版,第 635 页。
④ 《魏书》,中华书局 1974 年版,第 1944 页。
⑤ 有学者认为这与道武帝后期的精神状态有关,可备一说。见曹文柱:《精神分裂的拓跋珪》,《胡汉分治:南北朝卷》,生活·读书·新知上海三联书店 1992 年版,第 75 页。
⑥ 《魏书》,中华书局 1974 年版,第 1089 页。
⑦ 《魏书》,中华书局 1974 年版,第 1426 页。
⑧ 《魏书》,中华书局 1974 年版,第 621 页。

欲"。^①即便如此,在与崔逞给晋朝的书信中,只因为将晋主称为"贵主",便受牵连而被降职。^②这一情况到孝文帝以后才有所改善。《北史·薛聪传》载孝文帝于酒宴上戏侮薛聪,反被薛聪"因投戟而出。帝曰:'薛监醉耳。'"^③对薛聪的忤逆行为,孝文帝也能表示出宽容的态度。又崔亮敢对元魏宗室广平王怀"正色责之,即起于世宗前,脱冠请罪,遂拜辞欲出"^④。世宗也只是充当和事佬,并未加以责怪。这在北魏早期是不可想象的,从中可看出汉族士人在北魏中后期地位的整体提升。

周一良先生在《魏晋南北朝史札记》"北朝用人兼容并包"一条中解释了北魏早期能够任用汉人的原因:"对北方广大地区之统治,即使在孝文汉化之前,仅依靠代来鲜卑亦无能为力。而从文化言,对南方又不免于自卑之感,因而必须兼容并包,与南朝统治者之偏隘态度大不相同。"^⑤这种"自卑感"是太祖时期得以接受汉文化的基础,也是其诛杀崔逞、邓渊等汉人的深层原因。但总体来说,北魏早期兼容并包的用人态度,为其在汉文化建设中提供了大量人才基础,这些汉族士人在孝文帝改革时期以及在与南方政权的文化对抗中提供了智力支持。

自太祖以后,拓跋氏加强了对北方汉族士人的笼络力度。明元帝永兴五年(413),"诏分遣使者巡求隽逸,其豪门强族为

① 《魏书》,中华书局1974年版,第613—614页。
② 《魏书·张衮传》:"崔逞答司马德宗将郗恢书失旨,黜衮为尚书令史。"中华书局1974年版,第614页。
③ 《魏书》,中华书局1974年版,第1333页。
④ 《魏书》,中华书局1974年版,第1477页。
⑤ 周一良:《魏晋南北朝史札记》,中华书局1985年版,第353页。

州间所推者,及有文武才干、临疑能决,或有先贤世胄、德行清美、学优义博、可为人师者,各令诣京师,当随才叙用,以赞庶政"①。以"豪门强族"为标准,可以看出北魏用人从一开始就是以肯定邬壁内的豪强地位为前提的。世祖时期,在肯定世家大族地位的基础上,明确了征召的范围。《魏书·世祖纪上》载:"访诸有司,咸称范阳卢玄、博陵崔绰、赵郡李灵、河间邢颖、勃海高允、广平游雅、太原张伟等,皆贤俊之胄,冠冕州邦,有羽仪之用。……遂征玄等及州郡所遣,至者数百人,皆差次叙用。"②据高允《征士赋》载,有四十二人符合"冠冕之胄,箸问州邦,有羽仪之用"的标准,而"其就命三十五人",就是《征士赋》中所列包括高允在内的三十五人,这些士人及其后代在此后北魏建设中起到重要作用。③总体来看,从永兴五年(413)到神䴥四年(431)这十九年时间里,汉族士人地位属于平稳上升的阶段。

太武帝拓跋焘统一北方以后,与刘宋分庭抗礼的意识已经明确,其政治任务的中心虽然是统一中原,但却一直抱着混同南北的政治野心。《宋书·索虏传》载:"先遣殿中将军田奇衔命告焘:'河南旧是宋土,中为彼所侵,今当修复旧境,不关河北。'焘大怒,谓奇曰:'我生头发未燥,便闻河南是我家地,此岂可得河南。必进军,今权当敛戍相避,须冬行地净,河冰合,自更取之。'"④对河南地区的寸土不让,表现出拓跋焘的强硬态度,此

---

① 《魏书》,中华书局 1974 年版,第 52 页。
② 《魏书》,中华书局 1974 年版,第 79 页。
③ 《魏书》,中华书局 1974 年版,第 1081 页。
④ 《宋书》,中华书局 1974 年版,第 2332 页。

后又与刘宋发生了多次正面交锋。①然而单靠武力是不能建立真正统一的帝国,正如上文所述,正统建设需要从文化入手,而文化的建设必然依靠汉族士大夫的支持。太武帝时期,崔浩的清河家族势力以及北魏逐渐立稳北方的政治局势,使得崔氏恢复中原正朔的意愿与拓跋氏开阔的政治视野相契合,于是对正统化的步伐才得以正式迈开。曹道衡先生认为北魏太武帝是汉化运动的开创者,但此时的汉化运动才刚刚起步,经历了曲折往复的过程。②其曲折性集中表现在崔浩被诛事件中。

崔浩事件的原因,学术界探讨已经十分全面,基本可以概括为以下几点:1.国史备而不典;③2.与南方关系暧昧;④3.议定

---

① 拓跋焘于元嘉二十七年(450)引军南下,试图越过长江。对此,陈金凤认为:"北魏军事统一中国北方进而企图征服中国南方的过程,就是正统化运动积极展开的过程。"(陈金凤:《北魏正统化运动论略》,《黑龙江民族丛刊》2008年第1期)

② 曹道衡:《中古文史丛稿》,河北大学出版社2003年版,第251页。

③ 周一良先生认为崔浩国史之狱在于尽述国事,备而不典,即直书拓跋鲜卑早期的婚姻混乱以及宫廷丑闻。(周一良:《魏晋南北朝史札记》,中华书局1985年版,第342—350页)

④ 吕思勉先生认为崔浩无一谋不为南方考虑,其《吕思勉读史札记(增订本)》云:"浩仕魏历三世,虽身在北朝,而心存华夏,魏欲南侵时,恒诡辞饰说,以谋匡救;而又能处心积虑,密为光复之图;其智深勇沉,忍辱负重,盖千古一人而已。"上海古籍出版社2005年版,第905页。而陈寅恪先生则认为:"崔浩深晓当时南北两方的情势,他为鲜卑划策,可谓不遗余力。……须知鲜卑当日武力虽强,而中国北部汉族及其他胡族的人数远远超过鲜卑,故境内未能统一,且北方柔然及其他胡族部落势力强盛,成为北魏的边患,崔浩说'今国家亦未能一举定江南',是符合实际情势的。"(万绳楠整理:《陈寅恪魏晋南北朝史讲演录》,贵州人民出版社2007年版,第209页)在这一问题上,曹道衡先生亦不认同吕思勉先生的观点。(见曹道衡:《崔浩被杀原因》,曹道衡、沈玉成:《中古文学史料丛考》,中华书局2003年版,第708—711页)。

门阀,恢复汉族势力;[①]4.与恭宗拓跋晃的矛盾;[②]5.暴露拓跋氏早期夷狄身份的非正统性;[③]6.宗教原因。[④]可以说在崔浩事件的原因上可以有多种解释,但其深层原因实际是北魏早期文化正统意识的萌发,与正统建设过程中不得不面对汉化的矛盾。

崔浩以及之前的汉族士人制礼作乐虽然是以建立北魏正统为目的,但其过程不得不参考汉族制度及汉族正统意识的输入,这在一定程度上背离了太武帝的初衷,因为此时北魏的民族自尊心仍很强烈。[⑤]以崔浩为代表的汉族士大夫重视汉文化的行为,触动了鲜卑贵族的民族自尊。鲜卑统治者已经认识到文化建设的重要,原始的伦理生活方式已经不能适应先进的中原文化,因此不能在史书中暴露其文化上的劣势,而崔浩国史事件正是这一矛盾的导火索。由此可以看出,在早期鲜卑统治集团的观念里,血统的意义要大于正统的意义,北魏统治者要在正统与血统之间寻找契合点,难免要以牺牲汉族士人为代价。这在一定程度上影响了汉人的政治态度与参政热情,也阻碍了早期汉化的进程。

---

① 见逯耀东:《崔浩世族政治的理想》,《从平城到洛阳:拓跋魏文化转变的历程》,中华书局 2006 年版。

② 谷霁光:《崔浩国史之狱与北朝门阀》,《益世报·史学副刊》1935 年第 11 期。

③ 陈金凤:《北魏正统化运动论略》:"笔者以为,根本原因是国史因为'实录',自然暴露了北魏祖先为夷狄,非正统。"(《黑龙江民族丛刊》2008 年第 1 期)

④ 见牟润孙:《崔浩与其政敌》,《注史斋丛稿》,中华书局 1987 年版。

⑤ 见周建江:《太和十五年——北魏政治变革研究》,广东人民出版社 2001 年版。

崔浩之诛对士人心态影响尤大。孝文帝时期,郭祚被李冲"荐为左丞,又兼黄门。意便满足,每以孤门往经崔氏之祸,常虑危亡,苦自陈挹,辞色恳然,发于诚至"①。足见崔浩一事给士人内心留下的阴影。而从一个侧面更可以直接看出崔浩事件的影响,那就是北魏史书的编纂。北魏国史先后经过邓渊、崔琛、崔浩、游雅、高允、李彪、崔光等人的修订编纂。然而大多数人不热衷于修史,如游雅被"征为秘书监,委以国史之任。不勤著述,竟无所成"②。直到李彪时期史书还是迟迟未出,"浩为编年体,彪始分作纪表志传,书犹未出"③。对此,崔光道出了士人普遍不愿写史书的心理:"光撰魏史,徒有卷目,初未考正,阙略尤多。每云此史会非我世所成,但须记录时事,以待后人。"④出于对崔浩事件的余悸,修史者大多虚与委蛇。甚至就连私人撰史也小心谨慎,唯恐言多失体而被降罪。崔光子崔鸿"撰为《十六国春秋》,勒成百卷,因其旧记,时有增损褒贬焉。鸿二世仕江左,故不录僭晋、刘、萧之书。又恐识者责之,未敢出行于外"⑤。世宗向其索书观看,"鸿以其书有与国初相涉,言多失体,且既未讫,迄不奏闻"⑥。

而在拓跋贵族看来,国史甚至不应该由汉人来书写。《魏书·綦俊传》载:"国史自邓渊、崔琛、崔浩、高允、李彪、崔光以还,诸

① 《魏书》,中华书局 1974 年版,第 1426 页。
② 《魏书》,中华书局 1974 年版,第 1195 页。
③ 《魏书》,中华书局 1974 年版,第 2326 页。
④ 《魏书》,中华书局 1974 年版,第 1502 页。
⑤ 《魏书》,中华书局 1974 年版,第 1502 页。
⑥ 《魏书》,中华书局 1974 年版,第 1503 页。

人相继撰录,綦俊及伟等诣说上党王天穆及尔朱世隆,以为国书正应代人修缉,不宜委之余人,是以俊、伟等更主大籍。"①这反映了拓跋贵族试图垄断文化优势的心理。

孝文帝于太和十四年(490)下诏定起居注制,太和十五年(491)初分置左右史官,想要通过起居注的书写改变史官这种畏惧写史的心理。孝文帝常从容谓史官曰:"直书时事,无讳国恶。人君威福自己,史复不书,将何所惧。"②劝史官不要忌讳太多,秉笔直书。但是也许出于对崔浩事件的忌讳,记录当代史事终于没有形成书。一直到魏收写《魏书》时,北齐文宣帝高洋还鼓励魏收:"好直笔,我终不作魏太武诛史官。"③即便如此,魏收在史评上也不敢发表过多的意见。对于这点,周一良先生认为:"总的来说,北朝史学著作确似隙处视月,广而难周。看不到敏锐深刻的高见卓识,给人以识暗之感,较之南朝史学大有逊色了。"④造成这一情况的原因或许是崔浩事件余波的影响。

崔浩的文字狱不仅使史官不敢秉笔直书,更重要的负面影响在于汉族士人不敢将抒发才性学识的文章诗赋创作并展现出来,更不可能通过诗赋来表达情志,这是北魏早期文学荒芜的原因之一。

---

① 《魏书》,中华书局1974年版,第1793—1794页。
② 《魏书》,中华书局1974年版,第186页。
③ 《魏书》,中华书局1974年版,第2326页。
④ 周一良:《魏晋南北朝史论集》,北京大学出版社2010年第2版,第369页。

三、高允的守成与汉化的延续

崔浩事件之后，汉化的过程一度中断，文成帝、献文帝直到孝文帝太和年间，汉化进程才得以维持，这主要得力于高允的努力。高允与崔浩、张伟同时修史，在崔浩国史事件中表现出了凛然的风度，被太武帝所赦免，在崔氏以及四大家族等被诛后，高允的地位得以保存。继崔浩而后的高允在汉化的过程中保持了低调稳妥的步伐。

太武帝之后的文成帝是一位守成之主，魏收在《魏书·高宗纪》里总结道："世祖经略四方，内颇虚耗。既而国衅时艰，朝野楚楚。高宗与时消息，静以镇之，养威布德，怀缉中外。自非机悟深裕，矜济为心，亦何能若此！可谓有君人之度矣。"[1]在文成帝一朝，北魏与刘宋的关系变得缓和，彼此间多有往来，大规模战事也一度停止，开始了偃武修文的文化建设。献文帝时期，与刘宋战事更少，交往更为频繁，曾多次与刘宋交聘，但宫廷之间的争斗却异常激烈。高允就是在这样的政治局面下稳步推行汉化建设的。

首先，高允以身作则，树立汉族士大夫的榜样。他为官清正廉明，《魏书》本传载高允："寻诏朝晡给膳，朔望致牛酒，衣服绵绢，每月送给。允皆分之亲故。是时贵臣之门，皆罗列显官，而允子弟皆无官爵。其廉退若此。"[2]相比之下，崔浩后期颇为恃才傲物，往往听不进他人劝诫，例如在齐整人伦方面不听取卢玄

----

① 《魏书》，中华书局 1974 年版，第 123 页。
② 《魏书》，中华书局 1974 年版，第 1088 页。

的劝言,一意孤行。① 又常常过分注重门第,《魏书·崔浩传》载:
"始浩与冀州刺史颐、荥阳太守模等年皆相次,浩为长,次模,次
颐。三人别祖,而模、颐为亲。浩恃其家世魏晋公卿,常侮模、
颐。"② 并且受宠过甚③,这些都为其国史一案埋下祸患。相比之
下,高允在政治生活中更为深沉谨慎,《魏书·高允传》载游雅
称其"余与高子游处四十年矣,未尝见其是非愠喜之色"④,并且
处理政务方面"不以断决为事"⑤。在对待国史的问题上,高允也
吸取了崔浩的教训,《魏书·高允传》载高允"大较续崔浩故事,
准《春秋》之体,而时有刊正"⑥。"时有刊正"可看作是将崔浩"备
而不典"的国史进行了一定的删改。

其次,与崔浩相比,高允的汉化政策不是疾风骤雨,而是和
风细雨式的。在崔浩看来,汉族势力在中原的重建就表现在恢
复西晋以来形成的门阀制度,其与三大家族联姻,并将女儿嫁给
南来的太原王慧龙充分说明这一点。与崔浩不同,高允的汉化
并非从恢复门阀世族制度入手,而是从基础教育建设入手。在
文成帝时期,高允曾建议立郡国学校:

---

① 《魏书·卢玄传》载:"浩大欲齐整人伦,分明姓族。玄劝之曰:'夫创制立事,
　各有其时,乐为此者,讵几人也? 宜其三思。'浩当时虽无异言,竟不纳,浩
　败颇亦由此。"(中华书局 1974 年版,第 1045 页)
② 《魏书》,中华书局 1974 年版,第 827 页。
③ 《魏书·崔浩传》载:"世祖每幸浩第,多问以异事。或仓卒不及束带,奉进
　蔬食,不暇精美。世祖为举匕箸,或立尝而旋。其见宠爱如此。"(中华书
　局 1974 年版,第 818 页)
④ 《魏书》,中华书局 1974 年版,第 1077 页。
⑤ 《魏书》,中华书局 1974 年版,第 1086 页。
⑥ 《魏书》,中华书局 1974 年版,第 1086 页。

自永嘉以来，旧章殄灭。乡间芜没《雅颂》之声，京邑
杜绝释奠之礼。道业陵夷，百五十载。仰惟先朝每欲宪章
昔典，经阐素风，方事尚殷，弗遑克复。陛下钦明文思，纂成
洪烈，万国咸宁，百揆时叙。申祖宗之遗志，兴周礼之绝业，
爰发德音，惟新文教。搢绅黎献，莫不幸甚。臣承旨敕，并
集二省，披览史籍，备究典纪，靡不敦儒以劝其业，贵学以笃
其道。伏思明诏，玄同古义。宜如圣旨，崇建学校以厉风俗。
使先王之道，光演于明时；郁郁之音，流闻于四海。①

于是"郡国立学，自此始也"②。郡国学校的学生在选取上本着
"先尽高门，次及中第"③的原则，这在一定程度上维护了门第等
级，方式却不似崔浩那样急骤。高允直到晚年仍十分重视地方
的文化建设，《魏书·高允传》载"允于时年将九十矣，劝民学业，
风化颇行"④。

第三，在对待汉族士人态度上，高允也表现了与崔浩的不
同。崔浩举荐汉人不避嫌疑，他曾一次推举"冀、定、相、幽、并
五州之士数十人，各起家郡守"⑤。太子拓跋晃认为应该先使新
招者代为郎吏，熟悉职分，而"浩固争而遣之"⑥，这也为他与太
子拓跋晃的关系紧张埋下了祸根。高允对于南方来的"平齐

---

① 《魏书》，中华书局1974年版，第1077—1078页。
② 《魏书》，中华书局1974年版，第1078页。
③ 《魏书》，中华书局1974年版，第1078页。
④ 《魏书》，中华书局1974年版，第1086页。
⑤ 《魏书》，中华书局1974年版，第1069页。
⑥ 《魏书》，中华书局1974年版，第1069页。

民"也能进行团结和保护,并能适时地推荐举用,《魏书·高允传》载:"显祖平青齐,徙其族望于代。时诸士人流移远至,率皆饥寒。徙人之中,多允姻媾,皆徒步造门。允散财竭产,以相赡赈,慰问周至。无不感其仁厚。收其才能,表奏申用。时议者皆以新附致异,允谓取材任能,无宜抑屈。"① 即使对于才能平庸者,高允也竭力推荐,如高聪其人"与蒋少游为云中兵户,窘困无所不至",但高允对其大加优待,以孙子视之。② 与崔浩不同,高允荐人常从著作郎、中书郎等低职文官入手,且格外注重人品,如江绍兴,"高允奏为秘书郎,掌国史二十余年,以谨厚称"③。韩麒麟子韩兴宗,"后司空高允奏为秘书郎,参著作事"④。李璨,"迁中书郎,雅为高允所知"⑤。其地位虽不如郡守,但都是掌管重要文职的官吏,可见高允十分重视汉族士人对文化机构的掌握。

在对待君主态度上,高允充分认识到君主权力的不可侵犯性,并时刻注意维护帝王的尊严。《魏书·高允传》载:"允言如此非一,高宗从容听之。或有触迕,帝所不忍闻者,命左右扶出。事有不便,允辄求见,高宗知允意,逆屏左右以待之。礼敬甚重,晨入暮出,或积日居中,朝臣莫知所论。"⑥ 又高宗常对群臣曰:

---

① 《魏书》,中华书局 1974 年版,第 1089 页。
② 《魏书·高聪传》:"族祖允视之若孙,大加赒给。"(中华书局 1974 年版,第 1520 页)
③ 《魏书》,中华书局 1974 年版,第 1960 页。
④ 《魏书》,中华书局 1974 年版,第 1333—1334 页。
⑤ 《魏书》,中华书局 1974 年版,第 1101 页。
⑥ 《魏书》,中华书局 1974 年版,第 1075 页。

"君父一也,父有是非,子何为不作书于人中谏之,使人知恶,而于家内隐处也? 岂不以父亲,恐恶彰于外也。今国家善恶,不能面陈而上表显谏,此岂不彰君之短,明己之美。至如高允者,真忠臣矣。朕有是非,常正言面论,至朕所不乐闻者,皆侃侃言说,无所避就。"①

高允的谨重使其名重三朝,"高宗重允,常不名之,恒呼为'令公'"②。文明太后"引允禁中,参决大政"③。"太和中,高祖宾礼旧老,众敬与咸阳公高允引至方山,虽文武奢俭,好尚不同,然亦与允甚相爱敬,接膝谈款,有若平生。"④高允在三朝的地位使渤海高氏一跃成为北方高门。

值得注意的是,高允虽富有文采,但其创作只局限在军国书檄的应用文中,"自高宗迄于显祖,军国书檄,多允文也"⑤。而与高允同时,且文采高于高允者大有人在,如游雅,"高允重雅文学,而雅轻薄允才"⑥。但游雅却不见文集流传于世,高允本人也是在"不为文二十年矣"后才重新开始作诗赋的,这与崔浩事件后士人谨于言行不无关系。但正是这些数量有限的作品,使得北魏早期文学不至于一无所获。

总之,高允的守成是汉化全面推行的前提,是北魏蓄积文化资本,在孝文帝时期与南朝进行文化抗衡的保障。从高允

① 《魏书》,中华书局 1974 年版,第 1075—1076 页。
② 《魏书》,中华书局 1974 年版,第 1077 页。
③ 《魏书》,中华书局 1974 年版,第 1077 页。
④ 《魏书》,中华书局 1974 年版,第 1360—1361 页。
⑤ 《魏书》,中华书局 1974 年版,第 1086 页。
⑥ 《魏书》,中华书局 1974 年版,第 1089 页。

的守成行为可以看出,后崔浩时期士人们的心态发生了显著的变化,汉族士人认识到过于急躁地推行汉化只能起到相反的效果,在拓跋统治集团所能接受的范围内进行潜移默化的影响,才是北魏士人应该努力的方向。

第二节　从武功到文德:
北魏早期汉族士人之文化策略

在讨论北魏鲜汉关系中,拓跋政权对于汉族士人的任用情况,以及汉族士人在政权中的表现,是不可逾越的话题之一。当前,诸多研究多讨论汉族士人在政权建设及典章制度完善等方面的作用①,对于其文化策略及内在心理缺乏观照。本节拟从汉族士人在北魏政权中的表现入手,以文德和武功的关系为焦点,深入探讨在北魏汉化进程中,汉族士人如何逐渐扭转拓跋族

① 此类研究有黄云鹤:《汉族士人在北魏封建化过程中的作用》(《长春师院学报(社会科学版)》1998 年第 1 期),主要探讨北魏封建化进程中汉族士人在政权机构、法律制度、统治观念、经济形态等方面起到的作用。杨龙:《北魏政权中的汉族士人研究》(吉林大学 2010 年博士论文),从礼制建设、国史修撰、官学教育三个角度,考察北魏汉族士人对北魏国家礼制和文化建设的作用。张金龙:《汉族士人与北魏初年政权建设》(《文汇报》2017 年 4 月 7 日第 XR 11 版),雷炳锋:《北魏前期汉族士人心态初探》(《北方论丛》2013 年第 6 期)从士人来源、生活环境等角度出发,总结出早期汉族士人谨慎内敛、以道自守的从政心理,以及随着政治环境的变化表现出曲折和起伏的心理变化历程。此外,与此相关的研究还有王汇、王仁磊:《略论汉族士人与北魏合作关系的建立》(《中州大学学报》2006 年第 3 期),王丽珍、李建栋:《论北魏初创阶段代北士人的境遇及其文学发展状况》(《枣庄学院学报》2010 年第 6 期)等。

重武功、轻文教的传统,其中经历了哪些曲折和磨难,取得了哪些成果,产生了何种影响。

一、北魏早期君主对于汉族士人的叙用

处于代北时期的北魏早期君主,在文化修为上普遍不如后赵、慕容燕、前秦、后秦等其他少数民族政权的君主。如刘渊"幼好学,师事上党崔游,习《毛诗》《京氏易》《马氏尚书》,尤好《春秋左氏传》《孙吴兵法》,略皆诵之,《史》、《汉》、诸子,无不综览"[1];刘聪"年十四,究通经史,兼综百家之言,《孙吴兵法》靡不诵之。工草隶,善属文,著述怀诗百余篇、赋颂五十余篇"[2];苻坚"八岁,请师就家学。……博学多才艺,有经济大志,要结英豪,以图纬世之宜"[3];姚兴"与其中舍人梁喜、洗马范勖等讲论经籍,不以兵难废业,时人咸化之"[4];姚泓"博学善谈论,尤好诗咏。尚书王尚、黄门郎段章、尚书郎富允文以儒术侍讲,胡义周、夏侯稚以文章游集"[5];慕容宝"砥砺自修,敦崇儒学,工谈论,善属文"[6];沮渠蒙逊"博涉群书,颇晓天文,雄杰有英略,滑稽善权变"[7],等等。以上君主或幼年接受良好教育,或尚慕汉族文化,或主动学习汉文化,或加强文化制度的建设,尤其苻坚、姚兴政

---

[1] 《晋书》,中华书局 1974 年版,第 2645 页。
[2] 《晋书》,中华书局 1974 年版,第 2657 页。
[3] 《晋书》,中华书局 1974 年版,第 2884 页。
[4] 《晋书》,中华书局 1974 年版,第 2975 页。
[5] 《晋书》,中华书局 1974 年版,第 3007 页。
[6] 《晋书》,中华书局 1974 年版,第 3093 页。
[7] 《晋书》,中华书局 1974 年版,第 3189 页。

权,一改祖辈尚武传统,立国后多转向文治。

而史书记载的北魏早期历代部落首领,多彰显其勇武过人之处,鲜少突出其文化表现。如称神元皇帝力微,"生而英睿"[①];平皇帝绰,"雄武有智略,威德复举"[②];穆皇帝猗卢,"天姿英特,勇略过人"[③];平文皇帝郁律,"姿质雄壮,甚有威略"[④]。仅有的体现文化修为的力微太子沙漠汗,却因为在众人面前援弹飞丸击落飞鸟,被北魏国人视为得晋人异法怪术,称太子"风彩被服,同于南夏,兼奇术绝世,若继国统,变易旧俗,吾等必不得志,不若在国诸子,习本淳朴"[⑤]。在拓跋贵族传统观念看来,本族人民习本淳朴,不类晋人,也不愿向晋人学习,这种从心理上排斥汉化的行为在十六国中是比较普遍的现象。此时虽有少量汉族士人参与政权,但在重大事件的决策方面,依然是以部落内部商讨为主,汉族士人所发挥的作用并不突出。

直到昭成皇帝什翼犍时期,才逐渐开始接纳汉族士人,并引用燕凤、许谦等汉族士人参与政权决策。什翼犍其人也是"雅性宽厚,智勇仁恕"[⑥],史书记载中突出其宽仁一面,一改其祖先尚武的特质。随着与中原诸民族政权交往的逐渐深入,北魏君主开始发现汉族士人对于政权的重要意义,在军事上多强化鲜卑族的优势,但在政治决策,以及与其他诸国交往过程中,汉族

---

① 《魏书》,中华书局 1974 年版,第 3 页。
② 《魏书》,中华书局 1974 年版,第 5 页。
③ 《魏书》,中华书局 1974 年版,第 7 页。
④ 《魏书》,中华书局 1974 年版,第 9 页。
⑤ 《魏书》,中华书局 1974 年版,第 4 页。
⑥ 《魏书》,中华书局 1974 年版,第 16 页。

士人的丰富经验可为其提供辅助,汉族士人逐渐成为政权建设中不可或缺的组成部分。

至道武帝拓跋珪时期,"初拓中原,留心慰纳,诸士大夫诣军门者,无少长,皆引入赐见,存问周悉,人得自尽,苟有微能,咸蒙叙用"[1]。皇始元年(396)以后,"初建台省,置百官,封拜公侯、将军、刺史、太守,尚书郎已下悉用文人"[2]。这是北魏进入中原以后第一次大规模任用汉族士人的时期。天兴元年(398)以后,道武帝进行一系列的文化制度建设,初步完善了北魏礼制。天兴元年(398)十一月辛亥,"诏尚书吏部郎中邓渊典官制,立爵品,定律吕,协音乐;仪曹郎中董谧撰郊庙、社稷、朝觐、飨宴之仪;三公郎中王德定律令,申科禁;太史令晁崇造浑仪,考天象;吏部尚书崔玄伯总而裁之"[3]。此外,在议定国号、祀天西郊、祭祀南郊、设置五经博士、入学习舞、释菜先圣先师等一系列文化举措中,基本以汉族士人作为建设主力。道武帝的草创制度"虽冠履不暇,栖遑外土,而制作经谟,咸存长世"[4],在北魏早期制度完善过程中,汉族士大夫作出了突出贡献,为北魏入主中原打下了坚实的文化基础。

明元帝拓跋嗣时期,延续了道武帝的人才叙用策略,对汉族士人的任用进一步强化,扩大汉族士人参与政权的范围。永兴五年(413)二月,"诏分遣使者巡求隽逸,其豪门强族为州间

---

[1]《魏书》,中华书局1974年版,第27—28页。
[2]《魏书》,中华书局1974年版,第27页。
[3]《魏书》,中华书局1974年版,第33页。
[4]《魏书》,中华书局1974年版,第45页。

所推者,及有文武才干、临疑能决,或有先贤世胄、德行清美、学优义博、可为人师者,各令诣京师,当随才叙用,以赞庶政"①。其人才选求标准以豪门强族为首选,兼及文武才能。拓跋嗣本人也是"礼爱儒生,好览史传,以刘向所撰《新序》《说苑》于经典正义多有所阙,乃撰《新集》三十篇,采诸经史,该洽古义,兼资文武焉"②。从其可以独立著述可知,拓拔嗣已较拓拔早期先祖在文化修为上有了很大进步,虽然其著作以采集诸书为主,但"兼资文武"的评价也充分说明此时对于君主的认识,俨然由单纯的尚武转向文武兼资。

从太武帝拓跋焘开始,对汉族士人的任用达到一次高峰。神䴥四年(431)秋七月,太武帝诏书称:"顷逆命纵逸,方夏未宁,戎车屡驾,不遑休息。今二寇摧殄,士马无为,方将偃武修文,遵太平之化,理废职,举逸民,拔起幽穷,延登隽乂,昧旦思求,想遇师辅,虽殷宗之梦板筑,罔以加也。"③在解决北方柔然的后患及消灭胡夏政权的过程中,太武帝意识到汉族士人的重要价值,在诏书中恳切地表达了对人才的渴求,并明确提出"偃武修文"的策略,开始大规模地收罗汉族士人。此诏书的颁布是由武功转向文德的一次重要举措。高允在《征士颂》中称颂了太武帝神䴥年间的征士行为:

> 魏自神䴥已后,宇内平定,诛赫连积世之僭,扫穷发不

---

① 《魏书》,中华书局1974年版,第52页。
② 《魏书》,中华书局1974年版,第64页。
③ 《魏书》,中华书局1974年版,第79页。

羁之寇，南摧江楚，西荡凉域，殊方之外，慕义而至。于是偃兵息甲，修立文学，登延俊造，酬谘政事。梦想贤哲，思遇其人，访诸有司，以求名士。咸称范阳、卢玄等四十二人，皆冠冕之胄，著问州邦，有羽仪之用。亲发明诏，以征玄等。乃旷官以待之，悬爵以縻之。其就命三十五人，自余依例州郡所遣者不可称记。①

此次征士启用了范阳卢玄、博陵崔绰、赵郡李灵、河间邢颍、勃海高允、广平游雅、太原张伟等冠冕州邦的汉族世家大族成员三十五人，加大了人才规模和参政的深度。汉族士人也开始尽心为北魏政权服务，同时被征召的士人们在一起"或从容廊庙，或游集私门，上谈公务，下尽忻娱"，并使高允等汉族士人产生"以为千载一时，始于此矣"的感叹。②此次征召使汉族士人在西晋覆灭后，首次对少数民族君主产生了政治期待和心理认同。

在汉族士人的努力下，太武帝加强了文化教育的步伐，始光三年（426）二月"起太学于城东，祀孔子，以颜渊配"③，太平真君五年（444）正月庚戌，诏书中称"自顷以来，军国多事，未宣文教，非所以整齐风俗，示轨则于天下也"④，充分认识到文教的重要意义，并要求"自王公已下至于卿士，其子息皆诣太学。其百工伎巧、驺卒子息，当习其父兄所业，不听私立学校。违者

---

①《魏书》，中华书局 1974 年版，第 1081 页。

②《魏书》，中华书局 1974 年版，第 1081 页。

③《魏书》，中华书局 1974 年版，第 71 页。

④《魏书》，中华书局 1974 年版，第 97 页。

师身死,主人门诛"①。摒弃私学,推崇官学,将教育垄断于中央。尤其是任用崔浩,使北魏制度建设更加完善。在与南朝的外交中,也是几乎全用汉族士人充当行人。

虽然太武帝时期的崔浩事件给汉族士人集团的参政热情产生强烈冲击,但依然没有阻碍北魏君主叙用汉族士人的策略,在文成帝、献文帝以至孝文帝迁都洛阳全面汉化以前,汉族士人参与政权的人数不断增加,参政程度不断加深,对决策的影响力不断加强。北魏政权在汉族士人的积极谋划下,已然完成从汉族典章制度的单纯模拟,到重新建构树立正统的过渡。在此过程中,由武功转向文德成为汉族士人文化策略中的重要转变。

二、由武功到文德 —— 汉族士人的努力

随着永嘉南渡,中原地区文化程度较高的世家大族已尽数南迁,留在中原的士族中不乏清河崔氏、河间邢氏等部分高门中的子弟,但在数量和文化程度上远较南朝薄弱,此外便是门第低微,在文化上不够显赫的士族。这些遗留士族在文化修养及学术上虽不及东晋南朝,但远高于拓跋民族,作为早期拓跋民族汉化的影响者已然绰绰有余。在推行汉化过程中,摆在汉族士人面前的最大阻力并非在于是否认同汉人,而是拓跋民族根深蒂固的重武轻文传统。如何扭转拓跋族的尚武精神,使其主动转向文化建设,这成为汉族士人首先要解决的关键问题。

北魏早期汉族士人大致可按照地域和从属性分为几类:第

---

① 《魏书》,中华书局1974年版,第97页。

一类,代北、幽并地区本土士人;第二类,其他政权中收纳士人;第三类,河北、中原征召士人。若按照从政态度又可分为主动合作者、被动合作者两类。

代北本土士人以卫操、莫含、燕凤、许谦等人为代表。卫操在桓穆二帝时期即主动率领宗室乡亲十余人归国,卫操曾"说桓穆二帝招纳晋人,于是晋人附者稍众","及刘渊、石勒之乱,劝桓帝匡助晋氏"。[①]卫操此时依附北魏的目的在于说服拓跋君主匡扶晋室。在桓帝死后,卫操于大邗城南立碑歌颂,将魏称之为"轩辕之苗裔"[②],试图将魏纳入华夏系统,又称颂桓帝"功烈桓桓,龙文虎武"[③]。卫操所带去的汉族士人,虽然在六修之乱中"多随刘琨任子遵南奔"[④],但依然对北魏早期文化建设产生深远影响。雁门繁畤人莫含"家世货殖,资累巨万"[⑤],本为刘琨从事,因拓跋猗卢爱其才器,被遣送代国,莫含本人并不情愿,但刘琨晓之以军国大义,故从之。莫含在拓跋政权中不负所望,"甚为穆帝所重,常参军国大谋"[⑥]。卫操和莫含两人都是最早进入北魏政权的汉族士人,在文化建设上没有太多作为,这是因为早期北魏尚未留意制度建设,但其参与军政谋略的意义重大,标志着北魏开始有意利用汉族士人。

燕凤、许谦是拓跋什翼犍时期进入北魏政权的代北士人,

①《魏书》,中华书局 1974 年版,第 599 页。
②《魏书》,中华书局 1974 年版,第 599 页。
③《魏书》,中华书局 1974 年版,第 602 页。
④《魏书》,中华书局 1974 年版,第 602 页。
⑤《魏书》,中华书局 1974 年版,第 603 页。
⑥《魏书》,中华书局 1974 年版,第 603 页。

燕凤属被迫加入,许谦是主动加入政权。《魏书·燕凤传》云:"昭
成素闻其名,使人以礼迎致之。凤不应聘。乃命诸军围代城,谓
城人曰:'燕凤不来,吾将屠汝。'代人惧,送凤。"①许谦则是在
北魏建国时"将家归附,昭成嘉之"②。从两人开始,汉族士人便
开始有意识地进行文化渗透,但依然将武功视为拓跋族立稳脚
跟的基础。燕凤在与苻坚交往中,强调拓跋族的军事优势:"北
人壮悍,上马持三仗,驱驰若飞。主上雄隽,率服北土,控弦百
万,号令若一。军无辎重樵爨之苦,轻行速捷,因敌取资。此南
方所以疲弊,而北方之所常胜也。"③燕凤的分析是建立在对拓
跋族军事实力充分认识基础上形成的,说明早期汉族士人在外
交中也多彰显武功。

　　北魏早期君主对汉族士人之叙用,一在于军事谋略,二在
于政治咨询,三在于图谶隐秘之事,对经史之书并不感兴趣。史
书记载中,早期代北汉族士人多精于天文术数、图谶卜筮,如称
燕凤"好学,博综经史,明习阴阳谶纬"④;许谦"少有文才,善天
文图谶之学"⑤;邓渊"博览经书,长于《易》筮"⑥;李先"少好学,
善占相之术"⑦,等等。这种现象并不一定说明早期汉族士人多

---

① 《魏书》,中华书局 1974 年版,第 609 页。
② 《魏书》,中华书局 1974 年版,第 610 页。
③ 《魏书》,中华书局 1974 年版,第 609 页。
④ 《魏书》,中华书局 1974 年版,第 609 页。
⑤ 《魏书》,中华书局 1974 年版,第 610 页。
⑥ 《魏书》,中华书局 1974 年版,第 635 页。
⑦ 《魏书》,中华书局 1974 年版,第 788 页。

是杂学之士,并非纯儒。[1]而是拓跋君主亦如十六国君主一样,只对图谶、阴阳、占卜感兴趣,汉族士人对此都有一定了解,之所以称其长于天文图谶之学,只是因为投君主之所好而已,属于被动的"擅长"。

实际上,这些代北士人依然在对早期君主进行潜移默化的文化渗透,当时机成熟时,由"善阴阳"便顺理成章转为"通经史",如燕凤在"太宗世,与崔玄伯、封懿、梁越等入讲经传,出议朝政"[2]。明元帝时期,拓跋君主已经开始注重文教,因此燕凤转而入讲经传,摇身一变为纯儒。许谦同样"与燕凤俱授献明帝经"[3],"与张衮等参赞初基"[4]。

在北魏由武功转向文德的进程中,张衮的作用非常突出。张衮在道武帝时期加入代国集团,"常参大谋,决策帷幄。太祖器之,礼遇优厚"[5]。张衮与燕凤等被迫加入政权者不同,他对拓跋族政权抱有认可态度,曾与人云:"昔乐毅杖策于燕昭,公远委身于魏武,盖命世难可期,千载不易遇。主上天姿杰迈,逸志凌霄,必能囊括六合,混一四海。夫遭风云之会,不建腾跃之功者,非人豪也。"[6]可以看出张衮深刻了解拓跋魏的潜在实力,认为加入北魏政权是正确的选择,因此在参政时能够做到"策名

---

[1]　如张金龙先生认为:"北魏初年为统治者所用的汉族士人大多是杂学之士,纯粹的儒家经学之士则比较少见。"(张金龙:《汉族士人与北魏初年政权建设》,《文汇报》2017 年 4 月 7 日第 W 11 版)

[2]　《魏书》,中华书局 1974 年版,第 610 页。

[3]　《魏书》,中华书局 1974 年版,第 610 页。

[4]　《魏书》,中华书局 1974 年版,第 611 页。

[5]　《魏书》,中华书局 1974 年版,第 613 页。

[6]　《魏书》,中华书局 1974 年版,第 613 页。

委质,竭诚伏事"①。在与慕容燕的参合陂之战中,张衮毫无保留地提供了有益咨询。又能够竭力推荐汉族人才,"遇创业之始,以有才谟见任,率心奉上,不顾嫌疑"②,"爱好人物,善诱无倦,士类以此高之"③。张衮对北魏君主更重要的影响体现在永兴二年(410)去世前对明元帝的一篇上疏中,疏中称:

> 方今中夏虽平,九域未一,西有不宾之羌,南有逆命之虏,岷蜀殊风,辽海异教。虽天挺明圣,拨乱乘时,而因几抚会,实须经略。介焉易失,功在人谋。伏愿恢崇睿道,克广德心,使揖让与干戈并陈,文德与武功俱运,则太平之化,康哉之美,复隆于今,不独前世。④

张衮虽然对北魏未来的发展抱有乐观的态度,但表示需要君臣用心经营,希望明元帝能够转变思维,"使揖让与干戈并陈,文德与武功俱运"。张衮在临终之际,正式向明元帝提出文德与武功俱运的观点,既表达了对北魏王朝的强烈认同,更表现出对国家文德建设的迫切期待。

道武帝时期的另外一位重要汉族士人清河崔玄伯,在早期制度建设中同样发挥了重要作用。议定国号、制官爵、撰朝仪、协音乐、定律令、申科禁,皆由崔玄伯"总而裁之"⑤。道武帝"常

① 《魏书》,中华书局 1974 年版,第 613 页。
② 《魏书》,中华书局 1974 年版,第 614 页。
③ 《魏书》,中华书局 1974 年版,第 614 页。
④ 《魏书》,中华书局 1974 年版,第 614 页。
⑤ 《魏书》,中华书局 1974 年版,第 621 页。

引问古今旧事,王者制度,治世之则。玄伯陈古人制作之休,及明君贤臣,往代废兴之由,甚合上意"[1],可以称之为拓跋族学习中原制度的启蒙者。道武帝曾"引玄伯讲《汉书》,至娄敬说汉祖欲以鲁元公主妻匈奴,善之,嗟叹者良久"[2]。受到《汉书》启发,道武帝以后,诸公主多嫁入"宾附之国"[3],以加强政权间的联盟。崔玄伯对道武帝的文化启蒙方面影响极大,加之他"未尝謇谔忤旨,亦不诡谀苟容"[4]的处事原则,使其虽然与以武功立名的旧功臣庾岳、奚斤等人同班,但宠信过之。这表明北魏君主已经不再对汉族士人抱有隔阂,也不再单纯以武功来判定人物优劣,逐渐开始对文德产生兴趣。

魏收将燕凤、许谦、张衮、崔玄伯、邓渊诸人列为一传,并在传末的史评中云:"为国驭民,莫不文武兼运。"[5]其意义就在于这些人对早期拓跋族的文化建设从思维转化到实际操作方面都起到至关重要的作用。从这些汉族士人开始,北魏已经初步具备由武功转向文德的基础。汉族士人也由早期的附庸者身份,转为主动渗透文德的教化者。

后燕进入北魏的汉族士大夫多数来自河北地区,河北地区的士人多经历了少数民族政权的更迭,甚至作为"战利品"几经易主。在此过程中,汉族士大夫充分累积了与少数民族交往的经验,对其君主的诉求和心理都有充分了解,因此在推进汉化过

---

① 《魏书》,中华书局 1974 年版,第 621 页。
② 《魏书》,中华书局 1974 年版,第 621 页。
③ 《魏书》,中华书局 1974 年版,第 621 页。
④ 《魏书》,中华书局 1974 年版,第 621 页。
⑤ 《魏书》,中华书局 1974 年版,第 638 页。

程中并不急于求成，也难于速成，采取的是迂回潜行的策略。其代表人物为高湖、崔逞、封懿、宋隐、王宪、屈遵、张蒲、谷浑、公孙表、张济、李先、贾彝、薛提等人。

高湖在参合陂之战后"遂率户三千归国"①。其子高谧，"有文武才度"②，天安年间"召入禁中，除中散，专典秘阁。肃勤不倦，高宗深重之，拜秘书郎。谧以坟典残缺，奏请广访群书，大加缮写。由是代京图籍，莫不审正"③。其贡献在于对北魏早期典籍进行初步收集整理。

崔逞在后燕政变中"携妻子亡归太祖"④。道武帝在攻打中山时，"六军乏粮，民多匿谷，问群臣以取粟方略"。崔逞云："取椹可以助粮。故飞鸮食椹而改音，《诗》称其事。"取椹助粮本是一条合理的解决方案，但崔逞却称"飞鸮食椹而改音"，很明显是对拓跋民族的侮辱，这句满含华夷之辨的嘲讽，引起道武帝的强烈不满。虽然迫于军情紧急，道武帝并未追究，但内心已生嫌隙。后又因司马德宗的将领郗恢向常山王遵借兵，道武帝命崔逞、张衮报书，郗恢称常山王遵为"贤兄虎步中原"，道武帝认为不符合君臣之体，"敕逞、衮亦贬其主号以报之"，但崔逞、张衮报书中称司马德宗为"贵主"，此举进一步触怒道武帝，遂赐死崔逞。⑤

崔逞在北魏文德思想建设中是关键性人物，崔逞代表了一

①《魏书》，中华书局1974年版，第751页。
②《魏书》，中华书局1974年版，第752页。
③《魏书》，中华书局1974年版，第752页。
④《魏书》，中华书局1974年版，第757页。
⑤《魏书》，中华书局1974年版，第758页。

部分不合作汉族士人的态度,他对于拓跋族尚未表现出强烈的认同感,然而他的死却对北魏的汉化产生一定积极影响。司马休之本欲投靠道武帝,在听闻崔逞被杀后,改奔长安、广固,这件事促使道武帝对诛杀崔逞深感悔恨,"自是士人有过者,多见优容"[①]。崔逞以其生命为代价,换来北魏早期君主的包容态度。虽然张衮并未受到处罚,但崔逞的死也成为张衮在临终前提出"使揖让与干戈并陈,文德与武功俱运"的直接原因之一,或许崔逞的死代表了汉族士人一个时代的开始。

与崔逞的激进不同,张蒲、公孙表、李先等后燕士人在文化策略上采取迂回手段,并不直接触及拓跋族的敏感神经,而是步步为营,层层递进。张蒲"颇涉文史,以端谨见知"[②],泰常初年,丁零翟猛雀叛乱,驱逼吏民入白涧山,冀州刺史长孙道生与张蒲共讨伐之。长孙道生"欲径以大兵击之",张蒲云:"良民所以从猛雀者,非乐乱而为,皆逼凶威,强服之耳。今若直以大军临之,吏民虽欲返善,其道无由。又惧诛夷,必并势而距官军,然后入山恃阻,诳惑愚民。其变未易图也。不如先遣使喻之,使民不与猛雀同谋者无坐,则民必喜而俱降矣。"[③]建议其放弃武力逼迫,采取怀柔招抚政策,效果明显,顺利平定了翟猛雀的叛乱。张蒲在此次平叛中劝谏拓跋将领放弃武力,改用招抚,充分展示了"修文德以来之"的作用。

公孙表、李先则更多表现在用中原文化潜移默化影响君

① 《魏书》,中华书局 1974 年版,第 758 页。
② 《魏书》,中华书局 1974 年版,第 778 页。
③ 《魏书》,中华书局 1974 年版,第 779 页。

主。燕郡广阳人公孙表为后燕尚书郎，"慕容宝走，乃归阙。以使江南称旨，拜尚书郎。后为博士"①。道武帝因慕容垂诸子分据势要，导致权柄推移，遂至亡灭，加之拓跋族"国俗敦朴，嗜欲寡少，不可启其机心，而导其巧利，深非之"②。于是公孙表"上《韩非书》二十卷，太祖称善"③。公孙表并未直接提出解决方案，因为这种做法必然会影响皇族内部的和睦，甚至会触及其敏感神经，而献上《韩非书》，不仅能够解决帝王权谋之术的缺失，还能间接推行汉化，起到一举两得的作用。

被称为"学术嘉谋，荷遇三世"④的李先，于道武帝皇始初年归顺。其祖父李重为晋平阳太守、大将军右司马，父亲李樊为石虎乐安太守、左中郎将，李先本人为苻丕尚书右主客郎，慕容永秘书监、高密侯。其家族先后经历四个政权，在与少数民族君主交往中积累了丰富的经验。因此当道武帝问其"经学所通，何典为长"时，他回答为："臣才识愚暗，少习经史，年荒废忘，十犹通六。"又问："兵法风角，卿悉通不？"先曰："亦曾习读，不能明解。"太祖曰："慕容永时，卿用兵不？"先曰："臣时蒙显任，实参兵事。"⑤他的回答既显得谦逊谨重，又不乏自信。此后在军事行动中果然起到重要作用，"先每一进策，所向克平"⑥，渐渐引起道武帝的重视。李先的贡献不仅在于军事，更在于文化

---

① 《魏书》，中华书局 1974 年版，第 782 页。
② 《魏书》，中华书局 1974 年版，第 782 页。
③ 《魏书》，中华书局 1974 年版，第 782 页。
④ 《魏书》，中华书局 1974 年版，第 795 页。
⑤ 《魏书》，中华书局 1974 年版，第 789 页。
⑥ 《魏书》，中华书局 1974 年版，第 789 页。

渗透方面,《魏书·李先传》载:

> 太祖问先曰:"天下何书最善,可以益人神智?"先对曰:"唯有经书。三皇五帝治化之典,可以补王者神智。"又问曰:"天下书籍,凡有几何?朕欲集之,如何可备?"对曰:"伏羲创制,帝王相承,以至于今,世传国记,天文秘纬不可计数。陛下诚欲集之,严制天下诸州郡县搜索备送,主之所好,集亦不难。"太祖于是班制天下,经籍稍集。①

道武帝接连向李先提出三个问题:天下何书可益人神智?天下书籍数量有多少?如何收集书籍?从道武帝所提出的问题可以看出,此时道武帝开始对汉族文化发生兴趣。主动询问何书可益人神智,相当于承认了拓跋族在知识储备和文化修养方面,与汉族士人还存在很大差距。李先的回答也恰如其分地表达了经书的重要意义,但其范围又不限于儒家经典,他将"世传国记,天文秘纬"也视为"经书",显然也是为了迎合道武帝的喜好。明元帝即位后,曾问李先先王旧事,李先对曰:"臣闻尧舜之教,化民如子;三王任贤,天下怀服。今陛下躬秉劳谦,六合归德,士女能言,莫不庆抃。"②后又召李先读《韩子连珠》二十二篇、《太公兵法》十一事。

　　经由公孙表、李先等后燕汉族士人潜在的影响,道武帝时期已经开始产生由武功转向文德的倾向。由明元帝开始,张衮

----

① 《魏书》,中华书局1974年版,第789页。
② 《魏书》,中华书局1974年版,第790页。

正式提出"文德与武功俱运"的主张。太武帝拓跋焘时,已经开始启用崔浩、高允等大量中原士人。虽然其中经历了崔浩国史之狱的曲折,使其步伐放缓,但文德的思维已然牢牢打入拓跋民族的心灵深处。在文成帝和平二年(461)南巡时,高允作《南巡颂序》大加称赞:"夫帝王之兴,其义不同。或以干戈,或存揖让。我后以圣哲钦明,君临四海,播文教以怀远服,彰武功以威不庭。是以遐荒慕义,宇内归心。执玉奉珍,贡其方物于门庭者,继轨而至。比之先代,于斯为盛。"[1]推崇"播文教"与"彰武功"并举。至献文帝时期,李䜣又上疏求立学校:"臣闻至治之隆,非文德无以经纶王道;太平之美,非良才无以光赞皇化。"[2]得到献文帝采纳,标志文德思想已经开始对政权的建设、文教的发展发挥指导性作用。经由文成帝、献文帝两朝的积淀,到了孝文帝时期,便顺理成章开启了全面追求文德的历史进程。

三、文德建设的意义和影响

在中原文化的传统观念中,文德的意义要大于武功。《左传·襄公八年》记载郑国的子国侵蔡,获蔡司马公子燮,郑国人皆喜,唯有子产不悦,他的理由是:"小国无文德,而有武功,祸莫大焉。"[3]汉代董仲舒在《春秋繁露·服制像》中也提到:"夫执介胄而后能拒敌者,故非圣人之所贵也。君子显之于服,而勇武

---

① 〔唐〕许敬宗等:《文馆词林》卷三四六《颂十六·礼部五》"巡幸"条,民国三年(1914)张钧衡刻适园丛书第三集本,第14叶a。
② 《魏书》,中华书局1974年版,第1040页。
③ 杨伯峻编著:《春秋左传注(修订本)》,中华书局2009年版,第956页。

者消其志于貌也矣。故文德为贵,而威武为下,此天下之所以永全也。"[1]董仲舒认为文德与武功的区别在于,武功只是消志于貌,并未令人心悦诚服。在儒家看来,武力征服属于野蛮行为,不仅劳民耗财,对于国家也是一种消耗。如果能够以文德来征服对方,则是更高明的手段。这种认识在北魏汉族士人中始终作为主导思想存在,北魏宣武帝时期大将军高肇伐蜀,游肇上书谏曰:"臣闻:远人不服,则修文德以来之。兵者凶器,不得已而后用。"[2]不得已而用兵是典型的儒家思维。

在文官、武官系统的对立中,对于文、武何者为重的问题经常成为争论的焦点。文官认为武官一介武夫,鲁莽草率;武官认为文官书生意气,缺乏果断,文武兼擅就成为对一个官员最好的评价。在君主看来,文武处于同等重要的地位,《汉书·公孙弘传》载汉武帝元朔年间诏书称:"盖古者任贤而序位,量能以授官,劳大者厥禄厚,德盛者获爵尊,故武功以显重,而文德以行褒。"[3]作为君主,自然希望文武和洽,武有廉颇,文有蔺相如。

北魏早期的情况是武官系统中多用拓跋族人,文官系统中多任用汉族士人,因此文官、武官的天然矛盾很自然地又叠加上了民族间的矛盾。而这种民族间的矛盾,其激烈程度又远大于文武之间的矛盾。再加上汉族士人属于被统治者,在这种生存环境中,常表现出谨小慎微的处事方式。北魏早期汉族士人获罪,多数萌芽于文武之间的冲突,这种冲突一经出现,往往会人

---

① 〔清〕苏舆撰,钟哲点校:《春秋繁露义证》,中华书局1992年版,第154页。
② 《魏书》,中华书局1974年版,第1217页。
③ 《汉书》,中华书局1962年版,第2620页。

为地上升为民族冲突。

即使是在全面汉化的北魏后期,这种情况依然存在。张彝的次子张仲瑀在孝明帝时期上书,求"铨别选格,排抑武人,不使预在清品",致使武人暴乱,"以杖石为兵器,直造其第,曳彝堂下,捶辱极意,唱呼嗷嗷,焚其屋宇","仲瑀伤重走免。彝仅有余命,沙门寺与其比邻,舆致于寺。远近闻见,莫不惋骇"。^①这一事件背后既包含文武的对立,也是民族冲突的集中体现。这种冲突在六镇起兵后全面爆发。六镇起兵从本质上说,是鲜卑武人对汉化的对抗,也可以说是武功对于文德的一次强烈反扑。

在《魏书·尔朱荣传》后,魏收对道武帝、太武帝、孝文帝三人的评价为:"太祖抚运乘时,奄开王业。世祖以武功一海内,高祖以文德革天下。"^②魏收以太武帝为武功之代表,孝文帝为文德之代表。《魏书·礼志》中也记载了孝文帝的一段心里剖白:"及太宗承基,世祖纂历,皆以四方未一,群雄竞起,故锐意武功,未修文德。高宗、显祖亦心存武烈,因循无改。朕承累世之资,仰圣善之训,抚和内外,上下辑谐。稽参古式,宪章旧典,四海移风,要荒革俗。仰遵明轨,庶无愆违。"^③孝文帝认为太武帝"锐意武功,未修文德",文成帝、献文帝也是"心存武烈,因循无改",到了孝文帝时期,为了顺应历史趋势,他理所应当要将文德建立起来。

---

① 《魏书》,中华书局 1974 年版,第 1432 页。
② 《魏书》,中华书局 1974 年版,第 1656 页。
③ 《魏书》,中华书局 1974 年版,第 2783 页。

孝文帝迁都洛阳标志着北魏早期由武功到文德思维转变的完成。孝文帝在迁都前提到："国家兴自北土，徙居平城，虽富有四海，文轨未一，此间用武之地，非可文治，移风易俗，信为甚难。"[1]在其看来，平城乃用武之地，洛阳是中原正统之所在，是文化汇聚之所在，迁都洛阳意味着国家正式抛弃武功立国的基调，开始走向文教治国。在太和年间蠕蠕骚扰北边的背景下，孝文帝引见群臣议伐蠕蠕。孝文帝提出"今为应乘弊致讨，为应休兵息民"[2]的困惑，左仆射穆亮认为"宜兴军讨之，虽不顿除巢穴，且以挫其丑势"[3]。高闾则认为"昔汉时天下一统，故得穷追北狄，今南有吴寇，不宜悬军深入"[4]。最后，孝文帝选择后者，并称："先朝屡兴征伐者，以有未宾之虏。朕承太平之基，何为摇动兵革？夫兵者凶器，圣王不得已而用之。便可停也。"[5]在孝文帝看来，自己与先朝诸帝最大的区别应在于文德和武功的取向不同，他已然接受了汉族士人"兵者凶器"的认知。

孝文帝朝及北魏后期的汉族士人开启了全面推崇文德的时代。太和年间，高闾上《安边策》，称："臣闻为国之道，其要有五：一曰文德，二曰武功，三曰法度，四曰防固，五曰刑赏。故远人不服，则修文德以来之；荒狄放命，则播武功以威之；民未知战，则制法度以齐之；暴敌轻侵，则设防固以御之；临事制胜，

---

① 《魏书》，中华书局 1974 年版，第 464 页。
② 《魏书》，中华书局 1974 年版，第 1202 页。
③ 《魏书》，中华书局 1974 年版，第 1202 页。
④ 《魏书》，中华书局 1974 年版，第 1202—1203 页。
⑤ 《魏书》，中华书局 1974 年版，第 1203 页。

则明刑赏以劝之。"①高闾认为在为国之道中,文德为第一,武功次之,先文后武是处理周边关系的基本原则。高允也认为"经纶大业,必以教养为先;咸秩九畴,亦由文德成务。故辟雍光于周诗,泮宫显于《鲁颂》"②。郑道昭亦称"唐虞启运,以文德为本;殷周致治,以道艺为先"③。李谐在《述身赋》中盛赞孝文帝迁都的文化成就:"威北畅而武戢,鼎南迁而文焕。异人相趋于绛阙,鸿生接武于儒馆。总群雅而同归,果方员而殊贯。伊滥吹之所从,初窃服于宰旅。奉盛王之高义,游兔园而容与。"④李骞《释情赋》中称:"奄四海以为家,开七百而增庆。……各秉文而经武,故天平而地成。"⑤汉族士人充分发扬传统儒家先文后武的观念,在国家治理、对外关系、文化建设等方面,不断突出文德的重要性。

孝文帝文德建设的成效使汉族士人对北魏产生深深的认同感,在政权建设中也更加投入,民族的隔阂和文武的矛盾得到弱化。《魏书·郑羲传附郑道昭》记载了孝文帝在群臣宴会时与郑道昭、郑懿、彭城王勰、宋弁、邢峦等人的和歌,最能表现君臣间的和睦与融洽:

乐作酒酣,高祖乃歌曰:"白日光天无不曜,江左一隅

---

① 《魏书》,中华书局1974年版,第1200页。
② 《魏书》,中华书局1974年版,第1077页。
③ 《魏书》,中华书局1974年版,第1241页。
④ 《魏书》,中华书局1974年版,第1457页。
⑤ 〔清〕严可均辑:《全上古三代秦汉三国六朝文》(六),上海古籍出版社2009年版,第137页。

独未照。"彭城王勰续歌曰："愿从圣明兮登衡会,万国驰诚混江外。"郑懿歌曰："云雷大振兮天门辟,率土来宾一正历。"邢峦歌曰："舜舞干戚兮天下归,文德远被莫不思。"道昭歌曰："皇风一鼓兮九地匝,戴日依天清六合。"高祖又歌曰："遵彼汝坟兮昔化贞,未若今日道风明。"宋弁歌曰："文王政教兮晖江沼,宁如大化光四表。"①

君臣的唱和围绕北魏混一海内的愿望和文德成就展开,在定都洛阳以后,北魏对正统地位的强化使其增强了文化自信,对四夷、南朝等政权的态度不再以武力对抗为主,而是谋求"文王政教""文德远被"的文化感召。

孝文帝时期虽然整体追求文德,但也并非完全摒弃武功,任城王元澄曾对文德和武功的关系做出冷静的思考和分析。《魏书·任城王元澄传》载孝文帝以郑国子产铸刑书而晋叔向非之,咨询元澄两人得失所在。元澄对曰："郑国寡弱,摄于强邻,民情去就,非刑莫制,故铸刑书以示威。虽乖古式,合今权道,随时济世,子产为得。而叔向讥议,示不忘古,可与论道,未可语权。"②元澄认为子产铸刑书符合当时的时代环境和郑国的国情,他又进一步分析了北魏当时的形势,认为"子产道合当时,声流竹素。臣既庸近,何敢庶几? 今陛下以四海为家,宣文德以怀天下。但江外尚阻,车书未一,季世之民,易以威伏,难以

---

① 《魏书》,中华书局 1974 年版,第 1240 页。
② 《魏书》,中华书局 1974 年版,第 463 页。

礼治。愚谓子产之法，犹应暂用，大同之后，便以道化之"①。他以为北魏尚未完全混一南北，百姓"易以威伏，难以礼治"，不宜过早"以道化之"，尤其不能放弃武力威慑和刑罚制度的维护。元澄在孝文帝改革深化时期，站在国家长远角度提出在重视文德的前提下，不能彻底丢弃武功传统，既符合北魏当时的国情，又深通孝文帝之意。因此孝文帝评价元澄"文德内昭，武功外畅"②。

北魏早期在进入中原的历程中，始终以疆域拓展和军事战争为首要任务，文化建设一直作为点缀，因此在诸多诏书中经常会看到"未遑文教"的表达，如《魏书·高祖纪》提到北魏早期文教："有魏始基代朔，廓平南夏，辟壤经世，咸以威武为业，文教之事，所未遑也。"③即使到了全面汉化的孝文帝时期，作为文教标志的国子学建设也因"军国多事，未遑营立"④，儒学建设也因此停滞不前，"戎缮兼兴，未遑儒教"⑤。可以看得出，终北魏一朝，虽然有大量文化建设，但依然以武功立足，无论是进入中原，还是用兵南朝，其目的都是以武力混一海内，加之拓跋族的民族特性，使其不可能彻底放弃武功，文化建设不得已只能放在武功之后。此点从北朝后期六镇起兵及北齐鲜卑文化再次复兴即可看出。虽然汉族士人明确这一客观情况，但始终以坚韧不屈的精神，克服重重阻力，努力扭转，使武功向文德转变。

---

① 《魏书》，中华书局 1974 年版，第 463 页。
② 《魏书》，中华书局 1974 年版，第 472 页。
③ 《魏书》，中华书局 1974 年版，第 187 页。
④ 《魏书》，中华书局 1974 年版，第 1241 页。
⑤ 《魏书》，中华书局 1974 年版，第 204 页。

第三节 从崔浩到高允:
北魏早期胡汉冲突下的文学互动

北魏早期的胡汉关系是北魏政治史、民族史研究中不容忽视的重要背景,这一背景同样是北朝文学研究中难以规避的问题。关于北魏胡汉问题的探讨,历史研究者已经做出诸多努力,或体现为整体论述,或集中在个案研究,其中崔浩国史之狱是焦点问题之一。[①]作为早期北魏胡汉矛盾的集中体现,崔浩国史之狱反映了胡汉冲突的尖锐性与复杂性。但容易被忽视的是,除崔浩外,高允在北魏早期汉化进程中也发挥了不容低估的重要作用。崔浩和高允是北魏早期政治史、文化史中曝光率较高的士人,如果以太武帝为分界线,太武帝前期可称之为"崔浩时代",太武帝后期至文成帝、献文帝时期可视之为"高允时代"。而从影响北魏汉化深远意义的角度来看,高允又比崔浩的影响要大。

一、"国史案"背景下渤海高氏的政治立场

崔浩事件反映了北魏早期胡汉之争、文化之争、权力之争、门第之争、佛道之争,甚至还包括南北之争等诸多问题。关于崔浩之死,周一良先生认为:"是统治阶级内部胡汉矛盾和斗争的

---

① 相关历史研究如崔瑾、李青青:《北魏早期职官制度下汉族世家与鲜卑贵族的矛盾——以崔浩之死为切入点》(《内蒙古农业大学学报(社会科学版)》2015年第4期),赵鑫鑫:《崔浩研究综述》(《德州学院学报》2009年第1期),曹道衡:《论崔浩的历史地位及其死因》(《中古文学史论文集续编》,中华书局2011年版,第120—135页)。

结果,国史不过是一个近因。"① 此后在其《魏晋南北朝史札记》中又深化了讨论,将崔浩之死因归于其修史"备而不典"。所谓"备而不典",是指对拓跋族早期失国与乱伦历史的实录,一则以直书的方式记录了拓跋什翼犍被苻秦俘至长安一事,"暴露拓跋氏祖先国破家亡之耻辱,遂触犯鲜卑贵族以及太武帝之忌讳"②;二则在于暴露翁媳婚配的习俗,"损害太武帝以及鲜卑贵族之自尊心"③。这一观点也得到学界的普遍认可。吕思勉先生认为崔浩之死绝不仅是因国史一案这么简单,而是在于他暗助南朝匡复中原,"浩仕魏历三世,虽身在北朝,而心存华夏,魏欲南侵时,恒诡辞饰说,以谋匡救;而又能处心积虑,密为光复之图"④。与此观点类似,牟润孙先生认为崔浩的一系列行为目的是张中华之王道正统。⑤ 此外,逯耀东先生认为崔浩之死的主要原因在于与太子拓跋晃的矛盾。⑥ 在这些研究当中,很少有触及崔浩与高允关系的,因此仇鹿鸣的研究就具有一定参考价值。⑦

　　仇鹿鸣认为崔浩之死当与高允有一定关系,在胡汉对峙背

① 周一良:《北朝的民族问题与民族政策》,《燕京学报》1950 年第 39 期。
② 周一良:《魏晋南北朝史札记》,中华书局 1985 年版,第 346 页。
③ 周一良:《魏晋南北朝史札记》,中华书局 1985 年版,第 349 页。
④ 吕思勉:《吕思勉读史札记(增订本)》,上海古籍出版社 2005 年版,第 905 页。
⑤ 牟润孙:《注史斋丛稿》,中华书局 1987 年版,第 80 页。
⑥ 逯耀东:《从平城到洛阳——拓跋魏文化转变的历程》,中华书局 2006 年版,第 71—95 页。
⑦ 关于崔浩之死的研究情况,可参看赵义鑫:《崔浩研究综述》,《德州学院学报》2019 年第 1 期;张金龙:《学界有关崔浩死因的观点》,《北魏政治史(四)》,甘肃教育出版社 2008 年版,第 345—367 页)。

景下思考崔浩之死,往往容易忽视汉族内部士族之间的矛盾。实际上崔浩与高允两人关系微妙,并非如史书所言那么亲密。崔浩对于异己力量的打击,某种程度上损害了渤海高氏尤其是高允的利益,高允借助于拓跋晃之手,在崔浩一案中起到了推波助澜的作用。

仇鹿鸣关于崔浩的认识非常具有参考价值,他所说的"不再将崔浩为首的汉人士族视为一个毫无区分的整体",提出了一个新的理论视角,将胡汉问题的讨论引入汉族士人的政治关系中。他进而提出:"相对地位较低的渤海高氏,在政治上对北魏政权更具有依赖性,更需要借助皇权的力量抬升家族的社会地位,所以其在与鲜卑贵戚的交往过程中,并无崔浩齐整人伦、分明姓族的自我期许,而能与鲜卑贵戚平等相待、相处甚欢,成为能被胡汉双方所共同接受的政治力量,这也是高允能最终取代崔浩成为北魏政权中汉族士人代表人物的关键所在。"① 从这个角度思考高允的做法,更符合当时复杂的政治环境,对高允心态的理解也会得到更加深入的认识。

崔浩国史之狱所反映的仅是鲜卑统治阶层与汉族士人在文化掌控权上的争夺问题,而非实质性的胡汉民族冲突。鲜卑贵族本质上并不反对汉化,从早期的道武帝、太武帝,到后来的文成帝、献文帝,直到提倡文化改革的孝文帝,对汉文化的倾慕与学习从未停止过。即使是灭佛并制造了国史之狱的太武帝,看似对汉化进行了阻挠,但其本人也始终不断在努力学习汉文

---

① 仇鹿鸣:《高允与崔浩之死臆测——兼及对北魏前期政治史研究方法的一些反思》,《社会科学战线》2013 年第 3 期。

化。太武帝曾在诏书中明言："朕承祖宗重光之绪,思阐洪基,恢隆万世。自经营天下,平暴除逆,扫除不顺,武功既昭,而文教未阐,非所以崇太平之治也。"[①]在击败胡夏和柔然后,太武帝于神䴥四年(431)又下诏书称"今二寇摧殄,士马无为,方将偃武修文,遵太平之化,理废职,举逸民,拔起幽穷,延登俊乂,昧旦思求,想遇师辅,虽殷宗之梦板筑,罔以加也"[②]。并征辟高允在内的四十二位河北高门子弟加入政权建设。这表明太武帝清醒地认识到,与汉人合作是国家得以有效运转,进而统一中原的必然途径,这一点在整个鲜卑统治层面也是基本达成一致的。

同样,以崔浩为代表的汉族士人,也并不反对接受少数民族统治的事实,否则则会在永嘉之乱中选择衣冠南迁。当然,留在中原的士族有多方面原因,但心理层面上对少数政权怀有不同程度的认同感,也是不得不考虑的重要因素之一。[③]这种认同感,使得拓跋氏和汉族士人在共同建设政权的基调方面,达成了基本共识。胡汉间的民族冲突并没有强烈到影响政权结构和国家稳定的程度。这也解释了在崔浩的死因分析中,"意在误魏"的说法立不住脚。对此,曹道衡先生通过分析崔浩对北魏诸多战役的分析预测,已否定了此种猜测。只是鲜卑贵族并不希望对文化的掌控把握在汉族士人手中,至少不能只把握在汉人手中。因此,两者的矛盾点在文化掌控者的身份上,而非文化

---

① 《宋书》,中华书局 1974 年版,第 2337 页。
② 《魏书》,中华书局 1974 年版,第 79 页。
③ 陈寅恪先生在《崔浩与寇谦之》一文中已提出此种认同感是北朝士族选择留在北方的因素之一。

对立本身。

在以汉文化影响鲜卑贵族的根本立场方面,高允与崔浩是保持一致的,只是两人在方法上有所不同。高允认识到文化权力的掌控必然要归于统治者,不管是鲜卑人还是汉人,"喧宾夺主"的行为是不可取的。高允这种思想的形成,与渤海高氏家族历来的政治立场和政治选择有直接联系。

高允的父祖辈都曾在后燕慕容垂政权担任要职,其曾祖父高庆任慕容垂司空,祖父高泰任吏部尚书,父亲高韬任太尉从事中郎,叔父高湖"少历显职,为散骑常侍"①。从其叔父高湖对鲜卑政权的态度来看,其家族颇有敏锐的政治嗅觉。在慕容宝攻打北魏时,高湖曾竭力劝阻。看到慕容皇室内部的政权争斗后,高湖也认清后燕灭亡乃大势所趋,"湖见其衰乱,遂率户三千归国。太祖赐爵东阿侯,加右将军,总代东诸部。世祖时,除宁西将军、凉州镇都大将,镇姑臧,甚有惠政"②。三千户并非小数,可见渤海高氏具有足够的影响力,其内附的行为是高氏在北魏得到重用的重要条件。

高湖在劝阻慕容宝攻打北魏时曾提到:"魏,燕之与国。彼有内难,此遣赴之;此有所求,彼无违者。和好多年,行人相继。往求马不得,遂留其弟,曲在于此,非彼之失。政当敦修旧好,义宁国家,而复令太子率众远伐。且魏主雄略,兵马精强,险阻艰难,备尝之矣。"③其表述虽不排除有魏收的修饰,但实际上也能

---

① 《魏书》,中华书局 1974 年版,第 751 页。
② 《魏书》,中华书局 1974 年版,第 751—752 页。
③ 《魏书》,中华书局 1974 年版,第 751 页。

代表一部分汉族士人对待北魏政权的态度和立场,更能体现渤海高氏一族具有敏锐的政治嗅觉。高湖这种审时度势、保全家族的为官理念,是魏晋时期世家大族的惯常思维,这一点在高允这里得到了继承和发扬。

对于宦海浮沉,高允有充分的心理准备和较为达观的态度,高允曾作《塞上翁》诗,"有混欣戚,遗得丧之致"①,该诗内容虽不存,但大致可知表达的是道家"祸福相依"的道理。高允作《塞上翁》诗时尚未经历崔浩国史之狱,但已然对官场得失有清醒认识。受到佛道思想以及早期仕宦经历的影响②,小心谨慎、明哲保身一直是高允的为官之道。游雅曾说:"余与高子游处四十年矣,未尝见其是非愠喜之色,不亦信哉!高子内文明而外柔弱,其言呐呐不能出口,余常呼为'文子'。"③"内文明而外柔弱"可以称之为对高允最恰当的评价。而崔浩国史之狱更是给高允的心理蒙上了一层阴影,加深了其佛道思想中谦退保守的因素。

---

① 《魏书》,中华书局 1974 年版,第 1068 页。

② 赵逵夫、王峥认为,高允作此诗是受到袁式辞官的影响,并与高允早期的沙门经历相关。沙门经历未必对高允有深刻影响,因其入沙门时仅十几岁,且时间较短,"年十余,奉祖父丧还本郡,推财与二弟而为沙门,名法净。未久而罢"。因此可以说他并不像崔浩那样排斥佛教,但并未对佛教有深入理解,佛教经历只是其早期生活的一段背景。"高允同时称颂佛、道二教,体现出他并不信奉宗教,只是对佛、道思想有所认同。这种认同与其人生经历和世界观有关,是出于思想深处的,也是高允心态发生变化的原因。"(赵逵夫、王峥:《佛道基因与高允诗赋的文学定位》,《河北学刊》2018 年第 3 期)

③ 《魏书》,中华书局 1974 年版,第 1077 页。

二、高允《征士颂》与崔浩"齐整人伦"

太武帝神䴥四年(431)九月壬申诏书曰:"顷逆命纵逸,方夏未宁,戎车屡驾,不遑休息。今二寇摧殄,士马无为,方将偃武修文,遵太平之化,理废职,举逸民,拔起幽穷,延登俊乂,昧旦思求,想遇师辅,虽殷宗之梦板筑,罔以加也。访诸有司,咸称范阳卢玄、博陵崔绰、赵郡李灵、河间邢颖、勃海高允、广平游雅、太原张伟等,皆贤俊之胄,冠冕州邦,有羽仪之用。《诗》不云乎,'鹤鸣九皋,声闻于天',庶得其人,任之政事,共臻邕熙之美。《易》曰:'我有好爵,吾与尔縻之。'如玄之比,隐迹衡门,不耀名誉者,尽敕州郡以礼发遣。"① 此条诏书颁布后,"遂征玄等及州郡所遣,至者数百人,皆差次叙用"②,拉开了北魏征召汉族士人进入政权建设的序幕。此次征召范围广,人员多,极尽高门士族,所谓"贤俊之胄,冠冕州邦,有羽仪之用"者皆网罗殆尽,高允也在征召范围之内。高允在晚年曾作《征士颂》一文,以纪念当初共同进入政权的汉族士人。按《征士颂》内容所言,此次征召四十二人,就命者三十五人。《魏书》完整地记录了三十五人的官职、爵位和属籍。

按《魏书》所云,高允作《征士颂》的动机为"以昔岁同征,零落将尽,感逝怀人,作《征士颂》"③。《魏书》并没有明书其创作时间,但在《征士颂》前,高允曾上表请立郡国学校。献文帝

① 《魏书》,中华书局 1974 年版,第 79 页。
② 《魏书》,中华书局 1974 年版,第 79 页。
③ 《魏书》,中华书局 1974 年版,第 1078 页。

天安元年（466）九月己酉，按照高允建议，"初立乡学，郡置博士二人、助教二人、学生六十人"①。此后，高允多次以老疾告归，并写有《告老诗》，但献文帝不从。《征士颂》当作于《告老诗》后，或与此同时。《征士颂》之后，《魏书》载："皇兴中，诏允兼太常，至兖州祭孔子庙，谓允曰：'此简德而行，勿有辞也。'后允从显祖北伐，大捷而还，至武川镇，上《北伐颂》。"②按献文帝北伐在皇兴四年（470）九月丙寅，"诸将俱会于女水，大破虏众"③。按照《魏书》的记载次序，《征士颂》具体作于何年虽不得而知，但可确定为天安元年（466）至皇兴四年（470）之间。

高允创作《征士颂》的动机何在？ 首先，我们知道此时高允已步入晚年，有退隐之意，在《征士颂》创作之前也多次表达要告老还乡，并写有《告老诗》。《告老诗》虽不存，但亦不难知其旨意。《征士颂》作于此时，其主要目的既有感怀昔日同征之人，又有表达告老退隐之情。《征士颂》序言先赞颂太武帝征召行为的举措，"尔乃髦士盈朝，而济济之美兴焉"，进而回忆当时被征者的意气风发："昔与之俱蒙斯举，或从容廊庙，或游集私门，上谈公务，下尽忻娱，以为千载一时，始于此矣。"但随着"日月推移，吉凶代谢，同征之人，凋歼殆尽。在者数子，然复分张。往昔之忻，变为悲戚"。唯一尚存的营州刺史、建安公张伟也"复至殒殁"，这使高允产生深深的孤独感。因此，高允在序中称："在朝者皆后进之士，居里者非畴昔之人。进涉无寄心之所，出

① 《魏书》，中华书局 1974 年版，第 127 页。
② 《魏书》，中华书局 1974 年版，第 1085 页。
③ 《魏书》，中华书局 1974 年版，第 130 页。

入,无解颜之地。顾省形骸,所以永叹而不已。"①结合高允早年在《塞上翁》诗中所表达的思想特征可知,在晚年孤寂心态下书写的《征士颂》,包含了高允对于峥嵘往昔的回忆以及宦海浮沉的感慨,正如其在颂文末尾所言:"君臣相遇,理实难偕,昔因朝命,举之克谐。披衿散想,解带舒怀,此忻如昨,存亡奄乖。"②此外,在此篇序言开篇,高允直言:"夫百王之御士也,莫不资伏群才,以隆治道。故周文以多士克宁,汉武以得贤为盛。此载籍之所记,由来之常义。"③借此表达汉族士人在北魏初年政权建设中的重要作用,也希望北魏君主不要忽视对汉族人才的叙用,并能够将此传统加以延续。

高允作《征士颂》的背景是太武帝神䴥四年(431)的征士之举,而此次征士或与崔浩密切相关。太武帝神䴥四年(431)九月"庚申……特进、左光禄大夫崔浩为司徒"④。崔浩任司徒同月,即神䴥四年(431)九月壬申,太武帝下诏征士,冬十月戊寅,"诏司徒崔浩改定律令"⑤,其中的时间线为:崔浩任司徒—征召士人—改定律令。这不得不令人怀疑,太武帝征召士人的背后是否有崔浩的推动。诏书中所列征召之人为"咸称范阳卢玄、博陵崔绰、赵郡李灵、河间邢颖、勃海高允、广平游雅、太原张伟等"⑥,其他不称名姓,这些人与崔浩的关系也极为密切。在征

---

① 《魏书》,中华书局1974年版,第1081页。
② 《魏书》,中华书局1974年版,第1085页。
③ 《魏书》,中华书局1974年版,第1081页。
④ 《魏书》,中华书局1974年版,第79页。
⑤ 《魏书》,中华书局1974年版,第79页。
⑥ 《魏书》,中华书局1974年版,第79页。

召的诸人之中，以卢玄为首，"神䴥四年，辟召儒俊，以玄为首，授中书博士"[1]。范阳卢氏与清河崔氏是姻亲关系，卢玄是崔浩的外兄，崔浩"欲齐整人伦，分明姓族"[2]，也是与卢玄商议，虽然卢玄并不认同此做法，但足以这说明两人关系之密切。

除卢玄之外，高允、游雅等人也与崔浩关系密切，几人也曾共事参与典章制度的制定工作。崔浩曾"集诸术士，考校汉元以来，日月薄蚀、五星行度，并识前史之失，别为魏历，以示允"[3]。崔浩在任司徒期间，也曾大量拉拢汉族士人力量，如眭夸"少与崔浩为莫逆之交。浩为司徒，奏征为其中郎，辞疾不赴"[4]。因此，太武帝神䴥四年（431）征召的行为，极有可能就是刚刚任职司徒的崔浩在背后推动，甚至征召的名单也是崔浩所拟。崔浩建议太武帝征召汉族士人，其目的是扩大北魏政权中汉族士人的规模，进而通过"齐整人伦，分明姓族"，恢复魏晋时期的世家大族政治文化格局。

建议太武帝征召汉族士人是崔浩"齐整人伦，分明姓族"的第一步。此举获得太武帝的认可，而进入政权的三十五人也不负所望，在北魏的政权建设中发挥了重要作用。此后，崔浩不满足于神䴥四年（431）征召的士人数量，企图继续扩大征召规模，"崔浩荐冀、定、相、幽、并五州之士数十人，各起家郡守"。虽然太子拓跋晃并不同意起家郡守要职，建议"可先补前召外任郡

---

[1] 《魏书》，中华书局 1974 年版，第 1045 页。
[2] 《魏书》，中华书局 1974 年版，第 1045 页。
[3] 《魏书》，中华书局 1974 年版，第 1068 页。
[4] 《魏书》，中华书局 1974 年版，第 1930 页。

县,以新召者代为郎吏",但崔浩"固争而遣之",这也为其被诛埋下祸根。高允对此已然有所预见,因此对外人称:"崔公其不免乎! 苟逞其非,而校胜于上,何以胜济。"①高允和卢玄皆不认同崔浩过于激进的政治姿态。正如仇鹿鸣所言,汉族士人群体之间也并非铁板一块,在政治见解和行为方式上有很大的差别。尤其是在对汉族人才的提拔和任用方面,崔浩和高允两人选择了截然不同的路线。

与崔浩类似,高允也通过自己的努力举荐汉族士人进入北魏政权,但其方式较为委婉柔和。《魏书·高允传》载:"显祖平青、齐,徙其族望于代。时诸士人流移远至,率皆饥寒。徙人之中,多允姻媾,皆徒步造门。允散财竭产,以相赡赈,慰问周至,无不感其仁厚。收其才能,表奏申用。时议者皆以新附致异,允谓取材任能,无宜抑屈。"②青齐士人集团在献文帝时期迁徙到平城附近,在北魏孝文帝改革中起到关键作用,其中大部分人都受到过高允的接济或举荐。如高聪"与蒋少游为云中兵户,窘困无所不至"③,高允对其大加优待,以孙视之。与崔浩荐人直接"起家郡守"不同,高允荐人常从著作郎、中书郎等不甚重要的文职入手。如韩麒麟子韩兴宗,"后司空高允奏为秘书郎,参著作事"④;李璨,"迁中书郎,雅为高允所知"⑤。且高允所荐之人多以谨重见称,如江绍兴,"高允奏为秘书郎,掌国史二十余年,

① 《魏书》,中华书局1974年版,第1069页。
② 《魏书》,中华书局1974年版,第1089页。
③ 《魏书》,中华书局1974年版,第1520页。
④ 《魏书》,中华书局1974年版,第1333—1334页。
⑤ 《魏书》,中华书局1974年版,第1101页。

以谨厚称"。[1]其地位虽不如郡守,但都是掌管重要文职的官吏,可见高允十分重视汉族士人对文化机构的掌握,同时也尽可能选取谨慎小心者为政。其性格"内文明而外柔弱,其言呐呐不能出口",在某种程度上避免了与鲜卑贵族的直接利益冲突。

高允虽然继崔浩修史,但受到崔浩被诛的影响,加深了其从官严谨的态度,"虽久典史事,然而不能专勤属述,时与校书郎刘模有所缉缀,大较续崔浩故事,准《春秋》之体,而时有刊正"[2]。"准《春秋》之体",即通过委婉笔法掩盖一些敏感内容;"时有刊正",说明高允对于史书的编撰严格把关,杜绝崔浩事件再次发生。受崔浩事件的影响,高允更清楚地认识到权力旋涡的力量之大,稍有差池便会粉身碎骨,牵连家族,而保全家族恰是渤海高氏乃至北朝世家大族参政的根本宗旨。

三、高允的"为文"与"不为文"

神䴥四年(431)的征召与崔浩相关,国史之狱也因崔浩而起,汉族士人的兴衰皆因崔浩。高允在《征士颂》序的结尾中写道:"夫颂者美盛德之形容,亦可以长言寄意。不为文二十年矣,然事切于心,岂可默乎? 遂为之颂。"[3]其中高允称"不为文二十年矣"颇需要留意,如果按照献文帝天安元年(466)至皇兴四年(470)之间的创作来看,以此前推二十年,恰好在国史之狱崔浩被诛的太平真君十一年(450)前后,可见,高允所说的"不

---

① 《魏书》,中华书局 1974 年版,第 1960 页。
② 《魏书》,中华书局 1974 年版,第 1086 页。
③ 《魏书》,中华书局 1974 年版,第 1081 页。

为文",极有可能是因为受到崔浩事件的影响。事实上,早在崔浩事发时,已有文士为求自保而焚毁诗稿。如凉州名士张湛,与崔浩关系密切,"湛至京师,家贫不立,操尚无亏。浩常给其衣食,荐为中书侍郎。湛知浩必败,固辞。每赠浩诗颂,多箴规之言。浩亦钦敬其志,每常报答,极推崇之美"①。其与崔浩诗颂往来较多,崔浩也对其极尽推崇,但当崔浩被诛时,张湛将与崔浩交往时所写之诗付之一炬,且"闭门却扫,庆吊皆绝,以寿终"②。可见崔浩事件在当时对于汉族士人内心的打击之大,这样也就可以理解高允为何"二十年不为文"了。

　　高允的作品存世并不多,诗仅乐府《罗敷行》《王子乔》两首、赠答诗《答宗钦》十三章、《咏贞妇彭城刘氏》八章,《塞上翁》仅存其名。相较而言,高允存文较多,共十四篇,三篇仅录其名(《代都赋》《名字论》《诸侯箴》)。按照类型来划分,可将其文分为几类:表文两篇(《上天文灾异八篇表》《承诏议兴学校表》);谏文三篇(《谏皇太子营立田园》《谏文成帝起宫室》《谏文成帝不厘改风俗》);赋颂五篇(《代都赋》《鹿苑赋》《征士颂》《北伐颂》《南巡颂》);书论四篇(《答宗钦书》《筮论》《名字论》《诸侯箴》);训文一篇(《酒训》);祭文一篇(《祭岱宗文》);诗序一篇(《塞上公亭诗序》)。其中数量较多的主要是赋颂类和表文、谏文类。其中三篇谏文写于崔浩被诛后至《征士颂》创作之间,可见高允在《征士颂》中虽自称"不为文二十年矣",但也并非完全"不为文","自高宗迄于显祖,军国书檄,多允文

① 《北史》,中华书局1974年版,第1265页。
② 《北史》,中华书局1974年版,第1265页。

也"①,北魏早期军国文翰多为汉族士人所代笔,如崔玄伯"自非朝廷文诰,四方书檄,初不染翰,故世无遗文"②。此类文章缺乏抒情言志的文学性,而以实用性为主。在崔浩被诛之后,作为汉族士人的领袖人物,高允承担了北魏早期实用文章书写和润色的职责。

从内容上看,高允所作的文,以歌颂北魏国家及君主功绩为主,三篇谏文包括孝文帝时期所作的《酒训》,也多是从国家长远考虑,体现了作为四朝元老的高允对于国家未来的忧患意识和责任感。《代都赋》也属讽谏之作,《高允传》云:"上《代都赋》,因以规讽,亦《二京》之流也。"③劝谏文成帝不要营建过度。《南巡颂》主要颂赞文成帝和平二年(461)南巡一事④,《北伐颂》赞颂献文帝北伐柔然一事。此外,《鹿苑赋》也以赞颂为主。总体而言,高允所作赋颂中,对于北魏政权的认同和赞颂较多,对个人情志的表达较少,仅在《答宗钦》诗中有所流露。高允与宗钦两人同为著作郎,往来密切,宗钦"与高允书,赠诗,允答书并诗,甚相褒美"⑤。宗钦因崔浩国史狱牵连被诛,因高允上言得保宗族。临刑时,宗钦叹曰:"高允其殆圣乎!"⑥对高允的评价至高。两人的赠答诗,有魏晋赠答遗风古朴典雅、雍容雅致

---

① 《魏书》,中华书局 1974 年版,第 1086 页。
② 《魏书》,中华书局 1974 年版,第 623 页。
③ 《魏书》,中华书局 1974 年版,第 1076 页。
④ 可参看刘莹:《文成帝和平二年南巡史事再考——以〈南巡颂(并序)〉为中心》,《历史研究》2021 年第 3 期。
⑤ 《北史》,中华书局 1974 年版,第 1267 页。
⑥ 《魏书》,中华书局 1974 年版,第 1071 页。

的特点。在《答宗钦》诗中,高允依然不惜赞颂之辞,如称:"上天降命,祚钟有代。协耀紫宸,与乾作配。仁迈春阳,功隆覆载。招延隐叟,永贻大赉。""世之圮矣,灵运未通。风马殊隔,区域异封。有怀西望,路险莫从。王泽远洒,九服来同。"①但在崔浩被诛之后,高允的赠答诗便不再留存,或许如张湛一般,谨慎的高允已将所存之诗付之一炬。

高允"不为文"并不意味着北朝文学停止发展,这是历来的误解。以往多认为此时期文学处于低谷状态②,从实际的文学作品呈现状态来看,似乎确实如此。高允虽"不为文",但实际是为了其后"能为文"努力做铺垫,以一种政治、思想、文化上潜移默化的形式影响上层思维,所谓"上宁于王,下保于己"③,"宁"是为了缓和上层对于汉族士人的打击,消弭崔浩事件所造成的恶劣影响,"保"是为了进一步提升汉人地位。

文学创作的生态环境与政治密切相关,高允清楚地认识到这一点。崔浩的国史之狱就是一个典型的案例,文字狱是表面现象,其背后的政治冲突、文化冲突才是根源所在。高允以先谋和谐、再谋发展的汉化路线处理鲜汉矛盾,维系了家门之风,保护了北魏早期汉族士人的政治生态。从文学创作的角度看,是放缓了脚步,形成了所谓的"文学的低谷",但却为今后北魏文学的进一步发展,乃至孝文帝时期文学创作的腾跃趋势做了良好的铺垫,其意义远远大于创作几篇诗文。

---

① 《魏书》,中华书局1974年版,第1157页。
② 周建江:《北朝文学史》,中国社会科学出版社1997年版,第5页。
③ 《魏书》,中华书局1974年版,第414页。

第三章　异域与中原
——北魏民族身份的转变

第一节　北魏墓志中的华夏之风

《魏书·韩延之传》云："初延之曾来往柏谷坞,省鲁宗之墓,有终焉之志。因谓子孙云:'河洛三代所都,必有治于此者。我死不劳向北代葬也,即可就此。'及卒,子从其言,遂葬于宗之墓次。延之死后五十余年而高祖徙都,其孙即居于墓北柏谷坞。"[①]韩延之在五十年前预见到北魏将迁都于洛阳,遂将自己葬于洛阳,他在生前就明确知道,洛阳日后必将成为无数人的最终长眠之地。北魏太和十九年(495)孝文帝迁都洛阳后,于六月丙辰下诏书曰:"迁洛之民,死葬河南,不得还北。于是代人南迁者,悉为河南洛阳人。"[②]随着孝文帝改革的深化,大量鲜卑贵族禁断胡语、穿汉服、写汉字,死后葬于洛阳,彻底完成了由夷狄到华夏的身份转变。这一举措使得洛阳地区墓志骤增,自北魏以后,上至达官贵族,下至普通百姓,皆以葬在北邙为人生的终极

---

① 《魏书》,中华书局1974年版,第880页。
② 《魏书》,中华书局1974年版,第178页。

归宿。据不完全统计,洛阳地区出土的北魏墓志有近四百方之多,加之不断有新出土墓志,以及流散在民间的墓志,总体数量极为可观。[①]这些刻在石头上的文字,记录了鲜卑人进入中原后的生活痕迹,反映了北魏一朝的时代风貌。从这些文字中,不仅可以看到一个民族文化的转变历程,更可以看到一个王朝的兴衰。

关于北魏墓志与文化关系的相关研究已非常丰富,而对于北魏鲜卑贵族墓志的研究,也成为北魏文化与文学研究中不可忽视的视角。近年来的研究中,较有代表的主要有何德章《北魏迁洛后鲜卑贵族的文士化——读北朝碑志札记之三》[②];王永平《墓志所见北魏后期迁洛鲜卑皇族集团之雅化——以学术文化积累之提升为中心的考察》[③];刘连香《民族史视野下的北魏墓志研究》[④];张鹏《北朝石刻文献的文学研究》第六章第一节"墓志所见北朝元氏家族作家的文化素养"[⑤],等等。总体而言,对于北魏墓志的研究,多从文雅化、文士化等角度来考察鲜卑贵族的文化转变现象。但其中仍有一些尚未深入的领域值得探讨,比如,墓志这种文体为何在北魏时期趋于定型、成熟,其历史背

---

① 北魏后期洛阳出土墓志 392 方,超过全部出土地点墓志的 73%。(刘连香:《民族史视野下的北魏墓志研究》,文物出版社 2017 年版,第 15 页)

② 武汉大学中国三至九世纪研究所编:《魏晋南北朝隋唐史资料(第二十辑)》,武汉大学文科学报编辑部 2003 年版,第 7—18 页。

③ 王永平:《墓志所见北魏后期迁洛鲜卑皇族集团之雅化——以学术文化积累之提升为中心的考察》,《学习与探索》2011 年第 3 期。

④ 刘连香:《民族史视野下的北魏墓志研究》,文物出版社 2017 年版。

⑤ 张鹏:《北朝石刻文献的文学研究》,中国社会科学出版社 2015 年版,第 182—191 页。

景是怎样的？北魏墓志中所呈现的文雅化是较为明显的特征，但其背后所透射的鲜卑族的文化心理是值得深思的。墓志虚实参半的个人化文体特征，也是墓志在作为史料使用时容易被忽视的因素，而这种因素对于探究北魏鲜卑贵族汉化心理具有重要的参考价值。另外，鲜卑贵族墓志中除了趋于文学化、文雅化的特点外，对于儒家伦理的标榜也是值得关注的现象。本节从墓志的书写入手，探究墓志内容在真实与虚构之间的文体特质，进而从仰慕魏晋风度、追求忠孝仁义、突出文武兼资几个角度，剖析北魏鲜卑贵族在洛阳生活时期的心路历程。

一、由《元乂墓志》看墓志书写的真实与虚构

墓志作为一种实用性文体，为志主美化以及隐恶是毋庸讳言的现象。至中古时期，墓志已形成了固定的书写模式。以北魏墓志书写为例，一般墓志首先介绍志主基本信息（包括身份、官职、籍贯、父母情况、祖先谱系等内容），继而对志主生平作简要介绍，这里就会产生大量虚美之辞，尤其是志主生平中的污点，会被刻意回避，甚至曲加美化。而志主无甚功业者，也往往被夸大价值，突出贡献，乃至无中生有。因此对于墓志的研究，必然要考虑墓志书写中的虚美成分。在北魏后期墓志书写中，存在普遍虚美的现象，其中，尤以《元乂墓志》为代表。

元乂又名元叉，字伯俊，小字夜叉。在史书中称其为元叉，而墓志中却书为元乂，或许是夜叉之名实在不登大雅之堂，因此墓志中改"叉"为"乂"。元树在《遗公卿百僚书》中曾这样解释其名："元叉本名夜叉，弟罗实名罗刹，夜叉、罗刹，此鬼食人，

非遇黑风,事同飘堕。呜呼魏境!离此二灾。恶木盗泉,不息不饮;胜名枭称,不入不为。况昆季此名,表能噬物,日露久矣,始信斯言。"①关于元叉的记载,除《元乂墓志》外,《魏书·道武七王传》中附有《元叉传》,《清河王怿传》等传记中亦有涉及其史事处。历史上对于元叉的评价已基本成为定论,元叉在北魏后期的专政,进一步激发了北魏的社会危机,导致了朝政混乱,加速了北魏灭亡的步伐,这是公认的对于元叉专政的评判。在元叉被推翻后,韩子熙曾如此评价元叉:

> 　　叉籍宠姻戚,恃握兵马,无君之心,实怀皂白。擅废太后,枉害国王,生杀之柄,不由陛下,赏罚之诏,一出于叉。名藩重地,皆其亲党;京官要任,必其心腹。中山王熙,本兴义兵,不图神器,戮其大逆,合门灭尽,遂令元略南奔,为国巨患。奚康生国之猛将,尽忠弃市。其余枉被屠戮者,不可称数。缘此普天丧气,匝地愤伤。致使朔陇猖狂,历岁为乱,荆徐蠢动,职是之由。昔赵高秉秦,令关东鼎沸;今元叉执权,使四方云扰。自古及今,竹帛所载,贼子乱臣,莫此为甚。②

韩子熙对元叉的评价是从反对者立场而言。韩子熙为清河王怿常侍,元怿对其有知遇之恩,在元怿被害后,"子熙为之忧悴,屏

---

① 《魏书》,中华书局 1974 年版,第 407 页。
② 《魏书》,中华书局 1974 年版,第 1335 页。

处田野,每言王若不得复封,以礼迁葬,誓以终身不仕"①。总结起来,他认为元乂的罪行包括以下几点:第一,手握重权,目无君主;第二,擅废太后(胡太后),枉杀国王(元怿);第三,诏自己出,赏罚不公;第四,任人唯亲。另一位反对元乂专政的元树也曾历数元乂之罪:

> 元乂险愎狠戾,人伦不齿,属籍疏远,素无问望,特以太后姻娅,早蒙宠擢。曾不怀音,公行反噬,肆兹悖逆,人神同愤。自顷境土所传,皆云:乂狼心蛊毒,借权位而日滋;含忍谄诈,与日月而弥甚。无君之心,非复一日;篡逼之事,旦暮必行。……元乂本名夜叉,弟罗实名罗刹,夜叉、罗刹,此鬼食人,非遇黑风,事同飘堕。呜呼魏境! 离此二灾。②

这些对于元乂的评价涉及元乂的人品与恶行,与《元乂墓志》中所言"清明内照,光景外融,标致玄远,崖涘高峻,皂白定于是非,朱紫由其标格"③大相径庭。元树于《遗公卿百僚书》中又称元乂"属籍疏远,素无问望,特以太后姻娅,早蒙宠擢"。元乂本为胡太后妹夫,胡太后临朝后,为稳定自己的统治而着力培植亲信,元乂虽然地位低微,但因其特殊身份迅速得到提拔:"灵太后临朝,以乂妹夫,除通直散骑侍郎。乂妻封新平郡君,后迁冯翊郡君,拜女侍中。乂以此意势日盛,寻迁散骑常侍,光禄少卿,

---

① 《魏书》,中华书局 1974 年版,第 1334 页。
② 《魏书》,中华书局 1974 年版,第 406—407 页。
③ 赵超:《汉魏南北朝墓志汇编》,天津古籍出版社 2008 年版,第 181 页。

领尝食典御,转光禄卿。……寻迁侍中,余官如故,加领军将军。既在门下,兼总禁兵,深为灵太后所信委。"①元叉在数年间从散骑侍郎升至领军将军,兼总禁兵,足见胡太后对其信任。对于官职墓志中一般不会作假,《元叉墓志》称其"初除散骑侍郎。尚宣武胡太后妹冯翊郡君。以亲贤莫二,少历显官,寻转通直,迁散骑常侍光禄勋。职惟谈议,任实总领,选才而举,民无闲然。非唯获赏参乘,见知廉清而已。转侍中领军将军,领左右,寻加卫将军"②。值得注意的是,墓志承认了元叉之所以获得如此殊荣也是因为尚胡太后妹,"亲贤莫二",但随后又着意补充道:"职惟谈议,任实总领,选才而举,民无闲然。非唯获赏参乘,见知廉清而已。"③墓志称百官民众对于元叉的提拔并无异议,因其"非唯获赏参乘,见知廉清",这显然有悖史实。

对于元叉被重用反对最为强烈的是清河王元怿,《魏书·清河王怿传》曰:"领军元叉,太后之妹夫也,恃宠骄盈。怿裁之以法,每抑黜之,为叉所疾。"④两人同为胡太后心腹,但元怿为孝明帝叔父,贵为宗亲,又"博涉经史,兼综群言,有文才,善谈理,宽仁容裕,喜怒不形于色"⑤,"才长从政,明于断决,割判众务,甚有声名",在宗室中地位特殊,有较高声望,"亲王之中,最有

---

① 《魏书》,中华书局1974年版,第403—404页。
② 赵超:《汉魏南北朝墓志汇编》,天津古籍出版社2008年版,第181页。
③ 赵超:《汉魏南北朝墓志汇编》,天津古籍出版社2008年版,第181页。
④ 《魏书》,中华书局1974年版,第592页。
⑤ 《魏书》,中华书局1974年版,第591页。

名行"①。加之因美姿貌被胡太后所逼幸,《元怿墓志》称其"仪容美丽,端严若神,风流之盛,独绝当时。温恭淑慎,动合规矩。言为世则,行成师表。澹然以天地为心,喜怒不形于色"②。无论人品、地位、属望、才能各方面,都是元叉可望而不可及的。因为出身地位和政治立场的不同,两人之间的龃龉似乎是一种必然。

元怿对元叉"恃宠骄盈,志欲无限"③的为政极为不满,欲裁之以法,但元叉最先发难。"叉遂令通直郎宋维告司染都尉韩文殊欲谋逆立怿,怿坐禁止。"④此事细节载于《魏书·宋弁传附宋维》中。宋维本是北魏名臣宋弁之子,但其为人"浮薄无行",宋弁亦曾言"维性疏险,而纪识慧不足,终必败吾业也"⑤。宋维受元叉嘱托,"乃告司染都尉韩文殊父子欲谋逆立怿。怿坐被录禁中"⑥。在经过证实元怿无谋逆之心后,按大魏律应予宋维诬告反坐之罪,但"叉言于太后,欲开将来告者之路,乃黜为燕州昌平郡守,纪为秦州大羌令"⑦。致使宋维并没有受到严厉的惩罚。宋维的行为非但辱没名臣之后,亦受天下人士诟病:"怿亲尊懿望,朝野瞻属,维受怿眷赏,而无状构间,天下人士莫不怪忿而贱薄之。"然而宋维之女宋灵妃的墓志中如此评价宋维:

① 〔北魏〕杨衒之著,杨勇校笺:《洛阳伽蓝记校笺》,中华书局 2006 年版,第163 页。
② 赵超:《汉魏南北朝墓志汇编》,天津古籍出版社 2008 年版,第 172 页。
③ 《魏书》,中华书局 1974 年版,第 404 页。
④ 《魏书》,中华书局 1974 年版,第 404 页。
⑤ 《魏书》,中华书局 1974 年版,第 1417 页。
⑥ 《魏书》,中华书局 1974 年版,第 1416 页。
⑦ 《魏书》,中华书局 1974 年版,第 1416 页。

"父维,机亮冲敏,少播令响。袭爵除冠军将军营洛二州刺史。"[1]

宋维的诬告并未扳倒元怿,于是元叉与刘腾进一步发动宫廷政变,囚禁胡太后,并且"诬怿罪状,遂害之"[2]。自是以后,元叉在朝中再无政敌,"专综机要,巨细决之,威振于内外,百僚重迹"[3]。反观《元义墓志》对他政绩的盛赞:"虽秩班近侍,而任居时宰,朝权国柄,金望有归。类公旦之相周,等霍侯之辅汉,妙识屠龙之道,深体亨鲜之术。振纲而万目理,委綮而四牡调。人无废才,官无废职,时和俗泰,远至迩安。田畴之谣既弭,羔裘之刺亦息。"[4]此段对于元叉的粉饰显得过于夸张,甚至将其与周公、霍光相比,又刻意强调其执政能力之突出和执政效果之明显,读之令人愕然。

考之史籍,元叉当政期间的所做所为,与志中所言大相径庭。元叉为政的不良表现,史有明证:第一在收受贿赂,如崔暹"违崇节度,为贼所败,单骑潜还。禁于廷尉。以女妓园田货元叉,获免"[5]。第二在以权谋私,《魏书·尉古真传》:"凉州绯色,天下之最,叉送白绫二千匹,令聿染,拒而不许。又讽御史劾之,驿征至京。"[6]第三在任人唯亲,《魏书·长孙道生传》:"世宗时,侯刚子渊,稚之女婿。刚为元叉所厚,故稚骤得转进。"[7]《魏书·

---

[1]　赵超:《汉魏南北朝墓志汇编》,天津古籍出版社 2008 年版,第 301 页。

[2]　《魏书》,中华书局 1974 年版,第 592 页。

[3]　《魏书》,中华书局 1974 年版,第 404 页。

[4]　赵超:《汉魏南北朝墓志汇编》,天津古籍出版社 2008 年版,第 181—182 页。

[5]　《魏书》,中华书局 1974 年版,第 1925 页。

[6]　《魏书》,中华书局 1974 年版,第 659—660 页。

[7]　《魏书》,中华书局 1974 年版,第 647 页。

王肃传附王翊》："（王翊）颇锐于荣利，结婚于元叉，超拜左将军、济州刺史，寻加平东将军。"①《魏书·李平传附李奖》："初，元叉擅朝，奖为其亲待，频居显要。"②此几点与墓志所言"见知廉清""人无废才，官无废职，时和俗泰，远至迩安"的夸饰全然相左。志中又称元叉："翼亮王猷，缉熙治道，济斯民于贵寿，弼吾君于尧舜。春气生草，未足同言；夏雨膏物，曾何窃比？"又云："多能寡欲，员中方外，孝为行本，信作身舆。……论玉不由小大，求马忘其白黑。管库咸举，关析靡遗，犹如挹水于河，取火于燧者矣。至于高清临首，宫征鸣腰，怀金拖玉，陟降墀陛，故以仪形列辟，冠冕群龙。信广夏之栋梁，大川之舟楫。岂唯一草之根，一狐之腋而已哉？"③溢美之词无以言表。所谓"多能寡欲""信作身舆"是掩盖其贪婪本性，"论玉不由小大，求马忘其白黑""仪形列辟，冠冕群龙"乃粉饰其任人唯亲的笼络行为。《魏书》本传对其如是评价：

初，叉之专政，矫情自饰，劳谦待士，时事得失，颇以关怀，而才术空浅，终无远致。得志之后，便骄愎，耽酒好色，与夺任情。乃于禁中自作别库掌握之，宝充牣其中，又曾卧妇人于食舆，以帕覆之，令人舆入禁内，出亦如之，直卫虽知，莫敢言者。轻薄趣势之徒，以酒色事之，姑姊妇女，朋淫无别。政事怠惰，纲纪不举，州镇守宰，多非其人。于是天

---

① 《魏书》，中华书局 1974 年版，第 1413 页。
② 《魏书》，中华书局 1974 年版，第 1455 页。
③ 赵超：《汉魏南北朝墓志汇编》，天津古籍出版社 2008 年版，第 182 页。

下遂乱矣。①

元乂为提高自己的威望,积累政治资本,于正光二年(521)营造明堂、辟雍。《元乂墓志》中对此加以强调:"于时三雍缔构,疑议纷纶。以公学综坟籍,儒士攸宗,复领明堂大将。公斟酌三代,宪章汉晋,独见卓然,经始用立。"②但明堂修建中朝臣多不配合,如元乂欲征杨椿为将作大匠,"椿闻而以疾固辞"③,明堂的营建也未见成效,元乂也没有参与讨论明堂建造的文章存世,此正印证了《魏书》中所言"时事得失,颇以关怀,而才术空浅,终无远致"。元乂身边虽然聚集大量同党,但皆为"轻薄趣势之徒,以酒色事之",其所任命之人也"政事怠惰,纲纪不举,州镇守宰,多非其人",这也与墓志所言"见知廉清""人无废才,官无废职,时和俗泰,远至迩安"全然不符。

元乂当政之时致使朝野震悚,在诬陷清河王元怿时,满朝权贵皆顺从其意,唯恐牵连,"咸畏惮乂,无敢异者"④,"及领军元乂之废灵太后,将害太傅、清河王怿,乃集公卿会议其事。于时群官莫不失色顺旨,肇独抗言以为不可,终不下署"⑤。唯中山王元熙于正光元年(520)起兵反抗,但因力量悬殊,最终"不果见杀"⑥。中山王元熙与清河王元怿关系密切,"熙兄弟并为清河

---

① 《魏书》,中华书局1974年版,第405页。
② 赵超:《汉魏南北朝墓志汇编》,天津古籍出版社2008年版,第182页。
③ 《魏书》,中华书局1974年版,第1992页。
④ 《魏书》,中华书局1974年版,第404页。
⑤ 《魏书》,中华书局1974年版,第1217—1218页。
⑥ 《魏书》,中华书局1974年版,第231页。

王怿所昵,及刘腾、元乂隔绝二宫,矫诏杀怿,熙乃起兵"[1]。元熙起兵前上表云:"领军将军元乂宠借外亲,叨荣左右,豺狼为心,饱便反啮。遂使二宫阻隔,温清阙礼,又太傅清河王横被屠害。致使忠臣烈士,丧气阙庭;亲贤宗戚,愤恨内外。妄指鹿马,孰能逾之;王董权逼,方此非譬。"[2]表中历数元乂之罪,其对元乂的评价,与《元乂墓志》又形成鲜明对比。在经历中山王元熙及右卫将军奚康生两次反抗后,元乂加强了防备,"出入禁中,恒令勇士持刀剑以自先后,公私行止,弥加威防。又于千秋门外厂下施木阑槛,有时出入,止息其中,腹心防守,以备窃发,人物求见者,遥对之而已"[3]。亦可见朝廷中对于其专政不满者甚多,但经历两次失败的反抗后,北魏朝臣基本已接受元乂执政的现实。

对于元乂之死,史书记载与墓志基本相符,但其中细节颇值得玩味。《元乂墓志》云:

> 方赞玉鼓之化,陪金绳之礼,隆成平于天地,增光华于日月,而流言傅沓,姜斐成章。公乃垂泪谒帝,逊还私宅。俄而有诏解公侍中领左右。寻又除名为民。公遂杜门奉养,曾无愠色。公少好黄老,尤精释义,招集缁徒,日盈数百。讲论疑滞,研赜是非,以烛嗣日,怡然自得。邢茅之报未嘉,藏甲之谤已及。孝昌二年三月廿日,诏遣宿卫禁兵二千人

---

[1] 《魏书》,中华书局1974年版,第503页。
[2] 《魏书》,中华书局1974年版,第503页。
[3] 《魏书》,中华书局1974年版,第405页。

夜围公第。公神色自若，都无惧容，乃启太师，开门延使者，
与第五弟给事中山宾同时遇害。春秋卅有一。公临终叹曰：
夫忠贞守死，臣之节也。伊尹不免，我独何为？但恨不得辞
老父，诀稚子耳。仰药而薨。天下闻之，莫不流涕。虽秦之
丧百里，汉之杀萧傅，何以匹诸？所谓人之云亡，古之遗爱
者也。①

在隔绝二宫后，元叉权势日盛，胡太后已有除元叉之心，高阳王
元雍遂与明帝、胡太后密谋去元叉领军将军之职，元雍理由为：
"叉总握禁旅，兵皆属之；父率百万之众，虎视京西；弟为都督，
总三齐之众。元叉无心则已，若其有心，圣朝将何以抗？叉虽曰
不反，谁见其心？而不可不惧。"②意为元叉虽没有谋反行为，但
已具谋反实力，不图之终将为大患。元叉"闻之，甚惧，免冠求
解"③，后又除名为民，这与墓志所言也基本一致。但"叉虽去兵
权，然总任内外"④，墓志中称其停废在家后"杜门奉养，曾无愠
色。公少好黄老，尤精释义，招集缁徒，日盈数百。讲论疑滞，研
赜是非，以烛嗣日，怡然自得"⑤，俨然悠游于学术之态，也可见
其"不虑有黜废之理"⑥的自信。

---

① 赵超：《汉魏南北朝墓志汇编》，天津古籍出版社 2008 年版，第 182—183
　　页。
② 《魏书》，中华书局 1974 年版，第 406 页。
③ 《魏书》，中华书局 1974 年版，第 406 页。
④ 《魏书》，中华书局 1974 年版，第 406 页。
⑤ 赵超：《汉魏南北朝墓志汇编》，天津古籍出版社 2008 年版，第 183 页。
⑥ 《魏书》，中华书局 1974 年版，第 406 页。

在经历元雍、元树、韩子熙等人的极力劝说后,灵太后一直没有下定决心对元叉彻底铲除。于是便有人告元叉及其弟元爪谋反,"欲令其党攻近京诸县,破市烧邑郭以惊动内外,先遣其从弟洪业率六镇降户反于定州,又令人勾鲁阳诸蛮侵扰伊阙,又兄弟为内应。起事有日,得其手书"①。谋逆之事当属诬告,亦同于宋维诬告清河王元怿,这从胡太后暧昧的态度中即可看出。如果真的有威胁政权的行为,胡太后定然不会姑息纵容,但《魏书》中称胡太后"以妹婿之故,未忍便决",又有黄门侍郎李琰之推波助澜,"群臣固执不已,肃宗又以为言,太后乃从之"。②在多方压力之下,胡太后不得不赐死元叉及其弟。再从黄门徐纥"趋前欲谏,逡巡未敢"③也可见元叉谋反一事当是朝臣心照不宣的诬告。而在赐死元叉后,胡太后"犹以妹故,复追赠叉侍中、骠骑大将军、仪同三司、尚书令、冀州刺史"④,也可见胡太后明知元叉谋反并不属实,故而有追赠之举。《元叉墓志》也称此事属"流言傅沓,蓁斐成章""邢茅之报未嘉,藏甲之谤已及"。对于谋反之人,墓志书写者断然不敢在其中称"虽秦之丧百里,汉之杀萧傅,何以匹诸? 所谓人之云亡,古之遗爱者也"云云。不管元叉是否有谋反之实,在"叉虽曰不反,谁见其心? 而不可不惧"的势态下,其被杀是一种必然结局。

---

① 《魏书》,中华书局 1974 年版,第 408 页。
② 《魏书》,中华书局 1974 年版,第 408 页。
③ 《魏书》,中华书局 1974 年版,第 408 页。
④ 《魏书》,中华书局 1974 年版,第 408 页。

元叉死后所葬之墓规模庞大，其墓室长 7.5 米，宽 7 米，高 9.5 米，规模甚至超过宣武帝的景陵，其中出土的随葬品也数量可观。[①]墓志中称："皇太后亲临哭吊，哀动百寮，自薨及葬，赗赠有加。遣中使监护丧事。赐朝服一袭，蜡三百斤，赠布帛一千三百匹，钱卌万，祠以太牢，给东园辒车，挽歌十部，赐以明器，发卒卫从，自都及墓。"[②]从字数上来看，《元乂墓志》在北魏出土墓志中也是首屈一指的。元叉墓中所出土的《天象图》在其他墓中也少见，是考察北魏时期天文认知的重要资料。从元叉墓的整体规模来看，其死后的葬制规格和级别并不符合谋反之人的身份特征，反而更像是朝廷对其冤死的一种弥补。

《元乂墓志》中对于元叉的恶行加以粉饰甚至完全剔除，对其政绩加以美化或夸大，与史籍中所载有较大出入。历史的书写者都是站在官方立场，其中的态度具有明显的倾向性。史书的书写者尚不能完全做到秉笔直书，何况墓志这种极具私人化色彩的文体，其中必然存在不实和虚构。但是在多大程度上信任墓志的信息，或者说墓志中的多种信息哪些可靠，哪些不可靠，则需要读者有辨别的能力。通过对《元乂墓志》的考察，我们可以看出，墓志作为史料的运用，需要考虑书写者立场的主观因素，虽然墓志可补充正史之不足，但在使用时需结合其他史料，不可尽信其辞。

---

① 洛阳博物馆：《河南洛阳北魏元乂墓调查》，《文物》1974 年第 12 期。
② 赵超：《汉魏南北朝墓志汇编》，天津古籍出版社 2008 年版，第 183 页。

二、向往魏晋、追慕竹林 —— 墓志所见北魏宗室文化修为之一

在道武帝拓跋珪天兴元年（398）与东晋交往时，议定国号为"魏"，同时，定五德次序为土德。何德章先生认为，北魏此举乃是标榜在正统性上继承曹魏，"拓跋统治者不再自视为夷，不再推东晋为正统，表现了一种积极进取的新气象"[①]。北魏此次在正统性上延续了曹魏，直接跨越西晋，为日后与东晋南朝争夺正统做了充分准备。在平城时期的北魏尚不具备与南朝一争正统的文化实力和心理准备，在孝文帝迁都以后，正统地位的进一步建设及巩固，成为北魏文化建设的终极目标。

迁都洛阳后的北魏在文化自信的建立上，具备了更充足的条件。首先，洛阳为曹魏、西晋都城，在地理位置上为"九鼎旧所，七百攸基，地则土中，实均朝贡，惟王建国，莫尚于此"[②]。《洛阳伽蓝记》中随处可见当时北魏对曹魏政权的认可，孝文帝对于城门及洛阳建筑的命名多因循魏晋而不改。在"承明门"命名过程中，孝文帝称："曹植诗云：'谒帝承明庐'，此门宜以'承明'为称。"[③]其次，洛阳文物遗迹成为北魏士人文化自信的重要标志。杨衒之在《洛阳伽蓝记》中两次提及建春门外阳渠石桥石柱，并称南朝刘澄之《山川古今记》、戴延之《西征记》所记为

---

① 何德章：《北魏国号与正统问题》，《历史研究》1992 年第 3 期。

② 《魏书》，中华书局 1974 年版，第 886 页。

③ 〔北魏〕杨衒之著，杨勇校笺：《洛阳伽蓝记校笺》，中华书局 2006 年版，第 3 页。

"闻诸道路,便为穿凿"①,已昭示了作为洛阳人对于洛阳正统地位的维护。

　　曹魏及西晋时期在文化上最突出的表征,是形成以玄学为代表的魏晋风度。从正始时期的何晏、王弼,到竹林七贤,再到元康玄风,清谈玄言已成为彼时洛阳最具标志性的文化风尚,至东晋渡江后此影响依然不衰。处在平城时期的北魏尚未接触玄学,在思想层面依然以儒学为主。在迁都洛阳后,虽然儒学仍是主流思想,但有部分汉族士人及鲜卑贵族开始学习魏晋时期的玄学,这其中尤以鲜卑贵族更为明显。孝文帝改革的重要面向,即在文化风尚上全面师法中原文化。鲜卑族在文化积淀和儒学修为上,显然不能与汉族士人相比,因此,拓跋贵族便从玄学入手,学习魏晋风度,即便不能得其精髓,亦可学其形貌,庶几在文化上也可与北魏当朝的汉族士人以及南朝发达的文化相抗衡。

　　从北魏宗室的墓志中可以明显看出,北魏鲜卑人在迁都后,从精神风貌、行为方式、思想倾向上,整体对于魏晋风度的追摹。若以墓志书写风格作为考察对象,具体而言可分为以下几类:从容貌气质上;从行为举止上;从兴趣爱好上;从思想倾向上;直接以魏晋人物做比拟。

　　容貌是魏晋时期判断人物气质的重要标准之一,在《世说新语·容止篇》中有大量关于人物容貌的描述,如"面至白"的何晏,"妙有姿容,好神情"的潘岳,"容貌整丽"的王衍,"身长

---

① 〔北魏〕杨衒之著,杨勇校笺:《洛阳伽蓝记校笺》,中华书局2006年版,第70页。

七尺八寸,风姿特秀"的嵇康,等等。①《世说新语》不具体描写其人的容貌特征,而是突出对人物的整体观感,或者通过以自然物作比拟,将人物独特的精神气质展示出来。如形容嵇康"肃肃如松下风,高而徐引"、嵇绍"卓卓如野鹤之在鸡群"、王羲之"飘如游云,矫若惊龙"。②这些人物所体现的气质、风神和观感,被视为魏晋风度的典型特征。

一般在墓志的书写中,很少对个人容貌加以描述,但在北魏迁都后的鲜卑贵族墓志中,多对于容貌加以突出,在书写方式上,与《世说新语》有许多相似之处。如北魏鲜卑贵族容貌之佼佼者元怿,墓志称其"内明外朗之美,生知徇齐之妙,固以睿高阳,同徽子晋。……王仪容美丽,端严若神,风流之盛,独绝当时"③。清河王元怿正是因为美貌而被胡太后所逼幸。又如元宝月"有容仪,善谈谑,怀美尚,蓄奇心";元悦"风诞英奇,神爽魁岸,风颖连霄,聪秀独远";元珍"身长九尺三寸,容止充德,质不妄誉";元遥"俊貌奇挺,宽雅夙蕴";元项"风貌瑰奇,清晖映世,亭亭如建木之形,赫赫犹烛龙之影,质丽夜光,实异明月";元湛"美姿貌,好洁净,望之俨然,状若仙客"。④从中可以看出,对于容貌的强调已成为墓志书写中不可或缺的内容之一。

《世说新语》在描绘人的容貌时,多突出人物风姿,如称嵇

---

① 徐震堮:《世说新语校笺》,中华书局 1984 年版,第 333、335、335、335 页。

② 徐震堮:《世说新语校笺》,中华书局 1984 年版,第 335、336、341 页。

③ 赵超:《汉魏南北朝墓志汇编》,天津古籍出版社 2008 年版,第 172 页。

④ 赵超:《汉魏南北朝墓志汇编》,天津古籍出版社 2008 年版,第 177、63、76、93、291、239 页。

康"风姿特秀"；王武子"俊爽有风姿"。^①在北魏鲜卑贵族墓志中，也多运用风韵、风量、风流、风神等词语，如称元灵曜"风则韶绮"；元平"风韵超奇，声随日举"；元愭"风神清举，气韵高畅"；元子建"风量秀整，英拔异流"；元子正"器宇渊凝，风神颖发"；元项"风貌瑰奇，清晖映世"；元始和"行超清韶，睿量自远。风节侔于古览，雅操标于皇代"。^②这种审美取向与早期鲜卑族的审美有很大的差别。早期鲜卑族多追求气质神武、体魄雄伟的容貌，如神元皇帝力微"生而英睿"；平皇帝绰立"雄武有智略，威德复举"；穆皇帝"天姿英特，勇略过人"；桓帝"英杰魁岸，马不能胜"；平文皇帝郁律立"姿质雄壮，甚有威略"；昭成皇帝什翼犍立"身长八尺，隆准龙颜，立发委地，卧则乳垂至席"。君主之子也多以武略为主，拓跋瑰之鸷"容貌魁壮，腰带十围"；拓跋仪"长七尺五寸，容貌甚伟，美须髯，有算略，少能舞剑，骑射绝人"；常山王拓跋遵"少而壮勇，不拘小节"。^③

北魏早期唯一与汉文化接触密切的文皇帝沙漠汗，却因为汉化过于明显而遭到杀害。沙漠汗"身长八尺，英姿瑰伟，在晋之日，朝士英俊多与亲善，雅为人物归仰"^④。但是因为形容举止颇类晋人，被鲜卑族人视为："太子风彩被服，同于南夏，兼奇术绝世，若继国统，变易旧俗，吾等必不得志，不若在国诸子，习本

---

① 徐震堮：《世说新语校笺》，中华书局 1984 年版，第 335、337 页。
② 赵超：《汉魏南北朝墓志汇编》，天津古籍出版社 2008 年版，第 137、143、232、155、246、291、47 页。
③ 《魏书》，中华书局 1974 年版，第 3、5、7、7、9、11、350、370、374 页。
④ 《魏书》，中华书局 1974 年版，第 5 页。

淳朴。"① 可见早期鲜卑族对于西晋代表的汉族文化是排斥的态度,担心受到汉文化的同化而影响本民族的风俗。从文成帝开始,鲜卑贵族已经由早期的排斥,慢慢开始接受汉人的风俗和审美。随着汉化的加深,孝文帝迁都洛阳后,鲜卑贵族对于容貌的审美,整体呈现出贵族化、名士化的倾向。

魏晋名士精神主要体现在容貌和气度两方面,单纯有容貌未必为名士,人物气度、器量更为重要。《世说新语·德行》中称阮籍:"晋文王称阮嗣宗至慎,每与之言,言皆玄远,未尝臧否人物。"又如嵇康:"王戎云:'与嵇康居二十年,未尝见其喜愠之色。'"② 鲜卑贵族墓志中,多突出人物口不臧否人物,喜怒不形于色,此点有明显的追慕阮籍、嵇康的倾向。如:

《元祐墓志》:"崇岩千刃,景山之不可逾;洪波万顷,巨海之不可测。荣枯澹于一概,善恶不形二言。"

《元怿墓志》:"言为世则,行成师表。澹然以天地为心,喜怒不形于色。"

《元子永墓志》:"风仪闲敏,才华颖秀,容止有规,喜愠无色。"

《元恭墓志》:"旷怀海纳,喜愠不见于言;雅量山容,得失不形于色。"

《元继墓志》:"辞气光润,雅性宽善,靡竞于人,与物无际,喜怒夷而弗形,是非混而难识,湛若委水,峻如削成,未

---

① 《魏书》,中华书局 1974 年版,第 4 页。

② 徐震堮:《世说新语校笺》,中华书局 1984 年版,第 10 页。

有测其高深,知其崖涘者。"[1]

阮籍、嵇康等人口不臧否人物,喜怒不形于色,是由当时特殊政治环境所决定。而北魏鲜卑贵族在墓志中加以强调,则多出于仰慕,《元湛墓志》甚至直接将其与阮籍相媲美:"口不论人,玄同阮公,虽为王人,公事未曾漏泄,时人号曰魏之安世。"[2]在魏晋人眼中,以阮籍、嵇康为代表的雅量是名士风范的典型特征,竹林七贤的气质成为一种贵族文化遗产,要将其传递给后世。《世说新语·赏誉》云:"林下诸贤,各有俊才子:籍子浑,器量弘旷;康子绍,清远雅正;涛子简,疏通高素;咸子瞻,虚夷有远志,瞻弟孚,爽朗多所遗;秀子纯、悌,并令淑有清流;戎子万子,有大成之风,苗而不秀。"[3]从对竹林七贤之子的评价中可以看出,器量与气质是判断名士的重要标准,而容貌反而降为次要地位。

　　《世说新语》在形容人物器量时,多以自然物加以类比,以自然景物给人带来的感受来突出人物的整体气质。如"岩岩若孤松之独立""朗朗如日月之入怀""濯濯如春月柳""谡谡如劲松下风""肃肃如松下风""岩岩清峙,壁立千仞""如登山临下,幽然深远"。[4]墓志中对于人物器量的形容,也多与《世说新语》

① 以上数条,分见赵超:《汉魏南北朝墓志汇编》,天津古籍出版社 2008 年版,第 107、172、252、297、259 页。

② 赵超:《汉魏南北朝墓志汇编》,天津古籍出版社 2008 年版,第 240 页。

③ 徐震堮:《世说新语校笺》,中华书局 1984 年版,第 240 页。

④ 徐震堮:《世说新语校笺》,中华书局 1984 年版,第 335、334、342、227、335、243、230 页。

类似,喜欢以自然壮阔景物进行比拟,对于叠字的运用与《世说新语》对人物的评价如出一辙。如称元弼"逍遥澄浑之际,比万顷而难量;优游德义之间,同千里而自得";元仙"器寓巍巍,千刃未足况其高;心途浩浩,万顷不得拟其博";元宝月"其体仁足以长人,嘉德足以合礼,贞固足以干事,宽容足以苞物,浩浩乎其不可测也,汪汪乎其不可量也";元昭"器宇崇遥,万顷无以同其量;雅志渊凝,初九讵能并其趣";元略"如璧之质,处琳琅以先奇;维国之桢,排山川而独颖。……汪汪焉量溢万顷,济济焉实怀多士";元灵曜"衿抱绰绰,累刃未高;匈怀汪汪,万顷非拟";元子正"齐万顷而为深,望千里以比峻";元彦"超然寰外,则扇翻于云峰;卓尔俗表,则志陵于星壑";元赞远"风韵恢爽,与青松等峻;逸气高奇,共白云俱远"。等等。①

墓志在描绘人物容貌和气质之外,更有直接效仿竹林之游的记录。如:

《元颺墓志》:"又为步兵校尉,并非其好。君高枕华轩之下,安情琴书之室,命贤友,赋篇章,引渌酒,奏清弦,追嵇阮以为俦,望异代而同侣,古由今也,何以别诸。"

《元焕墓志》:"又爱诗悦礼,不舍斯须,好文玩武,无废朝夕,味道入玄,精若垂帏,置觞出馆,懽同林下。"

《元钦墓志》:"至于秋台引月,春帐来风,琴吐新声,觞流芳味,高谈天人之初,清言万物之际;虽林下七子,不足称

① 赵超:《汉魏南北朝墓志汇编》,天津古籍出版社 2008 年版,第 279、133、177、144、237、137、246、88、309 页。

奇；岩里四公，曷云能上。"

　　《元延明墓志》："惟与故任城王澄，中山王熙，东平王略，竹林为志，艺尚相欢。故太傅崔光，太常刘芳，虽春秋异时，亦雅相推挥。"①

　　宴会中对竹林之游的效仿行为可追溯至孝文帝，《魏书·献文六王列传·彭城王勰》："后宴侍臣于清徽堂。日晏，移于流化池芳林之下。高祖曰：'向宴之始，君臣肃然，及将末也，觞情始畅，而流景将颓，竟不尽适，恋恋余光，故重引卿等。'因仰观桐叶之茂，曰：'"其桐其椅，其实离离，恺悌君子，莫不令仪"，今林下诸贤，足敷歌咏。'遂令黄门侍郎崔光读暮春群臣应诏诗。"②受其影响，鲜卑王侯贵族多喜欢结交文人，宴会中诗酒相和，附庸风雅。除上引元延明与任城王澄、中山王熙、东平王略诸文人相和外，清河王元怿身边也聚集了一些文人诗酒唱和。《洛阳伽蓝记》卷四《冲觉寺》载："怿爱宾客，重文藻，海内才子，莫不辐辏。府僚臣佐，并选俊民。至于清晨明景，骋望南台，珍羞具设，琴笙并奏，芳醴盈罍，嘉宾满席，使梁王愧兔园之游，陈思惭雀台之燕。"③

　　在这种氛围之下，竹林七贤的人格和精神成为士大夫阶层普遍追慕的对象，竹林之游成为一种高雅的行为并在墓葬文化

---

① 以上数条，分见赵超：《汉魏南北朝墓志汇编》，天津古籍出版社 2008 年版，第 75、168、250、289 页。
② 《魏书》，中华书局 1974 年版，第 572 页。
③ 〔北魏〕杨衒之著，杨勇校笺：《洛阳伽蓝记校笺》，中华书局 2006 年版，第 163 页。

中加以体现。南北朝墓葬中共有六处发现《竹林七贤与荣启期》壁画,其中南朝四处,北齐山东地区两处。有学者认为山东北齐墓葬中出现的《竹林七贤与荣启期》壁画是受到南朝的影响,从南朝传至北朝[1],但竹林七贤进入墓葬文化中是在北魏中后期,孝文帝迁洛后便已呈现。除鲜卑贵族墓志外,汉族士人墓志中也有追寻竹林之迹的描绘,如《郑道忠墓志》:"会五营有缺,俄意在焉,事等嗣宗,聊以寄息。徒步兵校尉本邑中正,迁镇远将军后军将军。君气韵恬和,姿望温雅,不以臧否滑心,荣辱改虑,徘徊周孔之门,放畅老庄之域,澹然简退,弗竞当涂。"[2]无论从生平事迹上,还是行为方式上,皆比况阮籍。竹林七贤逐渐成为一种文化符号,其意义等同于忠孝仁义的普遍价值取向。值得注意的是,在北魏鲜卑士人生活中,虽以竹林七贤为追慕对象,但竹林七贤离经叛道的政治色彩被淡化,而其艺术化的生活方式被加以放大。

魏晋名士的人生是被高度艺术化的人生,尤其是面对死亡的态度,突出对个体生命价值的思考。比如,嵇康临刑可以称之为名士风范的经典场景,而北魏《元熙墓志》恰似重演了此场景。墓志称元熙"幼而岐嶷,操尚不群,好学博通,善言理义,文藻富赡,雅有俊才。……年未志学,拜秘书郎中,文艺之美,领袖东观。……王临刑陶然,神色不变,援翰赋诗,与友朋告别,

---

[1] 韦正:《地下的名士图——论竹林七贤与荣启期墓室壁画的性质》,《民族艺术》2005 年第 3 期。

[2] 赵超:《汉魏南北朝墓志汇编》,天津古籍出版社 2008 年版,第 130 页。

词义慷慨,酸动旁人"①。元熙与清河王元怿关系亲密,在元乂杀害元怿后,元熙起兵为元怿复仇,但因实力不济被元乂"斩之于邺街,传首京师",临刑前元熙赋诗二首以示亲友:"义实动君子,主辱死忠臣。何以明是节,将解七尺身。""平生方寸心,殷勤属知己。从今一销化,悲伤无极已。"②元熙生前与袁翻、李琰、李神俊、王诵兄弟、裴敬宪等人"对秋月,临春风,藉芳草,荫花树,广召名胜,赋诗洛滨"③,形成一个颇有影响的名士圈子,墓志称其"临刑陶然,神色不变",这恰与嵇康临刑如出一辙。《世说新语·雅量》:"嵇中散临刑东市,神气不变。索琴弹之,奏《广陵散》。曲终,曰:'袁孝尼尝请学此散,吾靳固不与,《广陵散》于今绝矣!'"刘孝标注引《文士传》:"临死,而兄弟亲族咸与共别。康颜色不变,问其兄曰:'向以琴来不邪?'兄曰:'以来。'康取调之,为《太平引》,曲成,叹曰:'《太平引》于今绝也!'"④同样神色不变,但元熙与嵇康的区别在于,嵇康死前似乎并无遗憾,元熙两首诗中透露了无尽的悲伤和遗憾,以及未能伸张正义的愤恨。

这种艺术化的生活方式扩大到士人生活的方方面面,如北魏拓跋士人早期以骑射见长,对于琴棋书画等汉人文化并无兴趣,孝文帝迁都前曾担忧云:"北人每言北人何用知书,朕闻此,深用怃然。"其迁都洛阳目的之一便是"欲令卿等子孙,博见多

---

① 赵超:《汉魏南北朝墓志汇编》,天津古籍出版社 2008 年版,第 160—170 页。
② 《魏书》,中华书局 1974 年版,第 504 页。
③ 《魏书》,中华书局 1974 年版,第 504 页。
④ 徐震堮:《世说新语校笺》,中华书局 1984 年版,第 194—195 页。

知。若永居恒北,值不好文主,卿等子孙,不免面墙也"①。出于担心鲜卑后代在与汉族文化对抗时处于下风,孝文帝身先力行,努力改变鲜卑贵族不知书的传统。在孝文帝的策动下,鲜卑贵族的文化兴趣逐渐由骑射转向琴书,尤其表现出对音乐的喜爱,墓志中多有体现。如:

> 《元悦墓志》:"六藉五戎,不待匠如自晓;弦簧音律,弗假习如生知。"
>
> 《元显俊墓志》:"君资性夙灵,神仪卓尔,少玩之奇,琴书逸影。"
>
> 《元孟辉墓志》:"君以乐道不迁,左琴右书,逍遥自得。"
>
> 《元昭墓志》:"首旦入朝,必尽康国之思;日夜还第,即安琴书之趣。妙想浩然,神志不群,势括云松,气笼风月。"
>
> 《元诱墓志》:"栖息琴文,流连道术,若彼春芳,同兹秋实。"
>
> 《元举墓志》:"洞兼释氏,备练五明,六书八体,画妙超群,章勾小术,研精出俗,山水其性,左右琴诗。"
>
> 《元悌墓志》:"王资灵川岳,居贞若性,博览文史,学冠书林,妙善音艺,尤好八体。"
>
> 《元邵墓志》:"文情婉丽,琴性虚闲。……至于西园命友,东阁延宾,怀道盈阶,专经满席,临风释卷,步月弦琴,目

---

① 《魏书》,中华书局1974年版,第550页。

晒五行,指□三调,布素之怀必尽,风流之貌悠然。"

《元恩墓志》:"至于载笑载言,琴书逸响;堂堂于貌,张也之姿;捷捷于陵,雍也之辨。"

《元弼墓志》:"转羽林监直寝,从容闱闺,琴书自闲。……文超公干,器迈元方,敦诗悦礼,独秀陵霜。"

《元赞远墓志》:"宾客辐辏,冠盖成阴,绸缪赏会,留连琴酒。"

《元玕墓志》:"纷纶琴书,会文当世,慷慨弓马,慕气终古。"[①]

鲜卑贵族不同程度地对琴书表现出喜爱,有的精通琴艺,如元悦"弦簧音律,弗假习如生知",大部分则属留连琴酒,附庸风雅之举,墓志仅是为了突出其名士风范。史书中记载的鲜卑贵族,仅高阳王元雍子元睿"轻忽荣利,爱玩琴书"[②]。此外,北魏河东裴氏家族中多有音乐家,精通琴艺,裴蔼之"性轻率,好琴书。其内弟柳谐善鼓琴,蔼之师谐而微不及也"[③]。裴远"好弹琴,耽酒,时有文咏。……放情琴酒之间。每出返,家人或问有何消息,答云:'无所闻,纵闻亦不解。'"[④]裴谐"颇有文学。善鼓琴,以

---

① 以上数条,分见赵超:《汉魏南北朝墓志汇编》,天津古籍出版社 2008 年版,第 63、68、116、145、172、215、219、221—222、266、279—280、309、315 页。

② 《魏书》,中华书局 1974 年版,第 558 页。

③ 《魏书》,中华书局 1974 年版,第 1568 页。

④ 《魏书》,中华书局 1974 年版,第 1576—1577 页。

新声手势,京师士子翕然从学"①。耽于琴书的贵族多在仕途中无所追求,这种风气也是北魏后期产生政治腐败、疲敝的一大因素。鲜卑贵族流连于琴书之间,在改变游牧生活方式的同时,也放弃了积极进取的尚武精神,遂使六镇武人轻易南下而无力抵抗,最终颠覆了北魏政权。

北魏鲜卑贵族在从容貌举止、行为方式、生活方式上追慕魏晋风度的同时,也深入研究玄学,以期达到内外兼修。如:

《元鸾墓志》:"少标奇□,长而弥笃,虚心玄宗,妙贯佛理。"②

《元显俊墓志》:"若乃载笑载言,则玄谈雅质。出入翱翔,金声璀璨。昔苍舒早善,叔度奇声,亦何以加焉。"③

《元演墓志》:"渊霞虽远,藏之于寸心;幽晓理微,该之于掌握。"④

《元怀墓志》:"老尚简嘿,孔贵雅言,于穆懿王,体素心闲。"⑤

《元斌墓志》:"虽名拘朝员,而心栖事外,恒角巾私圃,偃卧林潮,望秋月而赋篇,临春风而举酌,流连谈赏,左右琴书。性简贵,慎交从,门寮杂游,庭盈卉木,虽山阳之相知少,

---

① 《魏书》,中华书局 1974 年版,第 1577 页。

② 赵超:《汉魏南北朝墓志汇编》,天津古籍出版社 2008 年版,第 46 页。

③ 赵超:《汉魏南北朝墓志汇编》,天津古籍出版社 2008 年版,第 68 页。

④ 赵超:《汉魏南北朝墓志汇编》,天津古籍出版社 2008 年版,第 69 页。

⑤ 赵万里编:《汉魏南北朝墓志集释》,《石刻史料新编》第三辑第三册,新文丰出版公司 1982 年版,第 500 页。

颖阴之莫逆希,以斯准古,千载共情也."①

《元子建墓志》:"秀若高桐,峻似孤岳,藻韵清遥,谈论机发。……君器怀凝峻,神衿挺照,横藻台庭,洒落群外,领袖之望,于焉为首."②

《元彝墓志》:"性乐闲静,不趣荣利,爱黄老之术,尚恬素之志,清思参玄,高谈自远,宾延雅胜,交远游杂。……道为时秀,器亦民标,高志洒落,逸韵寂寥。玄言内蕴,远鉴外昭,英声茂实,显国光朝."③

《元袭墓志》:"又工名理,善占谢,机转若流,酬应如响,虽郭象之辨类悬河,彦国之言如璧玉,在君见之."④

《元徽墓志》:"贞飙与松筠等茂,逸韵共风烟俱上。迅雷过耳,不扰其情;骇兽迳目,讵移其虑。及研商隐赜,游息丘山,玄旨幽而更扬,微言绝而复阐,膺五百之退运,击三千而上征。……陈群之裁定九品,杜预之损益万计,毛玠之华实必甄,山涛之官人称允."⑤

《元赞远墓志》:"风流闲起,谈论锋出,时观鱼鸟以咏怀,望山川而卒岁。属明皇在运,寤寐求贤,贲束帛之礼,委弓车之聘."⑥

---

① 赵超:《汉魏南北朝墓志汇编》,天津古籍出版社 2008 年版,第 140 页。
② 赵超:《汉魏南北朝墓志汇编》,天津古籍出版社 2008 年版,第 154—155页。
③ 赵超:《汉魏南北朝墓志汇编》,天津古籍出版社 2008 年版,第 226 页。
④ 赵超:《汉魏南北朝墓志汇编》,天津古籍出版社 2008 年版,第 295 页。
⑤ 赵万里编:《汉魏南北朝墓志集释》,《石刻史料新编》第三辑第三册,新文丰出版公司 1982 年版,第 445 页。
⑥ 赵超:《汉魏南北朝墓志汇编》,天津古籍出版社 2008 年版,第 309 页。

《元飏墓志》："华衮素心，蠲烦息竞，志栖事外，颐道养性。"①

《元悦墓志》："妙懈惊群，清赏绝俗。"②

《元子直墓志》："公纵容博爱，雅好人流，接席分庭，谈赏无倦。"③

身处河洛文化腹地的鲜卑贵族，强烈的文化使命感和历史责任感使其催生出赶超中原文化的心理。竹林七贤的竹林之游以及西晋盛行的清谈，自然成为元魏文人企羡的对象，而玄远的清谈也成为表现其个性的方式。当时西晋时期盛行于洛阳街巷之间的清谈之风，此时又焕发出新的生机。对于清谈、玄言、赋诗、饮酒、弹琴这些魏晋时期文人化的生活方式，墓志的撰写者格外突出强调。但是需要明确的是，在佛教氛围浓厚的北魏，鲜卑贵族对于玄学并非有多高造诣，甚至没有超出西晋时期的成就，也没有留下影响深远的作品。其对于玄学的理解，仅以老庄的精神来表达自己高蹈世外、不慕名利的态度，但更多的是掩盖其在政治上无所建树的遗憾，由此更可见墓志的夸饰性质。

---

① 赵万里编：《汉魏南北朝墓志集释》，《石刻史料新编》第三辑第三册，新文丰出版公司 1982 年版，第 491 页。

② 赵万里编：《汉魏南北朝墓志集释》，《石刻史料新编》第三辑第三册，新文丰出版公司 1982 年版，第 376 页。

③ 赵超：《汉魏南北朝墓志汇编》，天津古籍出版社 2008 年版，第 151 页。

三、倡导孝行、强调仁义 —— 墓志所见北魏宗室文化修为之二

倡导孝行是北魏华夏化的重要标志之一,北魏自孝文帝以来,对孝道不断加以提倡。从孝文帝开始,北魏后期皇帝谥号前皆冠以"孝",这也与汉代保持一致。文明太后崩后,孝文帝毁瘠犹甚,诏曰:"苟孝悌之至,无所不通。今飘风亢旱,时雨不降,实由诚慕未浓,幽显无感也。所言过哀之咎,谅为未衷,省启以增悲愧。"①他甚至通过天人感应来突出孝的作用。太和十年(486)一月甲子,孝文帝"为京兆王愉、清河王怿、广平王怀、汝南王悦讲《孝经》于式乾殿"②,将《孝经》作为培养宗室子弟的重要内容。为便于鲜卑子弟学习《孝经》,孝文帝还将《孝经》翻译为鲜卑语,《隋书·经籍志》载:"魏氏迁洛,未达华语,孝文帝命侯伏侯可悉陵,以夷言译《孝经》之旨,教于国人,谓之《国语孝经》。"③

孝文帝以后,孝明帝也大力提倡孝道,孝昌元年(525)十一月辛亥,诏曰:"大孝荣亲,著之昔典,故安平耄耋,诸子满朝。自今诸有父母年八十以上者,皆听居官禄养,温情朝夕。"④正光二年(521)二月癸亥"车驾幸国子学,讲《孝经》"⑤,是年"乃释

① 《魏书》,中华书局 1974 年版,第 669 页。
② 《魏书》,中华书局 1974 年版,第 203 页。
③ 《隋书》,中华书局 1973 年版,第 935 页。
④ 《魏书》,中华书局 1974 年版,第 242 页。
⑤ 《魏书》,中华书局 1974 年版,第 231—232 页。

奠于国学,命祭酒崔光讲《孝经》"①。孝武帝永熙中,"复释奠于国学;又于显阳殿诏祭酒刘廞讲《孝经》"②。自孝文帝以后,从国家层面开始重视孝道、提倡孝行,对忠孝节义者"诏表门闾"成为常态。

在"忠于事君者,节义著于临终;孝于奉亲者,淳诚表于垂没"③的思想指导下,墓葬文化中开始出现《孝经》随葬的方式,《魏书·逸士传·冯亮》载:"遗诫兄子综,敛以衣帢,左手持板,右手执《孝经》一卷,置尸盘石上,去人数里外。"④墓志中也大力表彰志主的忠孝节义行为。倪润安认为,北朝墓志大量提倡孝道的重要原因之一在于与南朝争正统:"南朝墓葬从精神层面直取魏晋风度,试图对北魏釜底抽薪。而北魏以其人之道还治其人之身,倡行汉代所推崇的孝义思想,在墓葬中推行南朝墓葬不用的孝子、列女故事图,反制南朝走'汉制'的政治用心。"⑤在此观念的影响下,鲜卑贵族的墓志书写中尤多对于孝道忠义的记录:

> 《元桢墓志》:"孝性谌越,是使庶族归仁,帝宗攸式。"⑥
>
> 《元绪墓志》:"君少恭孝,长慈友。"⑦
>
> 《元显俊墓志》:"虽曾闵淳孝,无以加其前;颜子餐道,

① 《魏书》,中华书局 1974 年版,第 1842 页。
② 《魏书》,中华书局 1974 年版,第 1842 页。
③ 《魏书》,中华书局 1974 年版,第 1989 页。
④ 《魏书》,中华书局 1974 年版,第 1931 页。
⑤ 倪润安:《光宅中原——拓跋至北魏的墓葬文化与社会演进》,上海古籍出版社 2017 年版,第 296 页。
⑥ 赵超:《汉魏南北朝墓志汇编》,天津古籍出版社 2008 年版,第 36 页。
⑦ 赵超:《汉魏南北朝墓志汇编》,天津古籍出版社 2008 年版,第 53 页。

亦莫迈其后。"①

《元飏墓志》:"恭孝之心,睦睦于龆年,忠亮之操,謇謇于弱岁。"②

《元珍墓志》:"公诞光先桀,擢德超伦,少以忠偓为称,长以风雅著仁。"③

《元彦墓志》:"岐嶷孝敬,分曾参之誉;凤宵忠节,争宣子之响。"④

《元广墓志》:"至乃奉孝慈亲,义恭孔爱,识爽陶仁,晓自生知。"⑤

《元孟辉墓志》:"君其元子也,幼而聪惠,生则孝弟。……直年七丧亲,哀毁过礼。十三亟罚,几致灭性。兄弟少孤,善相鞠育,友于之显,遐迩所闻。"⑥

《元仙墓志》:"君以孝敬光于闺门,忠清著于朝野,擢为太子舍人。"⑦

《元灵曜墓志》:"孝友之誉,凤彰于闺门;贞白之操,备闻于乡国。宗党钦其仁,缙绅慕其概。弱冠起家为秘书郎。

① 赵超:《汉魏南北朝墓志汇编》,天津古籍出版社 2008 年版,第 68 页。
② 赵超:《汉魏南北朝墓志汇编》,天津古籍出版社 2008 年版,第 75 页。
③ 赵超:《汉魏南北朝墓志汇编》,天津古籍出版社 2008 年版,第 76 页。
④ 赵超:《汉魏南北朝墓志汇编》,天津古籍出版社 2008 年版,第 88 页。
⑤ 赵万里编:《汉魏南北朝墓志集释》,《石刻史料新编》第三辑第三册,新文丰出版公司 1982 年版,第 360 页。
⑥ 赵万里编:《汉魏南北朝墓志集释》,《石刻史料新编》第三辑第三册,新文丰出版公司 1982 年版,第 329 页。
⑦ 赵万里编:《汉魏南北朝墓志集释》,《石刻史料新编》第三辑第三册,新文丰出版公司 1982 年版,第 376 页。

声标麟闱,朋徒嗟尚。"①

《元尚之墓志》:"器为时宝,如瑶若桂,仁哲世赏,孝致时遵。高蹈曾闵,耻迹子春,六艺居心,五礼宅身。"②

《元平墓志》:"善仁孝,好弓马,蔑浮荣典籍。"③

《元昭墓志》:"至性自忠,孝深难测。"④

《元宁墓志》:"君托岁怀经,罗年好帙,孝弟之称,朝野明闻。"⑤

《元茂墓志》:"是以孝事二□,往藉王蔡为行;忠奉一主,岂假刘赵为节。"⑥

《元焕墓志》:"王资玄树操,得一为心,忠敬发于天然,仁孝出自怀抱。温柔惇厚,越在岐嶷,聪惠明敏,禀之独悟。"⑦

《元敬公墓志》:"孝友之至,率由而极。"⑧

《元宝月墓志》:"七龄丧考,八岁妣薨,率由毁瘠,哀过

---

① 赵超:《汉魏南北朝墓志汇编》,天津古籍出版社2008年版,第137页。

② 赵万里编:《汉魏南北朝墓志集释》,《石刻史料新编》第三辑第四册,新文丰出版公司1982年版,第329页。

③ 赵万里编:《汉魏南北朝墓志集释》,《石刻史料新编》第三辑第三册,新文丰出版公司1982年版,第333页。

④ 赵万里编:《汉魏南北朝墓志集释》,《石刻史料新编》第三辑第三册,新文丰出版公司1982年版,第335页。

⑤ 赵万里编:《汉魏南北朝墓志集释》,《石刻史料新编》第三辑第三册,新文丰出版公司1982年版,第506页。

⑥ 赵超:《汉魏南北朝墓志汇编》,天津古籍出版社2008年版,第163页。

⑦ 赵超:《汉魏南北朝墓志汇编》,天津古籍出版社2008年版,第168页。

⑧ 赵万里编:《汉魏南北朝墓志集释》,《石刻史料新编》第三辑第三册,新文丰出版公司1982年版,第435页。

乎礼。昆季婴蒙,止于宗正,王抚慈群弟,有人长之颜焉。年十有四,为清河文献王所摄养。文献王深爱异之。王事叔恭顺,一同严父,掬子是哀,友于弥笃。"①

《元寿安墓志》:"孝以事亲,因心自远,友于兄弟,不肃而成。"②

《元朗墓志》:"逮神龟二年,以母忧去职。君孝行过礼,哀深孺慕,初丧一旬,水浆不入于口,苫块二期,鬓发皓然俱白。勉丧之后,还复缁首。天子嘉之,敕下有司,标其门芦,以彰纯孝。……资仁以性,禀孝自天,腾踪柴闵,岂伊二连。"③

《元融墓志》:"性至孝,善事亲,因心则友,率由斯极,闺门之内,人无闲言。……故朋徒慕义,乡党归仁。"④

《元举墓志》:"孝悌生知,即心为友。言不苟合,朋故讶其信;恭长慈幼,远近叹其奇。"⑤

《元昕墓志》:"王孝情天至,友爱特深,悦善好名,宽仁容众。"⑥

① 赵超:《汉魏南北朝墓志汇编》,天津古籍出版社 2008 年版,第 176—177 页。
② 赵超:《汉魏南北朝墓志汇编》,天津古籍出版社 2008 年版,第 191 页。
③ 赵超:《汉魏南北朝墓志汇编》,天津古籍出版社 2008 年版,第 202—203 页。
④ 赵超:《汉魏南北朝墓志汇编》,天津古籍出版社 2008 年版,第 205 页。
⑤ 赵万里编:《汉魏南北朝墓志集释》,《石刻史料新编》第三辑第三册,新文丰出版公司 1982 年版,第 456 页。
⑥ 赵万里编:《汉魏南北朝墓志集释》,《石刻史料新编》第三辑第三册,新文丰出版公司 1982 年版,第 365 页。

《元邵墓志》:"惟王孝乎天纵,忠实化远,闺庭睦睦,无可间之言;朝廷侃侃,有匪朽之誉。"①

《元顺墓志》:"清才雅誉,挺自黄中,謇直峻概,成乎壮日,忠规孝范,丽国光家,处贵毋贪,崇俭上朴。"②

《元愔墓志》:"君风神清举,气韵高畅,孝友天至,学艺通敏。"③

《元端墓志》:"至如孝逾江夏,信重黄金,百练不销,九言克顺,固自幼而老成,形于岐嶷矣。"④

《元宥墓志》:"君资神特挺,禀质瑰奇,孝友幼成,忠贞匪习。"⑤

《元湛墓志》:"清等胡威,家徒四壁,孝友忠笃,出自天性。"⑥

《元子正墓志》:"器宇渊凝,风神颖发,齐万顷而为深,望千里以比峻。至于孝友谦恭之行,辩察仁爱之心,乃与性俱生,非因饰慕。"⑦

《元礼之墓志》:"君幼禀冲和,夙怀清雅,恭孝温笃,友

---

① 赵超:《汉魏南北朝墓志汇编》,天津古籍出版社 2008 年版,第 222 页。
② 赵超:《汉魏南北朝墓志汇编》,天津古籍出版社 2008 年版,第 223 页。
③ 赵万里编:《汉魏南北朝墓志集释》,《石刻史料新编》第三辑第三册,新文丰出版公司 1982 年版,第 347 页。
④ 赵万里编:《汉魏南北朝墓志集释》,《石刻史料新编》第三辑第三册,新文丰出版公司 1982 年版,第 485 页。
⑤ 赵万里编:《汉魏南北朝墓志集释》,《石刻史料新编》第三辑第三册,新文丰出版公司 1982 年版,第 383 页。
⑥ 赵超:《汉魏南北朝墓志汇编》,天津古籍出版社 2008 年版,第 240 页。
⑦ 赵超:《汉魏南北朝墓志汇编》,天津古籍出版社 2008 年版,第 246 页。

悌慈仁。"①

《元恩墓志》："言不苟合,则朋友称其信;恭长慈幼,则远近叹其能。"②

《元弼墓志》："孝兼香臣,业并坟素,藻丽春华,节劲秋松,神章绮发,若此金兰,霜心月照,如波水镜。……怀忠履孝,游艺依仁,辞金轻富,乐道安贫。"③

《元顼墓志》："少有颜子之称,幼得曾生之号。"④

《元袭墓志》："君禀和气象,钟美川岳,廉贞孝友,因心自得,清风峻节,秉襟独远,不假色于朱蓝,宁资深于羽栝。"⑤

《元赞远墓志》："生五岁,遭文王忧,唯兄及弟,亦并童幼,太妃鞠育勌劳,教以义方。夙兴省规,孝情斯极,性开达,好施与,不事产业,道素自居,虚己待贤,倾身下士。"⑥

从以上墓志书写方式来看,墓志对于忠孝节义的书写有一些惯常的程式,譬如或强调志主孝自天性,"乃与性俱生,非因饰慕"。或具体书写某人某事体现的孝义行为,如《元孟辉墓志》《元宝月墓志》《元朗墓志》《元赞远墓志》详叙志主的孝道行为。或将

---

① 赵超:《汉魏南北朝墓志汇编》,天津古籍出版社 2008 年版,第 252 页。
② 赵超:《汉魏南北朝墓志汇编》,天津古籍出版社 2008 年版,第 266 页。
③ 赵超:《汉魏南北朝墓志汇编》,天津古籍出版社 2008 年版,第 279—280 页。
④ 赵超:《汉魏南北朝墓志汇编》,天津古籍出版社 2008 年版,第 291 页。
⑤ 赵超:《汉魏南北朝墓志汇编》,天津古籍出版社 2008 年版,第 295 页。
⑥ 赵超:《汉魏南北朝墓志汇编》,天津古籍出版社 2008 年版,第 309 页。

志主与古圣贤做类比,其常涉人物有曾参、闵损、颜回、黄香、目连等孝义典型,如《元显俊墓志》:"虽曾闵淳孝,无以加其前;颜子餐道,亦莫迈其后。"《元项墓志》:"少有颜子之称,幼得曾生之号。"《元尚之墓志》:"高蹈曾闵,耻迹子春。"《元茂墓志》:"是以孝事二囗,往藉王蔡为行;忠奉一主,岂假刘赵为节。"《元端墓志》:"至如孝逾江夏,信重黄金。"《元朗墓志》:"腾踪柴闵,岂伊二连。"有的墓志甚至颇具文采,如《元弼墓志》。

在墓志中大力提倡忠孝节义,一方面是为了淡化鲜卑民族文化中的野蛮基因,另一方面彻底转变为中原士族是北魏华夏化的重要表征,也是孝文帝文化改革的重要方面。康乐先生认为,孝文帝大力宣扬孝道,有其更深层次目的,"他要输入的是一套结合了中国的家族(包括汉族的姓氏、宗族)、祖先崇拜(包括宗庙祠堂、服制等礼制)在内的制度"[1]。从汉代以后,以《孝经》为核心的忠孝思想渗透到社会组织的各个方面,忠孝节义成为汉族士大夫的伦理纽带。作为少数民族入主中原的政权,鲜卑族自身在忠孝观念上较汉族薄弱,随着汉化的加深,北魏统治者日益认识到忠孝观念对于稳固统治具有重要意义,尤其在笼络汉族士大夫的过程中,"移孝作忠"成为有效的伦理手段。墓志作为反映一个人生平最全面的介绍性文体,其最大程度地表彰志主在忠孝节义方面的行为,从北魏后期鲜卑墓志所呈现的情况来看,孝文帝对于孝道的宣扬,产生了显著的效果。

---

[1] 康乐:《从西郊到南郊:北魏的迁都与改革》,北京联合出版公司 2020 年版,第 229 页。

四、文武兼资、尤重文学——墓志所见北魏宗室文化修为之三

北魏宗室成员有诗文存世者较少,有记录的诗歌作品仅有孝文帝元宏 1 首、彭城王元勰 1 首、孝明帝元诩 1 首、孝庄帝元子攸 1 首、节闵帝元恭 2 首、济阴王元晖业 1 首、中山王元熙 1 首。相比于诗歌的匮乏,以军国文翰、章表铭诔为主要内容的实用文体相对较多,正符合北朝文学"理深者便于时用"[①]的特点。除去奏、议、表、论等实用性文体之外,铭、颂、赋等文学性较强的作品则较少。由于作品的匮乏,很难对元魏宗室的实际文学水平做出全面的评价,如果忽略墓志书写的夸饰属性的话,从宗室成员的墓志中我们可获得如下信息:

第一,拓跋贵族墓志中多强调"文武兼资"。在文治和武功的选择之间,北魏经历了由武功到文治的过程。在孝文帝迁洛后,注重文化的氛围在宗室成员中弥漫,但民族基因中注重武功的倾向依然存在,加之"允文允武"符合儒家的基本精神,因此,文武兼资不仅是北魏国家层面的文化定位,更是个人所追求的人生境界。在宗室墓志的书写中,文武兼备似乎成为对墓主赞美的一种固定形式,诸如"秉文之举,才溢于杨向;执武之筹,谋腾于韩白"(《元始和墓志》),"武无遗裁,文无不制"(《元演墓志》),"实显文武。……秉文经武"(《元珍墓志》),"姿文挺武"(《元怀墓志》),"文武兼姿,具瞻惟允"(《元晖墓志》),"纬文绥武"(《元信墓志》),"武决韩张,文兼曹植"(《元毓墓志》),"尤

---

① 《隋书》,中华书局 1973 年版,第 1730 页。

好文典,雅善事功"(《元诲墓志》),"好文玩武,无废朝夕"(《元焕墓志》)等等,不胜枚举。[1]虽然墓志中强调文武兼资,但在实际书写的比重上,更注重强调"文",而着意弱化"武",这一点符合北魏中后期的整体文化趋势。

第二,元魏宗室多举行文人雅集活动,文学交流互动频繁。北魏从孝文帝开始,正式有了宴会赋诗的传统,在此前的君臣宴会中,少见赋诗记载。孝文帝效仿魏晋君主,多次在宴会上组织君臣唱和,如太和十三年(489)秋七月丙寅,孝文帝"幸灵泉池,与群臣御龙舟,赋诗而罢"[2]。又如太和十九年(495),"高祖飨侍臣于悬瓠方丈竹堂",与郑道昭、郑懿、彭城王勰、邢峦、宋弁等人酒酣唱和,且"命邢峦总集叙记"。[3]为提高宗室的文学兴趣和创作水平,孝文帝又特别强调对宗室成员文学能力的培养,《魏书·任城王云传附元澄》云:"时诏延四庙之子,下逮玄孙之胄,申宗宴于皇信堂,不以爵秩为列,悉序昭穆为次,用家人之礼。高祖曰:'行礼已毕,欲令宗室各言其志,可率赋诗。'特令澄为七言连韵,与高祖往复赌赛,遂至极欢,际夜乃罢。"[4]受孝文帝的影响,北魏君臣唱和以及宗室间的文学交流日渐频繁,如孝静帝在宴会场合"多命群臣赋诗,从容沉雅,有孝文风"[5]。与此同时,宗室的文学交流活动在墓志中亦多有体现:

---

[1] 赵超:《汉魏南北朝墓志汇编》,天津古籍出版社2008年版,第47、69、77、92、111、230、245、274、168页。

[2] 《魏书》,中华书局1974年版,第165页。

[3] 《魏书》,中华书局1974年版,第1240页。

[4] 《魏书》,中华书局1974年版,第464页。

[5] 《魏书》,中华书局1974年版,第313页。

《元显俊墓志》："是则慕学之徒，无不欲轨其操，既成之儒，无不欲会其文，以为三益之良朋也。"

《元子直墓志》："公纵容博爱，雅好人流，接席分庭，谈赏无倦。"

《元焕墓志》："又爱诗悦礼，不舍斯须，好文玩武，无废朝夕，味道入玄，精若垂帏，置觞出馆，懽同林下。"

《元斌墓志》："虽名拘朝员，而心栖事外，恒角巾私圃，偃卧林潮，望秋月而赋篇，临春风而举酌。"

《元邵墓志》："文情婉丽，琴性虚闲。……赋山咏水，辞爱三春之光；诔丧襃往，文凄九秋之色。至于西园命友，东阁延宾，怀道盈阶，专经满席，临风释卷，步月弦琴，目晒五行，指□三调，布素之怀必尽，风流之貌悠然。"

《元湛墓志》："爱山水，玩园池，奇花异果，莫不集之。嘉辰节庆，光风冏月，必延王孙，命公子，曲宴竹林，赋诗畅志。"

《元延明墓志》："惟与故任城王澄，中山王熙，东平王略，竹林为志，艺尚相欢。故太傅崔光，太常刘芳，虽春秋异时，亦雅相推揖。"

《元子正墓志》："雅好文章，尤爱宾客，属辞摛藻，怡情无倦，礼贤接士，终宴忘疲。致雏马之徒，怀东阁而并至；徐陈之党，慕西园以来游。"[1]

宗室成员在宴会中已不再是拔剑击柱、酗饮无度，而是效法魏晋

---

[1] 以上数条，分见赵超：《汉魏南北朝墓志汇编》，天津古籍出版社2008年版，第68、151、168、140、222、239、289、246页。

名士,吟诗作赋,流连风月,形成浓厚的文学氛围。在频繁的文学交流互动中,元魏宗室的文化素养得以提升,在士林中普遍获得声誉。从文学表现来看,《元延明墓志》中所提到的任城王元澄、中山王元熙、东平王元略皆在墓志及史籍中有所体现。如元熙"好学博通,善言理义,文藻富赡,雅有俊才。……文艺之美,领袖东观"(《元熙墓志》)。元熙在其《将死与知故书》一文中云:"今欲对秋月,临春风,藉芳草,荫花树,广召名胜,赋诗洛滨,其可得乎?"①从中可以看到曹魏时期围绕曹丕身边的文人集团"怜风月,狎池苑,述恩荣,叙酣宴"②文学交流活动的再现。任城王元澄更是颇具盛名,在外交场合还受到南朝人的称赞,《魏书·任城王云传附元澄》云:"萧赜使庾荜来朝,荜见澄音韵遒雅,风仪秀逸,谓主客郎张彝曰:'往魏任城以武著称,今魏任城乃以文见美也。'"③东平王元略也被评价为"器博公琰,笔茂子云"④(《元略墓志》),以蒋琬和扬雄作比拟。

第三,在文化取向上,宗室成员不局限于儒家典籍,对儒家之外的各种学说都表现出不同程度的谙熟,因此墓志多将墓主塑造成"好学博通""才冠古今"的形象。兹举数例如下:

《元颺墓志》:"优游典谟之中,纵容史籍之表。"

① 《魏书》,中华书局 1974 年版,第 504—505 页。
② 〔南朝梁〕刘勰著,范文澜注:《文心雕龙注》,人民文学出版社 1958 年版,第 66 页。
③ 《魏书》,中华书局 1974 年版,第 464 页。
④ 赵万里编:《汉魏南北朝墓志集释》,《石刻史料新编》第三辑第三册,新文丰出版公司 1982 年版,第 439 页。

《元晖墓志》："幼涉经史，长爱儒术，该镜博览，而无所成名。"

《元尚之墓志》："六艺居心，五礼宅身。论经出俗，谈史惊群，属辞韵彩，彪炳离文。"

《元平墓志》："轻金蔑玉，坟籍是营。"

《元昭墓志》："游神冲秘之典，拱默绝望之坟。思存视掌，领括幽微，识总指途，并驱孔孟。"

《元崇业墓志》："秉牍麟阁，厘校坟艺，洋洋之美，典素载清。"

《元焕墓志》："攀宵宅日，既彪炳于图书；握符控海，又炤烂于坟史。"

《元怿墓志》："年方龆龀，便学通诸经。强识博闻，一见不忘。百氏无遗，群言毕览。文华绮赡，下笔成章。升高睹物，在兴而作。虽食时之敏，七步之精，未之过也。"

《元则墓志》："爱仁尚义，敦诗悦史。"

《元举墓志》："坟经于是乎宝轴，百家由此兮金箱。洞兼释氏，备练五明，六书八体，画妙超群，章勾小术，研精出俗，山水其性，左右琴诗。"

《元悌墓志》："博览文史，学冠书林，妙善音艺，尤好八体。器寓淹凝，风韵闲远，丽藻云浮，高谈响应。"

《元端墓志》："及五典六经之籍，国策子集之书，一览则执其归，再闻则悟其致。所以远迩服其风流，朝野钦其意气。"

《元昉墓志》："才贯今古，卓绝群声，三坟颇习，九籍斯明。"

《元毓墓志》："垂帘百帙,方丈千经。"

《元钦墓志》："三坟五典之秘,丱岁已通;九流七略之文,绮年尽学。"

《元子永墓志》："学洞经史,辞兼博丽,门信荣家,朝称宝国。"

《元天穆墓志》："八素九区之理,靡不洞其幽源;三坟五典之书,故以极其宗致。"

《元袭墓志》："兼错综古今,贯穿百氏,究群言之秘要,洞六艺之精微。藻思绮合,摛文锦烂,信足方驾应徐,连横潘左。又工名理,善占谢,机转若流,酬应如响,虽郭象之辨类悬河,彦国之言如璧玉,在君见之。"

《元赞远墓志》："年渐成立,志闲丘壑,遂负帙入白公台山,下帷潜读,学贯儒林,博窥文苑。九流百氏之书,莫不该揽;登高夹池之赋,下笔成章。"

《元液墓志》："四术六书之业,览自弱年;三略八陈之规,通于壮岁。"[①]

通过以上墓志的记录可以看出,首先,宗室成员多被赞为早慧,如元怿"年方龆龀,便学通诸经";元钦"三坟五典之秘,丱岁已

---

① 以上数条,分见赵超:《汉魏南北朝墓志汇编》,天津古籍出版社2008年版,第 75、110、141、144、154、168、172、200、215、219、233、244、244、249、252、277、295、309 页。赵万里编:《汉魏南北朝墓志集释》,《石刻史料新编》第三辑第三册,新文丰出版公司1982年版,第408页。

逦;九流七略之义,绮年尽学";元液"四术六书之业,览白弱年"。王永平认为北魏宗室具有普遍早慧的现象,主要原因在于孝文帝迁洛后重视对皇族子弟的教育。[1]当然,对墓主过度的赞誉也应在考虑因素中。其次,墓志中有大量与文学名家相类比的赞誉,尤其以魏晋人物相比者较多。如将元弼与司马相如、扬雄相比,"临风致咏,藻思情流,郁若相如之美上林,子云之赋云阳也"[2];元毓与曹植相比,"武决韩张,文兼曹植";元弼与刘桢相媲美,"文超公干(刘桢),器迈元方"。其中不免有一些过誉之辞,如"并驱孔孟""连横潘左"之语,显然过于夸大。

元魏宗室在学术取向上,虽以儒家为主,但博涉史传、图谶、占卜等杂类,对书法、琴艺等艺术性书籍亦有所涉猎。除以上诸人外,较有代表性的是元秀和元延明。《元秀墓志》称元秀:"好读书,爱文义,学该图纬,博观简牒,既精书易,尤善礼传,栖迟道艺之圃,游息儒术之薮;虽伯业不倦,宣光从横,无以尚也。及垂缨延阁,握兰礼闼,科篆载辉,奏记彪炳;元瑜谢其翩翩,广微惭其多识。"[3]其博涉图纬、简牒、书易、礼传等书籍,对书法科篆、奏记撰写的能力也有所强调,并以"书记翩翩,致足乐也"[4]的阮瑜和博学多闻的束皙作比。

---

① 详见王永平:《墓志所见迁洛元魏皇族子弟之早慧及其文雅化》,《迁洛元魏皇族与士族社会文化史论》,中国社会科学出版社 2017 年版,第 127—147 页。

② 赵超:《汉魏南北朝墓志汇编》,天津古籍出版社 2008 年版,第 37 页。

③ 赵超:《汉魏南北朝墓志汇编》,天津古籍出版社 2008 年版,第 131 页。

④ 〔清〕严可均辑:《全上古三代秦汉三国六朝文》(二),上海古籍出版社 2009 年版,第 378 页。

再如元延明，"自有大志，少耽文雅，肆情驰骋，锐思贯穿，强于记录，抑亦天启，必诵全碑，终识半面。故河间所不窥，陈农所未采，莫不袪疑辩或，极奥穷微。雕虫小艺，譬诸绮毂，颇曾留意，入室升堂。实使季长谢其诗书，伯喈归其文籍，声播九重，于焉历试"①。其中"强于记录""必诵全碑""伯喈归其文籍"等语，将他与王粲相比。《魏书》本传载："延明既博极群书，兼有文藻，鸠集图籍万有余卷。性清俭，不营产业。与中山王熙及弟临淮王彧等，并以才学令望有名于世。虽风流造次不及熙、彧，而稽古淳笃过之。"又云："所著诗赋赞颂铭诔三百余篇，又撰《五经宗略》《诗礼别义》，注《帝王世纪》及《列仙传》。又以河间人信都芳工算术，引之在馆。其撰《古今乐事》九章十二图，又集《器准》九篇，芳别为之注，皆行于世。"②《隋书·经籍志》中收录元延明著《毛诗义府》三卷后、《三礼宗略》二十卷、《五经宗略》二十三卷，又与信都芳等著《乐说》。从元延明所著内容来看，涉及五经、礼学、史传、音乐等，可谓博学多艺，属元魏宗室中著作较多的代表。

虽然在墓志中元魏宗室所表现的文学才能极尽夸耀，但实际文学水平未必如其所言，很多宗室成员身边聚集了汉族文人，形成文人团体，在必要场合和某些特定文章的书写时，文人代笔的情况较多。就算名声较高的元延明也有代笔之作，著名文人温子升就曾为其写过《为安丰王延明让国子祭酒表》一文。清河王元怿可谓元魏宗室中最富文化气质的人物之一，但也不免请文人代笔，《魏书·文苑传·袁跃》载袁跃曾为"清河王怿文学，

① 赵超：《汉魏南北朝墓志汇编》，天津古籍出版社 2008 年版，第 287 页。
② 《魏书》，中华书局 1974 年版，第 530 页。

雅为悰所爱赏。悰之文表多出于跃"[1]。

通过以上可以看出,具有夸饰性质的墓志内容显然不可成为判断元魏宗室文学水平的一手材料。元魏宗室中有文遗存者仅元顺《蝇赋》(《魏书》本传称其"世宗时,上《魏颂》,文多不载"[2])、元苌《振兴温泉颂》(此文亦难以确定为元苌本人所作)两篇而已,但两人的墓志中对其文学才能的称赞部分却极少,如《元顺墓志》仅称其"抽华藻其如绠,当问礼而延誉,每振奇谟于琐门,登异政于层阙"[3]。而《元苌墓志》更是仅述其军功及爵位,几乎无一句言及文学才能之处。而无作品存世的元湛,墓志中对其文学才华着重强调,并突出其因文学能力而不断升迁的经历。《元湛墓志》云:

> 性笃学,元好文藻,善笔迹,遍长诗咏。祖孝武,爱谢庄,博读经史,朋旧名之书海。永平四年,旨征拜秘书著作佐郎。追扬雄之踪,义赏名贤,文贬凶党。司空公任城王圣朝东阿,爱君文华,启除骑兵参军,寻补尚书左士郎中。握笔禁省,名振朝廷,迁左军将军。后以才丽,旨除中书侍郎。诏策优文,下笔两流,以君德茂清政,敕兼吏部郎中。诠衡得称,复迁前将军通直散骑常侍。貂珰紫殿,鸣玉云阁,优游秘苑,仍赏文艺。[4]

---

① 《魏书》,中华书局 1974 年版,第 1870 页。
② 《魏书》,中华书局 1974 年版,第 481 页。
③ 赵超:《汉魏南北朝墓志汇编》,天津古籍出版社 2008 年版,第 223—224 页。
④ 赵超:《汉魏南北朝墓志汇编》,天津古籍出版社 2008 年版,第 239 页。

这种强烈的对比反差,令人在对墓志书写真实性产生怀疑的同时,也引起我们对北魏文学研究的深入思考。究竟是应该以存世作品来判断文学水平,还是以史料记载(包括墓志文献)为依据? 其实,出入南北的颜之推早已道出了此中端倪,《颜氏家训·文章》云:"今世文士,此患弥切,一事惬当,一句清巧,神厉九霄,志凌千载,自吟自赏,不觉更有傍人。"又云:"吾见世人,至无才思,自谓清华,流布丑拙,亦以众矣,江南号为诊痴符。"①

结　语

墓志作为一个人一生的总结,在有限的文字内,必然要记录其生命中的高光时刻。本着死者为大的原则,加之墓志撰写者受托之情,对于志主的夸赞不免出现过誉情况。杨衒之在《洛阳伽蓝记》里借隐士赵逸之口批评当时墓志书写的普遍现象:"生时中庸之人耳,及其死也,碑文墓志,莫不穷天地之大德,尽生民之能事;为君共尧舜连衡,为臣与伊皋等迹。牧民之官,浮虎慕其清尘;执法之吏,埋轮谢其梗直。所谓生为盗跖,死为夷齐。妄言伤正,华辞损实。"②从文体的书写角度出发,将墓志作为史料运用时,应该充分考虑到其内容的真实性问题,诸如《元乂墓志》歪曲史实的情况不在少数,在对人物展开研究时需结合传世史料加以辨别。但出土的北魏宗室墓志中的人物,除重要人物外,大多数史书中都没有记载,因此北魏宗室墓志只能作

① 王利器:《颜氏家训集解(增补本)》,中华书局 1993 年版,第 238、254 页。
② 〔北魏〕杨衒之著,杨勇校笺:《洛阳伽蓝记校笺》,中华书局 2006 年版,第 83 页。

为一个整体的文化现象进行研究。从北魏宗室墓志的整体表现可以看出，追求文士化、儒雅化是北魏宗室成员普遍的文化心理，这一特点在同时期的北朝士人墓志中比较突出。

第二节　《洛阳伽蓝记》中的国家意识和正统观念

国家意识是指在特定历史时期的国家中，国家人民长期以来达成的对于国家本质、国家形象、国家主权、国家责任等意识形态上的共识，其中既包含国家居民对国家的认同感、责任感、自豪感、归属感等价值认知，也包含对国家兴衰的情感态度。[①]在古代朝代更迭或不同政权的对立时期，以及异质文化的碰撞之中，国家意识在思想观念上便得以放大。身为少数民族政权的北魏王朝既面临与南朝的对抗，又面临华夷身份的转变以及华夷秩序的重新建构。早在平城时代，北魏就不断强化国家的正统性，以此在汉族士人中渐渐树立了国家意识。在孝文帝迁都洛阳以后，基本已经完成了正统的认知与华夷身份的转变。与此同时，其对待南朝政权以及周边民族的态度也发生了显著变化。作为北魏洛阳时代成长起来的中下层普通官吏，杨衒之思想中具有典型的国家意识和正统观念，他以《洛阳伽蓝记》对洛阳佛寺的追忆为契机，抒发了对北魏的国家自豪感、民族认同

---

① 当代学者对"国家意识"的定义为："国家意识是一个国家的国民在长期生产、生活、教育实践中，基于对国家的产生、发展、实质等根本问题的科学认知和正确理解而形成的对国家主权、国家安全、国家发展、国家形象、国家责任等的正确认识和理性实践。"（王永友、孟鹏斐：《国家意识的科学内涵及其培育》，《马克思主义研究》2020 年 1 期）

感、政治兴亡感,将北魏汉族士大夫在民族融合和南北交往进程
中所形成的国家意识与正统观念展现得淋漓尽致。

一、排佛抑或崇佛?——《洛阳伽蓝记》的旨趣问题

关于《洛阳伽蓝记》的旨趣,是研究此书绕不开的问题。历
来对其旨趣阐释甚多,而最主要的争论集中在排佛还是崇佛
上,此外还有认为其主旨呈现多元化的看法。[①]对这一问题的
重新审视,有助于我们理解杨衒之写作此书的真实目的。

可以明确的是,杨衒之并无反佛之意。这从其对佛寺营建
精妙的赞叹中即可看出。杨衒之对北魏的寺庙建筑的描绘,始
终抱有一种自豪感。比如对永宁寺,赞其整体建筑"殚土木之
功,穷造形之巧,佛事精妙,不可思议,绣柱金铺,骇人心目";其
造像艺术则"作工奇巧,冠于当世";其僧房楼观则"雕梁粉壁,
青琐绮疏,难得而言"。[②]他还借西域沙门菩提达摩之口,歌咏
赞叹永宁寺建筑"实是神功。自云年一百五十岁,历涉诸国,靡
不周遍;而此寺精丽,阎浮所无也。极佛境界,亦未有此。口唱
南无,合掌连日"[③]。再如杨衒之对景明寺的称赞:

---

① 以吴若准、杨勇诸人为代表。杨勇将其归纳为十三条之多,实则属于《洛
阳伽蓝记》的主要内容,而非创作旨趣。(〔北魏〕杨衒之著,杨勇校笺:《洛
阳伽蓝记校笺》,中华书局 2006 年版,第 250—256 页)
② 〔北魏〕杨衒之著,杨勇校笺:《洛阳伽蓝记校笺》,中华书局 2006 年版,第
12 页。
③ 〔北魏〕杨衒之著,杨勇校笺:《洛阳伽蓝记校笺》,中华书局 2006 年版,第
13 页。

伽蓝之妙,最得称首。时世好崇福,四月七日,京师诸像,皆来此寺。尚书祠部曹录像凡有一千余躯。至八日,以次入宣阳门,向阊阖宫前受皇帝散花。于时金花映日,宝盖浮云,幡幢若林,香烟似雾。梵乐法音,聒动天地。百戏腾骧,所在骈比。名僧德众,负锡为群。信徒法侣,持花成薮。车骑填咽,繁衍相倾。时有西域胡沙门见此,唱言佛国。[①]

如若杨衒之有明显的排佛意识,断不会以大量笔墨浪费在寺庙壮丽和造像精妙的描绘上,而且多次通过胡僧的异域视角来称赞寺庙建筑的恢弘壮丽,足以表现杨衒之无以言表的国家自豪感。

之所以会产生反佛的看法,主要源于杨衒之对于佛寺营建过程毫无保留的记述,佛寺的精美极尽华丽,媲美皇宫,这不禁使人产生北魏上层过度营建,以及"不恤众庶"的错觉。"不恤众庶"的说法,出自唐人释道宣所编《广弘明集》卷六《叙列代王臣滞惑解》中,释道宣将杨衒之视为讪谤佛法者,称杨衒之写《洛阳伽蓝记》的目的是:"见寺宇壮丽,损费金碧,王公相竞,侵渔百姓,乃撰《洛阳伽蓝记》,言不恤众庶也。"[②]批评佛寺营建过度的奢侈行为,这是站在佛教徒立场上的主观臆断,而并非杨衒之写此书的实际意图。《广弘明集》的材料来源多不可靠,从其将杨衒之的官衔书为"秘书监",为后世留下关于杨衒之身份研

①〔北魏〕杨衒之著,杨勇校笺:《洛阳伽蓝记校笺》,中华书局 2006 年版,第124—125 页。

②〔唐〕释道宣:《宋思溪藏本广弘明集》,国家图书馆出版社 2018 年版,第142 页。

究的疑惑，就可见其不严谨。其后文又称杨衒之"上书述释教虚诞，有为徒费，无执戈以卫国，有饥寒于色养。逃役之流，仆隶之类，避苦就乐，非修道者。又佛言有为虚妄，皆是妄想"①云云，以上种种在《洛阳伽蓝记》中并没有突出体现，更没有所谓佛言"皆是妄想"之语。但释道宣"不恤众庶"的观点受到后世普遍认可，甚至由此生发出"不读《伽蓝记》，不知佛浪费"的看法，俨然将《洛阳伽蓝记》当做否定佛教的典型教材，遂导致部分学者将此义扩大为反佛、排佛。②

如果说杨衒之写《洛阳伽蓝记》的目的是为了反对造佛寺耗费民财民力，那么相关记载却又呈现出种种矛盾之处。譬如对景乐寺中关于乐伎的表演，是面向百姓所开放："寺禁稍宽，百姓出入，无复限碍。……奇禽怪兽，舞抃殿庭，飞空幻惑，世所未睹，异端奇术，总萃其中。剥驴投井，植枣种瓜；须臾之间

---

① 〔唐〕释道宣：《宋思溪藏本广弘明集》，国家图书馆出版社 2018 年版，第 142 页。

② 如侯外庐认为"杨衒之的《洛阳伽蓝记》，为公认的反佛的激烈文献"（侯外庐等：《中国古代思想通史（第三卷）》，人民出版社 1957 年版，第 361 页）。范祥雍先生亦持此观点，他认为"他（杨衒之）是北魏反对佛教最激烈的一个人"。（〔北魏〕杨衒之撰，范祥雍校注：《洛阳伽蓝记校注·序》，上海古籍出版社 2018 年版，第 13 页）。其主要依据即是《广弘明集》。曹道衡先生则认为："杨衒之在写《洛阳伽蓝记》时，并不反对佛教，即使对建寺造像也不完全反对。……同时，《洛阳伽蓝记》中写到当年佛寺的壮丽，不无赞叹之辞，而写到后来的荒废，又有凄凉伤悼之感。这些事例都说明杨衒之作《洛阳伽蓝记》，其目的主要不在反对佛寺壮丽，而是反对王公们'不恤众庶'。"（曹道衡：《关于杨衒之和〈洛阳伽蓝记〉的几个问题》，《中古文学史论文集续编》，中华书局 2011 年版，第 426 页）

皆得食。士女观者,目乱睛迷。"①景乐寺不仅不禁百姓出入,而且俨然为百姓提供了观赏娱乐之所。再如四月初八日佛诞日,洛阳京师士女,多至河间寺,"观其廊庑绮丽,无不叹息;以为蓬莱仙室,亦不是过。入其后园,见沟渎塞产,石磴嶕峣,朱荷出池,绿萍浮水,飞梁跨阁,高树出云,咸皆唧唧;虽梁王兔苑,想之不如也"②。寺庙中的异端奇术和飞梁跨阁,极大地丰富了洛阳市民的精神生活,其中并无"不恤众庶"之感。相反,寺庙的建造恰恰符合了全国崇佛的潮流风尚,大有造福善男信女之功。

杨衒之所反对的并非兴建佛寺的行为,而是表达对财富分布不均、互相夸竞现象的批判。在迁都洛阳之后,均田制、三长制的推行促使北魏经济快速发展,加之洛阳"运通四方",使财富大量累积,"于时四方无事,国富民康,豪贵子弟,率以朋游为乐"③。《洛阳伽蓝记》卷四《法云寺》中多处表现国家经济的发达:"当时四海晏清,八荒率职,缥囊纪庆,玉烛调辰,百姓殷阜,年登俗乐。鳏寡不闻犬豕之食,茕独不见牛马之衣。……于时国家殷富,库藏盈溢,钱绢露积于廊者,不可较数。"④在此背景下,杨衒之着力描写了当时皇宗所居的寿丘里(民间号为"王子

---

① 〔北魏〕杨衒之著,杨勇校笺:《洛阳伽蓝记校笺》,中华书局2006年版,第51页。
② 〔北魏〕杨衒之著,杨勇校笺:《洛阳伽蓝记校笺》,中华书局2006年版,第180页。
③ 《魏书》,中华书局1974年版,第481页。
④ 〔北魏〕杨衒之著,杨勇校笺:《洛阳伽蓝记校笺》,中华书局2006年版,第178、179页。

坊")中皇室贵胄争富的现象:"于是帝族王侯,外戚公主,擅山海之富,居川林之饶,争修园宅,互相夸竞。崇门丰室,洞户连房,飞馆生风,重楼起雾;高台芳榭,家家而筑,花林曲池,园园而有;莫不桃李夏绿,竹柏冬青。"[1]诸王之中尤以河间王琛为最富,"诸王服其豪富。琛常语人云:'晋室石崇,乃是庶姓,犹能雉头狐掖,画卵雕薪;况我大魏天王,不为华侈!'"[2]元琛曾谓章武王融曰:"不恨我不见石崇,恨石崇不见我!"[3]竟使得章武王融"见之惋叹,不觉生疾。还家卧三日不起"[4]。此处的描写饱含辛辣的嘲讽,北魏洛阳时代的富庶亦如西晋一般昙花一现,互相夸竞的现象也如出一辙,而石崇的结局似乎也印证了皇室成员必将惨淡收场:"经河阴之役,诸元歼尽,王侯第宅,多题为寺。"[5]这一前后对比的记述方式,正体现了杨衒之对于国家兴亡深刻的思考。

皇室的私家园林是为满足个人的享乐,将财富用于寺庙的营建,是希望通过捐舍得到佛的庇佑。《洛阳伽蓝记》所记大伽蓝多是贵胄或地位煊赫的官宦修建,正如原序中所云:"逮皇魏

---

① 〔北魏〕杨衒之著,杨勇校笺:《洛阳伽蓝记校笺》,中华书局 2006 年版,第178—179 页。

② 〔北魏〕杨衒之著,杨勇校笺:《洛阳伽蓝记校笺》,中华书局 2006 年版,第179 页。

③ 〔北魏〕杨衒之著,杨勇校笺:《洛阳伽蓝记校笺》,中华书局 2006 年版,第179 页。

④ 〔北魏〕杨衒之著,杨勇校笺:《洛阳伽蓝记校笺》,中华书局 2006 年版,第179 页。

⑤ 〔北魏〕杨衒之著,杨勇校笺:《洛阳伽蓝记校笺》,中华书局 2006 年版,第179 页。

受图,光宅嵩洛,笃信弥繁,法教逾盛。王侯贵臣,弃象马如脱
屣,庶士豪家,舍资财若遗迹。于是招提栉比,宝塔骈罗;争写
天上之姿,竞摹山中之影。金刹与灵台比高,广殿共阿房等壮。
岂直木衣绨绣,土被朱紫而已哉!"[1]寺庙的建造也体现了国家
的富庶,财力的丰厚。恢宏精美的庙宇不仅张扬了大魏国威,还
增强了民众对于国家的自信心和认同感。由此可见,释道宣在
《广弘明集》中所言"王公相竞"实有之,而"侵渔百姓"则未见。

　　事实上,对佛寺壮丽的赞美与反对王公"不恤众庶"的说法
看似矛盾,实则两者都体现了杨衒之的国家意识。杨衒之一方
面对上层贵族奢靡竞富的行为有所批判,另一方面却又高度赞
美佛寺修建的精妙,同时也表达对佛教因果应验的信奉。这是
因为杨衒之站在对外、对内两个立场上来看待此问题:对外是
为了突出国家的强大,表达其对国家的自豪感;对内是从国家
兴亡角度进行反思,突出了他的国家责任感。无论对内还是对
外,这种看似矛盾的情感融为一体,实际上正反映了杨衒之典型
的国家意识。田淑晶认为,《洛阳伽蓝记》有明显的文本意图与
作者意图的差异,作者意图即是自序中所交代的"凡有一千余
寺,今日寮廓,钟声罕闻。恐后世无传,故撰斯记"[2]。而"不恤众
庶""感念兴废""存时事"则属于文本意图。"文本意图多来自

---

① 〔北魏〕杨衒之著,杨勇校笺:《洛阳伽蓝记校笺》,中华书局 2006 年版,第
　 1 页。
② 〔北魏〕杨衒之著,杨勇校笺:《洛阳伽蓝记校笺》,中华书局 2006 年版,第
　 2 页。

文本局部,作者意图常关乎文本整体。"①读者往往被《洛阳伽蓝记》的文本意图所遮蔽,而忽视作者意图,以及其中体现的杨衒之的国家意识、正统观念等内在思想。

称其反佛的依据主要来自释道宣《广弘明集》,其理由一是"不恤众庶",二是认为杨衒之称"佛言有为虚妄,皆是妄想",即否认佛教应验。杨衒之在记载尔朱兆擒庄帝时,对于尔朱兆轻易渡过黄河一事用了一段较长的论述,表达对天道的怀疑:"易称:'天道祸淫,鬼神福谦。'以此验之,信为虚说。"②尔朱兆轻易渡过黄河,固然是庄帝兵败的重要原因,但若无此事,庄帝依然无法扭转局势,其兵败已成定局。以此来说杨衒之反对佛教的因果应验是不恰当的。③从他所记录的种种征验情况来看,他对佛教征验表现出笃信不移的态度。如记录平等寺门外金像,"相好端严,常有神验,国之吉凶,先炳祥异",又孝昌三年(527)十二月佛像"面有悲容,两目垂泪,遍体皆湿","永安三年七月,此像悲泣如初。每经神验,朝野惶惧,禁人不听观之"。④永熙二年(533),又有门外石像"无故自动,低头复举,竟日乃止"⑤。

---

① 田淑晶:《〈洛阳伽蓝记〉作者意图的想象》,《光明日报·文学遗产》2020年8月10日。

② 〔北魏〕杨衒之著,杨勇校笺:《洛阳伽蓝记校笺》,中华书局2006年版,第17页。

③ 范祥雍认为:"他(杨衒之)以为佛法无灵,徒然浪费。"(范祥雍:《洛阳伽蓝记校注·序》,上海古籍出版社2018年版,第13页)

④ 〔北魏〕杨衒之著,杨勇校笺:《洛阳伽蓝记校笺》,中华书局2006年版,第101页。

⑤ 〔北魏〕杨衒之著,杨勇校笺:《洛阳伽蓝记校笺》,中华书局2006年版,第103页。

愿会寺佛堂前的桑树被砍伐之日"云雾晦冥,下斧之处,血流至地。见者莫不悲泣"①。种种记述,恰恰说明杨衒之是信奉佛教应验理论的,只不过对善恶有报产生质疑,但这种质疑并不会动摇其信仰。天道本应该惩恶扬善,但实际效果并非如此,对此,杨衒之颇为失望,因而表达一种天道并不公正的态度。恰如司马迁也曾怀疑天道不公的现象,但这并不动摇其对天道的信奉,以及对"究天人之际"理念的追求,其目的正是通过这些不公正的特殊现象,来探究天人之间充满复杂而矛盾的关系,这种态度与杨衒之怀疑佛教因果是一致的。因此,不能以此说明杨衒之反对佛教因果理论,更不能说明其反佛、排佛。

在《洛阳伽蓝记》原序尾,杨衒之明确说明了其所选择记录的寺庙理由:"今之所录,止大伽蓝。其中小者,取其详世谛事,因而出之。"②从书中所记历史事实来看,"详世谛事"所记录的内容既包括影响国家命运的政治大事,也有能够反映国家兴衰变迁的时代因素,还有围绕士人生活的逸闻轶事。大伽蓝固多关"世谛事",中小伽蓝亦因"世谛事"而记之。因此可以认为,《洛阳伽蓝记》非仅为记佛为主,其目的是通过佛寺这一媒介,记录时代的变迁,国家之沦丧,社会的动荡,以及士人的思想。

---

① 〔北魏〕杨衒之著,杨勇校笺:《洛阳伽蓝记校笺》,中华书局 2006 年版,第54 页。
② 〔北魏〕杨衒之著,杨勇校笺:《洛阳伽蓝记校笺》,中华书局 2006 年版,第2 页。

二、对国家兴亡的反思和感概

如前所述,排佛或者崇佛,都并非杨衒之的真正目的。《洛阳伽蓝记》更多的是借用佛教的外衣,表达对国家兴亡的感慨,这点杨衒之在自序中已有明确交代:"至武定五年(547),岁在丁卯,余因行役,重览洛阳。"①此时距洛阳沦丧已过13年,再次回到洛阳看到了破败的情景,激起杨衒之的麦秀之感、黍离之悲:"城郭崩毁,宫室倾覆,寺观灰烬,庙塔丘墟。墙被蒿艾,巷罗荆棘。野兽穴于荒阶,山鸟巢于庭树。游儿牧竖,踯躅于九逵,农夫耕老,艺黍于双阙。麦秀之感,非独殷墟,黍离之悲,信哉周室!"②亲眼目睹了国家由辉煌走向残破的过程,激发了杨衒之的国家意识,引起他对国家兴亡的深刻反思,这正是其写作《洛阳伽蓝记》的最初动因。

杨衒之的生卒和籍里史无明载,其仕宦经历按其自序中所言,曾在永安中(528—529)为"奉朝请",后又任东魏"魏抚军府司马",对于这两个官职一般没有异议。至于《广弘明集》中称其曾任魏末秘书监,不知所据为何。秘书监一职与抚军司马相比,地位和权力要高很多。古人在称谓上,多强调最后的或者最重要的职位,如果此时任秘书监一职,不应该不提及,但史书中却不见其名。而且从时间上来看,在武定五年(547)杨衒之重游洛阳,这是他重游时间,创作《洛阳伽蓝记》的时间应该更

---

① 〔北魏〕杨衒之著,杨勇校笺:《洛阳伽蓝记校笺》,中华书局2006年版,第1页。

② 〔北魏〕杨衒之著,杨勇校笺:《洛阳伽蓝记校笺》,中华书局2006年版,第1—2页。

加滞后,东魏武定年号仅延续到八年就被北齐所取代,在两三年之内,从抚军司马迁至秘书监的可能性也不大。[①]

奉朝请一职自东汉以来一直为散官,有俸无职,但具有参加朝会的机会。南北朝时期许多文人从奉朝请步入仕途,如沈约"起家奉朝请"[②],杨衒之在任奉朝请之前,是否曾任其他官职已不得考,但奉朝请是其进入洛阳政权核心的一次跨跃,故杨衒之在序中特别提到。其所任奉朝请的时间在"永安中",也正是胡太后秉持朝政、毒害明帝的乱政时期,武泰元年(528)元子攸与尔朱荣汇合洛阳,在郊外登基,发动河阴之变。文武百官两千余人被害,留在洛阳的公卿也人心惶惶,出逃者甚多,朝廷为之一空。《洛阳伽蓝记·永宁寺》云:"二十日,洛中草草,犹自不安,死生相怨,人怀异虑,贵室豪家,弃宅竞窜,贫夫贱士,襁负争逃。"[③]孝庄帝和尔朱荣建立了新的朝廷,杨衒之正是此时被起为奉朝请一职。卷一"建春门"条载"永安年中,庄帝马射于华林园,百官皆来读碑,疑'苗'字误。……衒之时为奉朝请"[④],可为内证。

从杨衒之所记录的洛阳士人生活的内容来看,他在入为奉朝请之前,应该在洛阳生活过很长一段时间,因此他亲身经历了

---

① 曹道衡先生曾详细分析其不可能任秘书监一职。详见《关于杨衒之和〈洛阳伽蓝记〉的几个问题》,《中古文学史论文集续编》,中华书局2011年版,第422—423页。

② 《梁书》,中华书局1973年版,第233页。

③ 〔北魏〕杨衒之著,杨勇校笺:《洛阳伽蓝记校笺》,中华书局2006年版,第14页。

④ 〔北魏〕杨衒之著,杨勇校笺:《洛阳伽蓝记校笺》,中华书局2006年版,第63页。

洛阳由鼎盛到残败的整个过程。尤其对于尔朱荣氏乱政一事大施笔墨,作为朝廷巨变的亲历者,杨衒之对此段历史记载倍加详细,其对于细节的记录,可补正史之不足。对这段历史的真实还原,寄托了他对国家兴亡的政治思考。

河阴之变的始末主要记载在卷首"永宁寺"条中,按时间顺序,以三对矛盾斗争为主记述线索,即尔朱荣与胡太后的矛盾、孝庄帝与元颢的矛盾、孝庄帝与尔朱荣的矛盾。其他卷中关于河阴一事的记录,也基本围绕此三方面展开。在这三对冲突斗争中,杨衒之虽然没有表明政治立场,但在记述过程中,有明显的感情倾向。尤其在对待尔朱荣态度上,直接显豁地表达了自己的姿态,径称尔朱荣为"逆贼",又借寿阳公主之口,骂尔朱世隆为"胡狗"。在中间的"衒之曰"部分,更是直接批判尔朱兆的倒行逆施:"若兆者,蜂目豺声,行穷枭獍,阻兵安忍,贼害君亲,皇灵有知,鉴其凶德。"[1]对于胡太后的态度,也是不加避讳,秉笔直书:"太后贪秉朝政,故以立之。"[2]"时胡氏专宠,皇宗怨望。"[3]在其看来,胡太后祸乱朝纲,尔朱氏倒行逆施,是导致北魏政治衰变的直接原因,纵然孝庄帝有挽狂澜于既倒之心,也无力改变历史进程。对于孝庄帝之死的细节记述,杨衒之则表达了深切的悲痛和叹惋:"时十二月,帝患寒,随兆乞头巾,兆不

---

① 〔北魏〕杨衒之著,杨勇校笺:《洛阳伽蓝记校笺》,中华书局 2006 年版,第 17 页。

② 〔北魏〕杨衒之著,杨勇校笺:《洛阳伽蓝记校笺》,中华书局 2006 年版,第 13 页。

③ 〔北魏〕杨衒之著,杨勇校笺:《洛阳伽蓝记校笺》,中华书局 2006 年版,第 14 页。

与。遂囚帝还晋阳,缢于三级寺。"① 尤其孝庄帝临崩前"礼佛,愿不为国王"②,以及作五言挽歌词,都充满了悲凉氛围,当时"朝野闻之,莫不悲恸,百姓观者,悉皆掩涕而已!"③庄帝在谋诛尔朱荣前曾云:"宁作高贵乡公死,不作汉献帝生。"④(《北史》云:"宁与高贵乡公同日死,不与常道乡公同日生。"⑤)称道孝庄帝宁死不做尔朱氏傀儡的勇气和精神。

在"平等寺"条中,杨衒之对广陵王元恭即位后的一系列反对尔朱氏的做法表示赞许。元恭虽被尔朱氏扶植称帝,但并不甘于受其控制,其对于皇室尊严的维护使得"中外欣然以为明主,望至太平"⑥,"海内庶士,咸称圣君"⑦。当尔朱世隆要给背叛国家的史仵龙、杨文义封赏时,"广陵王曰:'仵龙、文义,于王有勋,于国无功。'竟不许。时人称帝刚直"⑧。又在尔朱世隆侍宴时,"每言'太原王贪天之功,以为己力,罪有合死。'世隆等愕

---

① 〔北魏〕杨衒之著,杨勇校笺:《洛阳伽蓝记校笺》,中华书局 2006 年版,第 17 页。

② 〔北魏〕杨衒之著,杨勇校笺:《洛阳伽蓝记校笺》,中华书局 2006 年版,第 17 页。

③ 〔北魏〕杨衒之著,杨勇校笺:《洛阳伽蓝记校笺》,中华书局 2006 年版,第 17 页。

④ 〔北魏〕杨衒之著,杨勇校笺:《洛阳伽蓝记校笺》,中华书局 2006 年版,第 16 页。

⑤ 《北史》,中华书局 1974 年版,第 1761 页

⑥ 〔宋〕司马光编著,〔元〕胡三省音注,"标点资治通鉴小组"校点:《资治通鉴》,古籍出版社 1956 年版,第 4800 页。

⑦ 〔北魏〕杨衒之著,杨勇校笺:《洛阳伽蓝记校笺》,中华书局 2006 年版,第 102 页。

⑧ 〔北魏〕杨衒之著,杨勇校笺:《洛阳伽蓝记校笺》,中华书局 2006 年版,第 103 页。

然"①。虽然元恭在位仅一年多，但从杨衒之所选取的几件典型事件来看，杨对其行为透露出赞许和惋惜。因此文末称尔朱世隆"专擅国权，凶慝滋甚，坐持台省，家总万机，事无大小，先至隆第，然后施行。天子拱己南面，无所干预"②。愤慨不平之意跃然纸上。

杨衒之也通过天道征验，借助上天之意来否定尔朱氏的逆行："旧有周公庙，世隆欲以太原王功比周公，故立此庙。庙成，为火所灾。有一柱焚之不尽，后三日雷雨，震电霹雳，击为数段。柱下石及庙瓦皆碎于山下。"③尔朱荣的功劳自然不能与周公相提并论，因此尔朱世隆的行为显然得不到上天支持，于是庙被火烧，柱被雷击，瓦皆破碎，显示了天道的公正。杨衒之正是通过这种"春秋笔法"对正义一方加以赞扬，对倒行逆施加以批判，虽然没有公开表达政治立场，但态度鲜明，展示了一个有良知的历史记录者的国家责任感。

永宁寺是北魏最大的佛寺，魏末尔朱荣入洛事件，以及重要的政治变动，主要发生在此佛寺之中，将其放置于首位，正可体现杨衒之记录北魏兴亡的意图。在杨衒之的心目中，永宁寺俨然是一种象征意义的存在，它的华丽恢弘象征帝国的鼎盛，它的焚毁象征帝国的衰亡。在"永宁寺"条末尾，杨衒之特别用了

① 〔北魏〕杨衒之著，杨勇校笺：《洛阳伽蓝记校笺》，中华书局2006年版，第103页。
② 〔北魏〕杨衒之著，杨勇校笺：《洛阳伽蓝记校笺》，中华书局2006年版，第103页。
③ 〔北魏〕杨衒之著，杨勇校笺：《洛阳伽蓝记校笺》，中华书局2006年版，第102页。

伤感的笔法,写到佛寺被烧毁的情形:当时无论是登楼观火的帝王,还是救火的羽林军,"莫不悲惜,垂泪而去","当时雷雨晦冥,杂下霰雪,百姓道俗,咸来观火,悲哀之声,振动京邑"。[①]前面大量介绍永宁寺的恢弘和华丽,此时描写其毁于一旦,前后充满强烈的对比,似乎北魏王朝的辉煌时代也随永宁寺的大火付之一炬。杨衒之难掩悲伤之情,于是他虚构了一个想象中的海上浮屠,试图将永宁寺带入幻境之中永存:"其年五月中,有人从东莱郡来,云:'见浮图于海中。光明照耀,俨然如新,海上之民,咸皆见之;俄然雾起,浮图遂隐。'"[②]然而笔调一转,由想象拉回现实:"至七月中,平阳王为侍中斛斯椿所使,奔于长安。十月,而京师迁邺。"[③]寥寥几句收尾,文字戛然而止,情感回荡有声,作为国家意识象征的永宁寺永远沦为历史,北魏王朝也迈向了帝国的末路。

三、对国家正统的宣扬和维护

杨衒之在《洛阳伽蓝记》中不遗余力地宣扬北魏正统,从民族交往、文化差异、南北交往等方面,注入强烈的国家意识,努力塑造北魏的正统形象。

在民族交往方面,对四夷馆详细的记述,最能体现杨衒之

---

① 〔北魏〕杨衒之著,杨勇校笺:《洛阳伽蓝记校笺》,中华书局 2006 年版,第17页。

② 〔北魏〕杨衒之著,杨勇校笺:《洛阳伽蓝记校笺》,中华书局 2006 年版,第17页。

③ 〔北魏〕杨衒之著,杨勇校笺:《洛阳伽蓝记校笺》,中华书局 2006 年版,第17页。

的国家意识。北魏洛阳在城南设置的"四夷馆"在历史上属于首创，最能反映洛阳作为中原正统都城的民族融合进程，也是北朝民族交往的一个缩影。从现存史料来看，对"四夷馆"记述最为详备的当属《洛阳伽蓝记》，对其考察也多依据此书记载。[①]

　　四夷馆位于伊水、洛水之间，在中央大道铜驼街外城郭延伸的御道两侧。[②]"东有四夷馆，一曰金陵，二曰燕然，三曰扶桑，四曰崦嵫。道西有四夷里：一曰归正，二曰归德，三曰慕化，四曰慕义。"[③]从四夷馆的地理位置及四夷里的命名上，可以明显看出北魏对于周边的态度：首先，四夷馆的位置地处洛阳城南，有北面称臣之意。其次，洛阳城南地势较低，地理上突出了尊卑之别。再次，在馆名和里名的设置上，有明显的政治意味。南朝人来后，处于金陵馆，三年后赐宅"归正里"，"归正"意味着北魏为正统所在。"北夷来附者，处燕然馆，三年已后，赐宅归德里"[④]，"归德"意味北魏以德立国。于北魏而言，东西诸国属于朝贡体系，南方的齐梁和北方的柔然属于敌对关系，因此慕化、慕义的政治对抗意义相对淡化一些，突出的是文化吸引力。

　　因为四夷馆这种特殊的政治文化因素，致使北魏士族多以居在城南四夷馆附近为耻，如"景明初，伪齐建安王萧宝夤

①　相关研究有黎虎：《北魏的"四夷馆"》，《文史知识》1986 年第 1 期；王静：《北魏四夷馆考论》，《民族研究》1999 年第 4 期。

②　王静：《北魏四夷馆考论》，《民族研究》1999 年第 4 期。

③　〔北魏〕杨衒之著，杨勇校笺：《洛阳伽蓝记校笺》，中华书局 2006 年版，第 144 页。

④　〔北魏〕杨衒之著，杨勇校笺：《洛阳伽蓝记校笺》，中华书局 2006 年版，第 145 页。

来降,封会稽公,为筑宅于归正里,后进爵为齐王,尚南阳长公主。宝夤耻与夷人同列,令公主启世宗,求入城内。世宗从之,赐宅永安里"①。又如"景宁寺"条记载与萧宝夤一同归化的张景仁,本居住于归正里,但因为此地南来吴人聚集,"所卖口味,多是水族,时人谓为鱼鳖市也。景仁住此以为耻,遂徙居孝义里焉"②。"鱼鳖市"的称谓包含一定歧视,南朝降臣自不愿居于此地,但北魏本土居民也多以居住四夷馆附近为耻。"高阳王寺"条记载:"时赵郡李才问子文曰:'荀生住在何处?'子文对曰:'仆住在中甘里。'才曰:'何为住城南?'城南有四夷馆,才以此讥之。子文对曰:'国阳胜地,卿何怪也?若言川涧,伊洛峥嵘;语其旧事,灵台石经;招提之美,报德景明;当世富贵,高阳广平;四方风俗,万国千城。若论人物,有我无卿。'才无以对之。崇和曰:'汝颖之士利如锥,燕赵之士钝如锤,信非虚言也。'举学皆笑焉。"③居住在城南四夷馆附近受到歧视的现象,说明北魏虽然在民族融合的心理上具有包融意识,但在国家居民的思想观念中,依然以北魏为正统自居。

杨衒之又以夸赞的笔法,称颂北魏于民族融合上的成就,经过多年对西域的经营,洛阳已然成为国际化都市,"自葱岭已西,至于大秦,百国千城,莫不欢附。商胡贩客,日奔塞下,所谓

① 〔北魏〕杨衒之著,杨勇校笺:《洛阳伽蓝记校笺》,中华书局 2006 年版,第 145 页。

② 〔北魏〕杨衒之著,杨勇校笺:《洛阳伽蓝记校笺》,中华书局 2006 年版,第 113 页。

③ 〔北魏〕杨衒之著,杨勇校笺:《洛阳伽蓝记校笺》,中华书局 2006 年版,第 156 页。

尽天地之区已。乐中国土风,因而宅者,不可胜数。是以附化之民,万有余家。门巷修整,阛阓填列,青槐荫陌,绿树垂庭"①,在洛水之南特别设立了"四通市","天下难得之货,咸悉在焉"②。杨衒之此段记述不乏夸饰意味,极力突出洛阳对西域各国的吸引力,也展示了大国对外贸易的繁荣景象。另外,在卷五"凝玄寺"条中记载的宋云出使西域一事,其意义不仅在于记录了北魏与西域文化交流的历史,更在于向西域张扬北魏国威,宣示北魏正统。如宋云至乌场国,其国王见宋云曰:"大魏使来,膜拜受诏书。"③在听宋云讲述华夏文化之后,不禁感叹:"若如卿言,即是佛国;我当命终,愿生彼国。"④又至乾陀罗国,其国王坐受诏书,宋云责之,答曰:"我见魏主则拜;得书坐读,有何可怪?世人得父母书,犹自坐读;大魏如我父母,我亦坐读书,于理无失。"⑤乾陀罗国王显然是怠慢北魏使者,但却以高明的诡辩手段表示对北魏的尊重,竟也让宋云无以屈之。杨衒之在《洛阳伽蓝记》中多处通过域外视角,以多个角度来赞美北魏,时时不忘突出北魏的国家影响力。

---

① 〔北魏〕杨衒之著,杨勇校笺:《洛阳伽蓝记校笺》,中华书局 2006 年版,第 145 页。
② 〔北魏〕杨衒之著,杨勇校笺:《洛阳伽蓝记校笺》,中华书局 2006 年版,第 145 页。
③ 〔北魏〕杨衒之著,杨勇校笺:《洛阳伽蓝记校笺》,中华书局 2006 年版,第 212 页。
④ 〔北魏〕杨衒之著,杨勇校笺:《洛阳伽蓝记校笺》,中华书局 2006 年版,第 212 页。
⑤ 〔北魏〕杨衒之著,杨勇校笺:《洛阳伽蓝记校笺》,中华书局 2006 年版,第 214 页。

卷三收录了王肃的两则故事,更着力从南北对比角度突出北魏文化上的优势。王肃作为入北南人,在北魏洛阳礼制建设上多有建树,但杨衒之仅称其"太和十八年,背逆归顺。时高祖新营洛邑,多所造制,肃博识旧事,大有神益"①而已。却又专门选取两则无关紧要之轶事,一则为王肃弃谢氏女转尚公主,致使二女争夫;一则为南北饮食文化之差异。前者显示其对北魏家国的认同,后者意在突出其对北魏文化的认同,其中尤详于后者。

王肃生为南人,以"饭鲫鱼羹,渴饮茗汁"②为习,数年以后,在朝宴上却"食羊肉酪粥甚多"③。孝文帝问其:"羊肉何如鱼羹?茗饮何如酪浆?"王肃对曰:"羊者是陆产之最,鱼者乃水族之长;所好不同,并各称珍;以味言之,甚是优劣。羊比齐鲁大邦,鱼比邾莒小国。唯茗不中,与酪作奴。"此后洛阳人将茗饮戏称为"苍头水厄",朝贵宴会上,"虽设茗饮,皆耻不复食;唯江表残民远来降者好之"④。此后又补充一则萧正德归降的插曲:"元乂欲为之设茗,先问:'卿于水厄多少?'正德不晓义意,答曰:'下官虽生于水乡,而立身以来,未遭阳侯之难。'元乂与

---

① 〔北魏〕杨衒之著,杨勇校笺:《洛阳伽蓝记校笺》,中华书局2006年版,第135页。

② 〔北魏〕杨衒之著,杨勇校笺:《洛阳伽蓝记校笺》,中华书局2006年版,第136页。

③ 〔北魏〕杨衒之著,杨勇校笺:《洛阳伽蓝记校笺》,中华书局2006年版,第136页。

④ 〔北魏〕杨衒之著,杨勇校笺:《洛阳伽蓝记校笺》,中华书局2006年版,第136页。

举坐之客皆笑焉。"①杨衒之似以笑话形式记载此事,但鱼羊之争的背后反映了深刻的大国意识理念。北魏以游牧民族入主中原后,在饮食方面依然保留了食羊肉及酪浆的习俗,中原人也逐渐接受了这一习惯。将羊比作大邦,鱼比作小国,已然将饮食文化的差异上升至国家形象的层面。杨衒之对王肃两则故事的选取,着力突出北魏文化对于外来文化的优势及其强大的同化能力。

在涉及南北交往的相关史事中,杨衒之格外注重对国家形象的维护。卷二"景宁寺"条称:"时朝廷方欲招怀荒服,待吴儿甚厚,褰裳渡于江者,皆居不次之位。(张)景仁无汗马之劳,高官通显。"②言辞之中透露了对南朝降臣的歧视及不满,接下来便是著名的陈庆之与杨元慎关于南北正统的辩论,这场辩论的精彩程度,可称之为南北外交争锋的典范。

陈庆之作为南朝名将,在酒席上声称:"魏朝甚盛,犹曰五胡;正朔相承,当在江左;秦皇玉玺,今在梁朝。"③这引起杨元慎的不满,于是杨元慎从地理位置、风俗习惯、礼乐宪章、人伦道德等各个角度,对南朝的正统性进行了激烈抨击,致使陈庆之等人"见元慎清词雅句,纵横奔发;杜口流汗,合声不言"④。杨元

①〔北魏〕杨衒之著,杨勇校笺:《洛阳伽蓝记校笺》,中华书局 2006 年版,第136 页。
②〔北魏〕杨衒之著,杨勇校笺:《洛阳伽蓝记校笺》,中华书局 2006 年版,第113 页。
③〔北魏〕杨衒之著,杨勇校笺:《洛阳伽蓝记校笺》,中华书局 2006 年版,第113 页。
④〔北魏〕杨衒之著,杨勇校笺:《洛阳伽蓝记校笺》,中华书局 2006 年版,第113 页。

慎的驳难中讲到："我魏膺箓受图,定鼎嵩洛,五山为镇,四海为
家。移风易俗之典,与五帝而并迹;礼乐宪章之盛,凌百王而独
高。岂卿鱼鳖之徒,慕义来朝,饮我池水,啄我稻粱,何为不逊,
以至于此?"①此段剖白可以说代表了当时北魏国人对国家正统
普遍的认知态度。其后,杨元慎还对陈庆之不依不饶般加以羞
辱,使陈庆之伏在枕头上,苦苦哀求称"杨君,见辱深矣"②。又以
陈庆之之口,夸赞北魏"衣冠士族,并在中原;礼仪富盛,人物殷
阜,目所不识,口不能传。所谓帝京翼翼,四方之则"③。甚至提
到"庆之因此羽仪服式,悉如魏法。江表士庶,竞相模楷,褒衣
博带,被及秣陵"④。

　　耐人寻味的是,杨元慎与陈庆之的两次辩论,在其他史书
中并不见记载。陈庆之入洛在梁大通三年(529),即北魏永安
年间,此时杨衒之正为奉朝请,此事或为杨衒之所亲历。对于
陈庆之入洛一事,北魏方面普遍表现出畏惧心理,孝庄帝甚至
为避其锋芒而逃至山西避难,陈庆之"麾下悉著白袍,所向披
靡。……自发铚县至于洛阳十四旬,平三十二城,四十七战,所
向无前",以至于洛阳民间有童谣云:"名师大将莫自牢,千兵万

---

① 〔北魏〕杨衒之著,杨勇校笺:《洛阳伽蓝记校笺》,中华书局 2006 年版,第
　113 页。
② 〔北魏〕杨衒之著,杨勇校笺:《洛阳伽蓝记校笺》,中华书局 2006 年版,第
　第 114 页。
③ 〔北魏〕杨衒之著,杨勇校笺:《洛阳伽蓝记校笺》,中华书局 2006 年版,第
　第 114 页。
④ 〔北魏〕杨衒之著,杨勇校笺:《洛阳伽蓝记校笺》,中华书局 2006 年版,第
　第 114 页。

马避白袍。"①可知陈庆之对北魏而言属于压制性的胜利,北魏士人在心理上必然承受屈辱之感。杨元慎与陈庆之的辩论,本属无关历史进程的小事,却被杨衒之主观加以放大,着力渲染,大有努力挽回国家颜面的意图。在两人辩论之后,杨衒之称"自此后,吴儿更不敢解语"②。在他的裁判下,北魏在与南朝正统性的争论上,俨然取得了压倒性的胜利。所以,这场辩论的真实性,以及陈庆之是否将羽仪服式带入江南,引起江表士庶竞相模楷,似乎已经显得不那么重要了,重要的是杨衒之想要通过这场南北之争,来宣扬自己的国家意识,以此肯定北魏的正统地位。

与陈庆之一事相呼应,《洛阳伽蓝记》关于北魏宗室成员东平王元略入南朝后的记述,更明显表现了杨衒之对国家形象的维护意图。

在卷四"追先寺"条中,元略逃亡至梁朝后,"萧衍素闻略名,见其器度宽雅,文学优赡,甚敬重之。谓曰:'洛中如王者几人?'"又云:"江东朝贵,侈于矜尚,见略入朝,莫不惮其进止。"在其返北之日,萧衍"哀而遣之。乃赐钱五百万,金二百斤,银五百斤,锦绣宝玩之物不可称数。亲帅百官送于江上,作五言诗赠者百余人。"③在杨衒之眼中,似乎元略并非落魄的流亡人士,俨然成为代表北魏国家形象的使者。其对元略的评价是:"略从容闲雅,本自天资,出南入北,转复高迈,言论动止,朝野师

---

① 《梁书》,中华书局 1973 年版,第 462 页。

② 〔北魏〕杨衒之著,杨勇校笺:《洛阳伽蓝记校笺》,中华书局 2006 年版,第 114 页。

③ 〔北魏〕杨衒之著,杨勇校笺:《洛阳伽蓝记校笺》,中华书局 2006 年版,第 193 页。

模。"①对南下北人与北上南人的不同态度,表达了杨衒之维护国家正统形象的强烈意愿。

南北朝时期的正统之争体现在多方面,尤以外交突出,聘使之间多围绕正统问题展开辩论,但在相关史实的记载上,南北史书对于同一事件记述的立场不同,观察事件的角度不同,其记录的内容也不同。如刘宋元嘉二十七年(450)北魏太武帝南征,魏李孝伯与宋张畅在彭城阵前对话,《宋书·张畅传》和《魏书·李孝伯传》对此都有记述,但内容上出入较大,甚至完全相左。②由此可见,史书不可避免参入作者个人的立场,在史料的内容选取上,受国家意识和正统观念的影响,杨衒之也表现出明显的倾向性。

四、对洛阳正统形象的重塑

将洛阳作为都城,是孝文帝在新的华夷秩序建构上的一个重要举措。作为少数民族政权,北魏始终努力摆脱夷狄身份,穿上华夏衣冠。孝文帝时期北魏已经完成了华夷身份的转换,对内向汉族士人宣示正统所在,对外将敕勒、柔然视为虏,将南朝视为夷。尤其在迁都以后,华夷的地理区隔已然泯灭,定鼎嵩洛成为北魏由夷变夏的最大自信。对于迁都洛阳,虽然有大量鲜卑贵族反对,但孝文帝依然排除阻力,执意南迁。迁都前孝文帝

---

① 〔北魏〕杨衒之著,杨勇校笺:《洛阳伽蓝记校笺》,中华书局 2006 年版,第 193 页。
② 于涌:《北朝文学南传研究》,中国社会科学出版社 2016 年版,第 137—138 页。

曾诏引侍臣访以古事,李韶对曰:"洛阳九鼎旧所,七百攸基,地则土中,实均朝贡,惟王建国,莫尚于此。"①元澄曰:"伊洛中区,均天下所据,陛下制御华夏,辑平九服,苍生闻此,应当大庆。"②中书监高闾在奏疏中称:"居尊据极,允应明命者,莫不以中原为正统,神州为帝宅。"③在赞成迁都者看来,迁都洛阳意味着北魏正统地位的巩固。

在迁都以前,北魏已然完成在五德次序上的自我定位。太和十四年(490),北魏在五德次序上"绍晋定德",放弃了高闾延续后秦土德的建议,而采纳李彪、崔光的建议,直接承接西晋为水德。此次绍晋定德完成了法统意义上的建构,在定鼎嵩洛之后,更在身份和地理上完成了正统的建构。此后,鲜卑士人和汉族士人在不同程度上都表达了地理方位上对国家正统的认同,如源子恭《上书请成辟雍明堂》云:"皇魏居震统极,总宙驭宇,革制土中,垂式无外。自北徂南,同卜维于洛食;定鼎迁民,均气候于寒暑。"④高闾《至德颂》云:"明明我皇,承乾绍焕。比诵熙周,方文隆汉。"⑤李宪《释情赋》云:"奄四海以为家,开七百而增庆。睹礼乐之方隆,信光华之始映。百揆郁以时序,四门穆其惟清。如得人于汉世,比多士于周庭。"⑥李谐《述身赋》云:"威北畅而武戢,鼎南迁而文焕。异人相趋于绛阙,鸿生接武于

---

① 《魏书》,中华书局 1974 年版,第 886 页。
② 《魏书》,中华书局 1974 年版,第 464—465 页。
③ 《魏书》,中华书局 1974 年版,第 2744 页。
④ 《魏书》,中华书局 1974 年版,第 934 页。
⑤ 《魏书》,中华书局 1974 年版,第 1197 页。
⑥ 《魏书》,中华书局 1974 年版,第 840 页。

儒馆。总群雅而同归,果方员而殊贯。伊滥吹之所从,初窃服于
宰旅。奉盛王之高义,游兔园而容与。"①汉族士大夫以及鲜卑
人都认为洛阳是当之无愧的天下正统所在,将北魏比之于汉室
周庭,盛世再现。

从孝文帝太和十八年(494)迁都洛阳,至孝武帝永熙三年
(534)西奔长安,洛阳作为北魏都城的时间虽然仅有40年,但其
对北魏士人而言,洛阳成为北魏王朝鼎盛的象征,是当之无愧的
正统所在。在孝文帝文化改革的促进下,北魏士人形成普遍的国
家意识和正统观念,高闾上表曰"大魏应期绍祚,照临万方,九服
既和,八表咸谧"②,称颂北魏政权顺应天时;程俊《庆国颂》"於
皇大魏,则天承祐。叠圣三宗,重明四祖。岂伊殷周,遐契三、五"③,
言北魏承绍三皇五帝之顾名;高允《鹿苑赋》"启重基于朔土,系
轩辕之洪裔"④,信其为黄帝后裔;又其《酒训》颂赞"今大魏应图,
重明御世,化之所暨,无思不服,仁风敦洽于四海"⑤,这已不单是
奉承歌颂,而是对政权合理性予以承认、对文化正统性予以彰显
的表现。尤其值得注意的是,《洛阳伽蓝记》特别收录的常景之
文《汭颂》,可以说是北魏对洛阳最具代表性的颂赞之词。

《洛阳伽蓝记》以洛阳为中心,围绕洛阳遗迹展开记述,在序
中,称洛阳城门及建筑布局等多依魏晋旧名旧制,又多引用汉魏、

① 《魏书》,中华书局1974年版,第1457页。
② 《魏书》,中华书局1974年版,第1199页。
③ 《魏书》,中华书局1974年版,第1348页。
④ 〔清〕严可均辑:《全上古三代秦汉三国六朝文》(六),上海古籍出版社
　　2009年版,第108页。
⑤ 《魏书》,中华书局1974年版,第1088页。

西晋故事,对洛阳文化名人活动遗迹进行考证。其中还以隐士赵逸之口来揭示前朝遗迹,证明洛阳历史传统的延续。赵逸其人不见于它书记载,其在《洛阳伽蓝记》中出现的目的:一是作为对历史记述不真实的批判者,二是作为洛阳历史事件的见证者。杨衒之安排传奇人物赵逸的出现,为洛阳平添了神秘色彩,并将洛阳放在历史长河中进行观照,强化了其纵深的历史沧桑感。

对建春门外阳渠石桥石柱一段的考证,亦足见杨衒之对汉魏洛阳城的承续之情,卷二"明悬尼寺"条载:"桥有四柱,在道南铭云:'汉阳嘉四年将作大匠马宪造。'逮我孝昌三年,大雨颓桥,柱始埋没。道北二柱,至今犹存。衒之按刘澄之《山川古今记》、戴延之《西征记》并云:'晋太康元年造。'此则失之远矣。按澄之等并生在江表,未游中土,假因征役,暂来经过;至于旧事,多非亲览,闻诸道路,便为穿凿,误我后学,日月已甚。"[①]在卷二"魏昌尼寺"条中,又一次提到:"此桥南北行,晋太康元年造,中朝时市南桥也。澄之等盖见《北桥铭》,因而以桥为太康初造也。"[②]桥柱之名本为小事,无妨大雅,但杨衒之反复两次强调此柱是汉将作大匠马宪所造,而非晋太康元年(280)造,并且强烈批评南朝人刘澄之、戴延之两人穿凿附会、遗误后学,这不仅体现一个学者的严谨,更是对洛阳历史遗迹权威性的维护,对汉魏洛阳正统地位的捍卫。两条考证之处,意在突出说明杨衒之身

---

① 〔北魏〕杨衒之著,杨勇校笺:《洛阳伽蓝记校笺》,中华书局2006年版,第70页。

② 〔北魏〕杨衒之著,杨勇校笺:《洛阳伽蓝记校笺》,中华书局2006年版,第81页。

为洛阳人,对于洛阳遗迹的认识远比道听途说者更有发言权,其背后隐含了一种自豪感和优越感,以及强烈的国家认同感。

《洛阳伽蓝记》多次提到"而京师迁邺"(如卷一"永宁寺"、卷二"平等寺"、卷四"永明寺"条)之语,"京师迁邺"几次作为顿笔出现,充满国家衰亡的伤感情绪。王文进认为,以此方式顿笔,是其"来自故国之思的热笔"[①]。在叙述时,杨衒之始终称洛阳为京师,即使在武定五年(547)重游洛阳时,洛阳已经不再作为京师,但在杨衒之心目中,洛阳京师的地位仍无可撼动。迁邺意味着帝国的正统地位已经受到撼动,这对于国家意识强烈的杨衒之来说,无异于沉痛的打击。

综上所述,作为在北魏洛阳时代成长起来的中下层知识分子,杨衒之在《洛阳伽蓝记》中对北魏的辉煌时期充满自豪感和荣耀感;而作为历史的亲历者,又对国家之沦丧表现出沉痛的惋惜和深沉的思索。在国家发展中普遍形成的国家意识和正统观念,以及对国家身份的认同感,时刻左右着杨衒之的历史叙述。其在选取历史材料时,也有意或无意地受到国家意识的影响,尤其对于国家形象的维护和国家正统的建构方面,更是不遗余力。他希望通过《洛阳伽蓝记》将洛阳佛寺的钟声被后世所铭记的同时,更希望引起后人对一段国家历史的兴废进行思考。

---

① 王文进:《洛阳伽蓝记:净土上的烽烟》,海南出版社、三环出版社1998年版,第143页。

第三节　北魏与西域之交往
及西域文化对北魏的影响

北魏立国之初因军国多事无暇西顾,并未与西域建立稳固联系,至太武帝太延年间始经营西域,其后则不断互派使臣,北魏接受西域朝贡,西域各国商人也开始进入中原开展贸易。孝文帝迁都后,"于时四方无事,国富民康",在大量胡商长期交往下,洛阳逐渐成为具有包容意识和开放姿态的国际化都市。《洛阳伽蓝记》描绘了当时的繁华景象:"自葱岭已西,至于大秦,百国千城,莫不欢附。商胡贩客,日奔塞下,所谓尽天地之区已。乐中国土风,因而宅者,不可胜数。是以附化之民,万有余家。门巷修整,阗阓填列,青槐荫陌,绿树垂庭,天下难得之货,咸悉在焉。别立市于洛水南,号曰四通市,民间谓永桥市。"[①]北魏作为少数民族政权,在入主中原后其民族心理发生较大变化,在克服对待汉化的抵触心理后,其对异族不再是排斥和对抗,而是以吸纳融合为主流。在驼铃声声中,西域文化与中原汉族文化、草原鲜卑文化在洛阳频繁交流,不断碰撞,深度融合,逐渐形成独具特色的北朝民族融合时代。

一、北魏对西域的经营

从《西域传》的记载可以看出,北魏在太武帝以前,与西域并没有建立联系。《魏书·西域传序》:"太祖初,经营中原,未

---

① 〔北魏〕杨衒之著,杨勇校笺:《洛阳伽蓝记校笺》,中华书局 2006 年版,第 145 页。

暇及于四表。既而西戎之贡不至，有司奏依汉氏故事，请通西域，可以振威德于荒外，又可致奇货于天府。"①北魏道武帝时期经营中原，无暇顾及西域，加之柔然势力控制西域地区，致使西域朝贡断绝。西域本与北魏距离较远，对西域势力较难控制，因此在道武帝拓跋珪时，并不重视西域的经营。"太祖曰：'汉氏不保境安人，乃远开西域，使海内虚耗，何利之有？今若通之，前弊复加百姓矣。'遂不从。"②其理由是西域距离较远，通西域劳民耗财。这是北魏建立之初军国多事无暇西顾背景下，对待西域诸国的基本态度。

北魏对西域的经营，始终伴随与柔然的斗争。从大势上看，柔然势力一旦强大，北魏便失去对西域的控制。因此可以说，"北魏经营西域的历史就是北魏和柔然在西域的斗争史"③。在北魏统一北方以前，天山以北地区被柔然控制，柔然"与中国亡礼，西域诸国焉耆、鄯善、龟兹、姑墨东道诸国，并役属之"④。太武帝灭夏、平凉后，北凉沮渠蒙逊向魏称臣，"魏每遣使者诣西域，常诏牧犍发导护送出流沙。使者自西域还，至武威，迁至姑藏"⑤。在延和三年（434），柔然吴提可汗与北魏联姻结好，北魏通向西域的通道基本畅通。但对于西域物资的需求也使柔然不愿放弃

① 《魏书》，中华书局 1974 年版，第 2259 页。
② 《魏书》，中华书局 1974 年版，第 2259 页。。
③ 秦卫红：《北魏对西域的经营及其特点》，《伊犁教育学院学报》2005 年第 2 期。
④ 《宋书》，中华书局 1974 年版，第 2357 页。
⑤ 〔宋〕司马光编著，〔元〕胡三省音注，"标点资治通鉴小组"校点：《资治通鉴》，古籍出版社 1956 年版，第 3870 页。

对于西域地区的控制,地理位置上的优势又使其对于西域的控制力度大于北魏。柔然又常通过西域与南朝建立联系,共谋攻魏,西域成为其重要的南下通道。与此同时,北魏与南朝的长期对峙,以及四方征战对国力的消耗,导致北魏始终没有在西域建立稳固的统治基础,也没有设置相应的行政机构。在史书的记载中,西域向北魏朝贡的记录,远多于北魏向西域的出使,也说明北魏并没有完全掌控西域。这种被动而非主动的贸易关系,对北魏与西域的经济往来影响甚大。

北魏对于西域的经营,具有多方面意义。道武帝时期,有司奏请通西域,其目的一方面在于"振威德于荒外",另一方面为了追求"致奇货于天府"。[①]"振威德"是宣扬军事实力,"致奇货"是获取经济利益,这是历代与西域建立联系的两个最基本的目的。此外,通过联络西域诸国,牵制柔然,以方便对柔然发动军事行动,也是北魏经营西域的主要目的之一。[②]

北魏与西域的往来,始于太武帝太延年间,"西域龟兹、疏勒、乌孙、悦般、渴槃陁、鄯善、焉耆、车师、粟特诸国王始遣使来献"[③]。这次是西域首先派遣使者与北魏通好,太武帝本以西域诸国"有求则卑辞而来,无欲则骄慢王命,此其自知绝远,大兵不可

---

① 《魏书》,中华书局 1974 年版,第 2259 页。

② 张金龙认为,北魏遣使西域的目的有四:"一是宣扬国力,显示其国际地位;二是进行外贸的需求,北魏统治者盼望得到西域的奇珍异货;三是与平定北凉有关,向西域国家宣示其消灭北凉的原因并要其保持中立;四是抗衡柔然,柔然在西域有强大的影响力,国力强大起来的北魏要通过扩大在西域的政治影响以与柔然进行更大范围的斗争。"(张金龙:《北魏政治史(四)》,甘肃教育出版社 2008 年版,第 458—459 页)

③ 《魏书》,中华书局 1974 年版,第 2259—2260 页。

至故也。若报使往来，终无所益，欲不遣使"[1]。后经有司上奏准许出使，遂派遣行人王恩生、许纲等出使西域。但此次出行并不顺利，王恩生、许纲途中为蠕蠕所执，"竟不果达"[2]。不久后又遣散骑侍郎董琬、高明等人"多赍锦帛，出鄯善，招抚九国，厚赐之"[3]。董琬、高明出使西域产生极大影响，对于西域诸国而言，此次北魏的派遣使者行为，为西域与中原建立贸易关系提供了契机。

　　西域之所以积极希望与北魏建立联系，也是为建立稳定的贸易往来，以西域奇货换取中原丝绸、金帛等物资。因此乌孙、破洛那、者舌诸国在董琬、高明出使西域时，欲称臣致贡，争相款附，乌孙国王称："传闻破洛那、者舌皆思魏德，欲称臣致贡，但患其路无由耳。"[4]因受柔然牵制，致使西域与中原之路受到阻隔。董琬、高明出使西域最主要的成就，不仅在于与西域诸国建立的初步联系，更将原先两条通道开拓为四条："其出西域本有二道，后更为四：出自玉门，渡流沙，西行二千里至鄯善为一道；自玉门渡流沙，北行二千二百里至车师为一道；从莎车西行一百里至葱岭，葱岭西一千三百里至伽倍为一道；自莎车西南五百里葱岭，西南一千三百里至波路为一道焉。"[5]这四条通道的开辟，打开了西域通往中原的大门，柔然势力也无法完全控制此四条通道。与董琬、高明一同归国的西域朝贡者共有十六国，"自后相

---

① 《魏书》，中华书局 1974 年版，第 2260 页。
② 《魏书》，中华书局 1974 年版，第 2260 页。
③ 《魏书》，中华书局 1974 年版，第 2260 页。
④ 《魏书》，中华书局 1974 年版，第 2260 页。
⑤ 《魏书》，中华书局 1974 年版，第 2261 页。

继而来,不间于岁,国使亦数十辈矣"①。

太武帝太延五年(439),北凉沮渠牧犍"虽称蕃致贡,而内多乖悖","切税商胡,以断行旅",②不再为北魏在西域要道上提供保护。于是太武帝亲征北凉。沮渠牧犍投降后,太武帝拜其弟沮渠无讳为征西大将军、凉州牧、酒泉王。但沮渠无讳再次叛乱,并遣其弟安周西击鄯善。鄯善王比龙"率众西奔且末,其世子乃应安周"③。此后在北凉残部的控制下,"鄯善人颇剽劫之,令不得通"④,焉耆也"恃地多险,颇剽劫中国使"⑤,再次阻断了北魏与西域的交通要道。于是太武帝诏散骑常侍、成周公万度归发凉州兵讨之,鄯善王真达面缚出降。北魏设置鄯善镇,留军屯守。此后又击破焉耆、龟兹等国,西域复通。此次借由万度归西征的契机,加强了对西域诸国的控制,提升了北魏的威望,致使"诸胡咸服,西域复平"⑥。

万度归西征的成功是北魏在经营西域战略上的标志性事件。此次战役不仅扫除了阻隔西域要道的鄯善、焉耆等国,更在战争中获得大量的西域珍奇之物。这让北魏朝廷君臣看到异域奇货的魅力,也刺激了对西域控制的欲望。在击破焉耆之后,获"其珍奇异玩殊方谲诡不识之物,橐驼马牛杂畜巨万"⑦。《魏

① 《魏书》,中华书局 1974 年版,第 2260 页。
② 《魏书》,中华书局 1974 年版,第 2207 页。
③ 《魏书》,中华书局 1974 年版,第 2261 页。
④ 《魏书》,中华书局 1974 年版,第 2261 页。
⑤ 《魏书》,中华书局 1974 年版,第 2265 页。
⑥ 〔宋〕司马光编著,〔元〕胡三省音注,"标点资治通鉴小组"校点:《资治通鉴》,古籍出版社 1956 年版,第 3935 页。
⑦ 《魏书》,中华书局 1974 年版,第 2266 页。

书·食货志》云："复遣成周公万度归西伐焉耆，其王鸠尸卑那单骑奔龟兹，举国臣民负钱怀货，一时降款，获其奇宝异玩以巨万，驼马杂畜不可胜数。度归遂入龟兹，复获其殊方瑰诡之物亿万已上。"[1] 太武帝对此次征伐格外满意，并对崔浩称："万度归以五千骑经万余里，拔焉耆三城，获其珍奇异物及诸委积不可胜数。自古帝王虽云即序西戎，有如指注，不能控引也。朕今手把而有之，如何？"[2] 其自豪之情溢于言表。

柔然势力的强大以及北凉残部的负隅顽抗，加之北魏面对南北夹攻的局面，注定其对西域的控制不能持久。在万度归平西域后，北魏试图更深入掌控西域各国，在伊吾、高昌和车师前部等地也与柔然、北凉展开拉锯式争夺，但此过程中北魏并未完全获得西域掌控权。太平真君九年至十一年间（448—450），车师前国被北凉、柔然合力击破，国王车伊洛率部千余家，归附焉耆镇，此后车师前国被高昌所兼并，继而高昌又被柔然所控制。车师前国的失国对北魏经营西域造成沉重打击，甚至迫使北魏逐渐退出西域控制范围。在延兴年间废除鄯善、焉耆二镇之后，北魏实际上已经失去了对西域的掌控。[3]

魏收在《魏书·西域列传》中称："西域虽通魏氏，而中原始平，天子方以混一为心，未遑征伐。其信使往来，深得羁縻勿绝之道耳。"[4] 北魏从太武帝开始经营西域，到孝文帝之前一直是

① 《魏书》，中华书局 1974 年版，第 2851 页。
② 《魏书》，中华书局 1974 年版，第 2266 页。
③ 详见李方：《北魏与西域的关系——董琬出使西域前后》，《中国边疆学（第二辑）》，社会科学文献出版社 2014 年版，第 63—74 页。
④ 《魏书》，中华书局 1974 年版，第 2281 页。

以统一北方为首要战略,在面对与南朝和柔然南北对峙的局面下,长久征讨西域显然是不够明智的选择,多线作战对于国家而言也是一种消耗。但北魏已然看到西域各国带来的经济利益,因此以"羁縻勿绝"为战略手段,在一定程度上保证信使往来不断,维持相对稳定的朝贡贸易,这是北魏对待西域的基本策略。

二、西域诸国的朝贡及其在北魏经济生活中的意义

自太武帝太延年间董琬、高明出使西域带领十六国朝贡以后,"自后相继而来,不间于岁"①,西域各国与北魏维持了不间断的贸易往来。现以《魏书·西域列传》所录西域各国为次序,以《魏书》帝纪等相关文献记载为线索,梳理出从太武帝太延元年到孝武帝太昌元年(435—532)97 年间,西域共 31 国朝贡情况及其物产和贡献物资情况,详见本章末附录。

从时间上来看,西域朝贡集中在太武帝、孝文帝、宣武帝三朝。文成帝、孝明帝、孝庄帝时期也基本不间断。最少的是在献文帝时期,由于献文帝"亲行俭素,率先公卿,思所以赈益黎庶"②,因此西域诸国在该时期朝贡较少,仅有于阗 4 次、粟特 1次、波斯 2 次、伏卢尼 1 次。孝庄帝以后由于北魏政治内乱,西域基本断绝与北魏的往来。

从朝贡国次数来看,鄯善 5 次、于阗 11 次、悉居半 5 次、车师 3 次、焉耆 3 次、龟兹 11 次、疏勒 15 次、悦般 2 次、迷密 1 次、悉万斤 9 次、破洛那 5 次、粟特 8 次、波斯 10 次、伏卢尼 3 次、

---

① 《魏书》,中华书局 1974 年版,第 2260 页。
② 《魏书》,中华书局 1974 年版,第 2852 页。

诺色波罗 3 次、者舌 5 次、胡密 1 次、舍弥 3 次、大月氏 1 次、波路 2 次、小月氏 4 次、罽宾 6 次、吐呼罗 1 次、副货 1 次、南天竺 6 次、叠伏罗 9 次、嚈哒 13 次、渴槃陀 8 次、乌苌 6 次、乾陀 4 次、康国 1 次。其中朝贡 10 次以上有 5 国,占 16% ; 5 次以上有 16 国,占 52% ; 5 次以下有 15 国,占 48% 。

部分西域国家朝贡仅出现在固定时期,如鄯善、车师、焉耆、悦般、迷密、大月氏、康国仅在太武帝朝有朝贡,其中鄯善、焉耆在太武帝时期即被万度归攻破,车师被北凉所灭,其余各国虽云"自后每使朝贡",但史籍记载中也仅见于太武帝时期。

西域诸国在太武帝和文成帝时期朝贡达到一个高峰期。太武帝至文成帝时期北魏经济获得极大发展,《魏书·食货志》称颂太武帝时期的经济发展:"世祖即位,开拓四海,以五方之民各有其性,故修其教不改其俗,齐其政不易其宜,纳其方贡以充仓廪,收其货物以实库藏。"[1]这些物资主要来自于军事掠夺,在孝文帝三长制稳定了农业生产方式以前,北魏经济的增长方式主要来自于战争获利。万度归的西征给太武帝带来西域"珍奇异玩殊方谲诡不识之物",太武帝后西域与中原沟通渠道打开,各国使者不断来中原朝贡,中央府库财富累积渐多,"自太祖定中原,世祖平方难,收获珍宝,府藏盈积"[2]。

太武帝时期"纳其方贡以充仓廪,收其货物以实库藏",达到了"此后数年之中,军国用足矣"[3]的水平。到了文成帝时期,

---

① 《魏书》,中华书局 1974 年版,第 2850 页。
② 《魏书》,中华书局 1974 年版,第 2851 页。
③ 《魏书》,中华书局 1974 年版,第 2851 页。

在和平二年(461)特别制作了"径二尺二寸,镂以白银,钿以玫瑰"的黄金合盘十二具,并在黄金盘上刻以铭文:"九州致贡,殊域来宾,乃作兹器,错用具珍。锻以紫金,镂以白银,范围拟载,吐耀含真。纤文丽质,若化若神,皇王御之,百福惟新。"[①]十二具黄金盘的制造,很明显是应用在隆重的典礼场合,"九州致贡,殊域来宾"之铭文,象征了北魏威服四方的政治自信,突出强调国家的经济实力,向西域各国彰显大国的国威和风采。

孝文帝以后北魏经济发展迅速,孝文帝太和十一年(487)因府藏盈积,"诏尽出御府衣服珍宝、太官杂器、太仆乘具、内库弓矢刀铄十分之八、外府衣物缯布丝纩诸所供国用者,以其太半班赍百司,下至工商皂隶,逮于六镇边戍,畿内鳏寡孤独贫癃者,皆有差"[②]。迁都洛阳以后交通上"运通四方",方便万国来朝,洛阳城南以四夷馆和四通市为中心,形成了一片"四方风俗,万国千城"[③]的繁华贸易区。孝文帝和宣武帝时期,是北魏与西域各国交往频繁的又一高峰时期,《魏书·食货志》云:"自魏德既广,西域、东夷贡其珍物,充于王府。又于南垂立互市,以致南货,羽毛齿革之属无远不至。"[④]《洛阳伽蓝记》卷四"法云寺"条中多处表达洛阳时代国家经济的发达:"当时四海晏清,八荒率职,缥囊纪庆,玉烛调辰,百姓殷阜,年登俗乐。鳏寡不闻犬豕之食,茕独不见牛马之衣。""于时国家殷富,库藏盈溢,钱绢露积于廊者,不可

---

① 《魏书》,中华书局1974年版,第2851页。

② 《魏书》,中华书局1974年版,第2856页。

③ 〔北魏〕杨衒之著,杨勇校笺:《洛阳伽蓝记》,中华书局2006年版,第156页。

④ 《魏书》,中华书局1974年版,第2858页。

较数。"①孝明帝正光年以后,由于国家多事,加上连年自然灾害,导致国用不足,于是"预折天下六年租调而征之"②,致使"百姓怨苦,民不堪命"③。孝明帝正光年以后西域使者来朝逐渐减少,也可说明当时国用有限的情况,严重影响了西域的朝贡贸易。

北魏与西域诸国的贸易往来,与自身经济水平、社会稳定、政治局势等因素息息相关。维持与西域的交往不断,实现"羁縻勿绝之道"始终是经营西域的基本策略。支撑这个策略的动力是北魏上至皇亲宗室,下至官员百姓,对待西域货物的普遍渴求心理。

北魏孝文帝太和八年(484)始班百官之禄以前,一直是有爵无禄,对于官员的俸禄基本以赏赐为主。赏赐除了绢、帛、粟、羊等物资外,也会将西域进贡物资作为赏赐品赐予官员或皇室成员。孝文帝俸禄制颁行后,损害了拓跋氏贵族的经济利益,其赏赐力度大不如以前,但依然存在赏赐的行为,只不过赏赐的方式是"任力负物",这是游牧民族较为原始的分配方式。《魏书·食货志》:"神龟、正光之际,府藏盈溢。灵太后曾令公卿已下任力负物而取之,又数赉禁内左右,所费无赀,而不能一丏百姓也。"④在胡太后的一次赏赐中,"皆令任力负布绢,即以赐之,多者过二百匹,少者百余匹"⑤。"仪同、陈留公李崇,章武王融并以

① 〔北魏〕杨衒之著,杨勇校笺:《洛阳伽蓝记校笺》,中华书局2006年版,第178、179页。
② 《魏书》,中华书局1974年版,第2860页。
③ 《魏书》,中华书局1974年版,第2860—2861页。
④ 《魏书》,中华书局1974年版,第2858页。
⑤ 《魏书》,中华书局1974年版,第338页。

所负过多,颠仆于地,崇乃伤腰,融至损脚。时人为之语曰:'陈留、章武,伤腰折股。贪人败类,秽我明主。'"①看似滑稽的行为实则暴露了北魏官俸制度的不健全。

有官无禄导致官员私自盈利现象盛行,其获利手段或取于百姓,"宽善抚纳,招致礼遗,大有受取"②;或通过经商,"刺史牧民,为万里之表。自顷每因发调,逼民假贷,大商富贾,要射时利,旬日之间,增赢十倍"③。文成帝时期,"牧守之官,颇为货利④"。不仅官员如此,宗室成员也多私下经商获利,太武帝时皇太子"贩酤市鄽,与民争利"⑤;孝文帝时期南安王元桢"方肆贪欲,殖货私庭"⑥;宣武帝时北海王元详"公私营贩,侵剥远近"⑦。孝文帝迁都以后,洛阳虽然经济繁荣,且有俸禄制作支撑,但官员和宗室成员经商现象不减反增。⑧

官员和宗室的经商行为,为西域贸易提供了更多空间,西域的"珍奇异玩殊方谲诡不识之物"成为贵族追求的对象。河间王元琛任秦州刺史时无甚政绩,却"遣使向西域求名马,远至波斯国,得千里马,号曰'追风赤骥'"⑨。北魏皇室对于异域奇珍

---

① 《魏书》,中华书局 1974 年版,第 338—339 页。
② 《魏书》,中华书局 1974 年版,第 625 页。
③ 《魏书》,中华书局 1974 年版,第 119 页。
④ 《魏书》,中华书局 1974 年版,第 2851 页。
⑤ 《魏书》,中华书局 1974 年版,第 1072 页。
⑥ 《魏书》,中华书局 1974 年版,第 494 页。
⑦ 《魏书》,中华书局 1974 年版,第 561 页。
⑧ 戴卫红:《北魏考课制度研究》,中国社会科学院研究生院 2006 年博士学位论文,第 97 页。
⑨ 〔北魏〕杨衒之著,杨勇校笺:《洛阳伽蓝记校笺》,中华书局 2006 年版,第 179 页。

异宝的追求,大大促进了北魏国际贸易的发展。北魏皇族奢靡的生活和攀比的风气,也为西域贸易的滋长提供了温床。北魏贵族生活多奢豪,如临淮王元彧"金蝉曜首,宝玉鸣腰,负荷执笏,逶迤复道"①;徐州刺史元志"器服珍丽,冠于一时"②。在奢靡的生活下,攀比的世风也盛行一时,《洛阳伽蓝记》中真实记录了当时权贵们的财富攀比:"于是帝族王侯,外戚公主,擅山海之富,居川林之饶,争修园宅,互相夸竞。崇门丰室,洞户连房,飞馆生风,重楼起雾;高台芳榭,家家而筑,花林曲池,园园而有;莫不桃李夏绿,竹柏冬青。"③河间王元琛也常语人云:"晋室石崇,乃是庶姓,犹能雉头狐掖,画卵雕薪;况我大魏天王,不为华侈!"④元琛的财富竟使章武王元融"见之惋叹,不觉生疾。还家卧三日不起"⑤。贵族中互相夸竞现象可见一斑。此外,一些贵族也通过广泛施舍,笼络人才。京兆王元愉"时引才人宋世景、李神俊、祖莹、邢晏、王遵业、张始均等共申宴喜,招四方儒学宾客严怀真等数十人,馆而礼之。所得谷帛,率多散施"⑥。元罗侯"有宾客往来者,必厚相礼遗,豪据北方,甚有声称"⑦。贵

---

① 〔北魏〕杨衒之著,杨勇校笺:《洛阳伽蓝记校笺》,中华书局 2006 年版,第 176 页。
② 《魏书》,中华书局 1974 年版,第 364 页。
③ 〔北魏〕杨衒之著,杨勇校笺:《洛阳伽蓝记校笺》,中华书局 2006 年版,第 178—179 页。
④ 〔北魏〕杨衒之著,杨勇校笺:《洛阳伽蓝记》,中华书局 2006 年版,第 179 页。
⑤ 〔北魏〕杨衒之著,杨勇校笺:《洛阳伽蓝记校笺》,中华书局 2006 年版,第 179 页。
⑥ 《魏书》,中华书局 1974 年版,第 590 页。
⑦ 《魏书》,中华书局 1974 年版,第 409 页。

族奢侈的生活影响至整个北魏官僚体系,《北齐书·文襄帝纪》云:"自正光已后,天下多事,在任群官,廉洁者寡。"[1]豪奢的生活,攀比的风气,广泛的施舍,以上种种现象导致贵族势必对西域货物产生极大的依赖和渴求。

对西域奇货的渴求是经营西域的最根本性需求,而对于异域资源的控制,能够彰显大国对于四方的支配能力,这一点又具有重要的政治意义,也是北魏经营西域的目的之一。《周书·异域列传序》称:"赵、魏尚梗,则结姻于北狄;厩库未实,则通好于西戎。由是德刑具举,声名遐洎。卉服毡裘,辐凑于属国;商胡贩客,填委于旗亭。"[2]通好西戎之目的一方面在于充实厩库,另一方面在于追求"德刑具举,声名遐洎"。在朝贡贸易体系中,从来都不是平等价值的等量交换,对待西域诸国的朝贡,北魏的赏赐往往过之,即使是在孝明帝正光年以后,国用不足,有司奏断百官常给之酒,但"远蕃使客不在断限"[3],就算是经济极其困难的情况下,朝廷也要维持对外的尊严。

在这种朝贡体系下,北魏对西域的长期贸易逆差,给自身经济带来极大困扰。邢峦在宣武帝时期,就曾提出建议减少朝贡的财政支出:"逮景明之初,承升平之业,四疆清晏,远迩来同,于是蕃贡继路,商贾交入,诸所献贸,倍多于常。虽加以节约,犹岁损万计,珍货常有余,国用恒不足。若不裁其分限,便恐

---

① 《北齐书》,中华书局 1972 年版,第 32 页。
② 《周书》,中华书局 1971 年版,第 884 页。
③ 《魏书》,中华书局 1974 年版,第 2861 页。

无以支岁。自今非为要须者,请皆不受。"①虽然与西域的贸易导致国库"岁损万计",暴露了经济的危机,但北魏为体现大国风范,对西域诸国进贡的回赠赏赐依然有增无减,遂导致"珍货常有余,国用恒不足"。邢峦正是看到了这种"只顾面子,不顾票子"的弊端,提出严格限制支出,采取必要的贡献货物皆不接受的解决方案。但宣武帝朝的西域朝贡依然不少,这也是孝明帝后朝廷财政赤字的主要原因之一。

三、西域对北魏文化的影响

随着与西域沟通渠道的畅通,西域诸国与北魏的联系日益密切,西域地区的物质文化、佛教造像、音乐文化在中原得以广泛传播,并深刻影响了北魏的文化生活。

自张骞通西域后,西域物质文化不断传入中原,在西晋太康年间便有西域胡商在中原进行贸易往来,《晋书·四夷列传》也记载了焉耆、大宛等西域诸国的物产,如大宛"土宜稻麦,有蒲陶酒,多善马,马汗血"②。康居"饶桐柳蒲陶,多牛羊,出好马"③。大秦"其土多出金玉宝物、明珠、大贝,有夜光璧、骇鸡犀及火浣布,又能刺金缕绣及织锦缕罽"④。西晋的贵族也多从西域获取奇珍异宝,至北魏再次统一中原以后,西域物资又一次盛行于中土。

---

① 《魏书》,中华书局1974年版,第1438页。
② 《晋书》,中华书局1974年版,第2543页。
③ 《晋书》,中华书局1974年版,第2544页。
④ 《晋书》,中华书局1974年版,第2544页。

　　从史籍中所见,北魏时期西域传入中原的物资主要包括动物类、器物类、丝织品、果蔬类等。其中牲畜类以马为主,尤以西域特产汗血马最受中原喜爱,如破洛那、者舌、粟特等国曾多次进献汗血马。此外,名驼、献驯、骡、驴等也是寻常所见进献之物、贸易往来中的常见牲畜。而稀有动物如白象、狮子则作为异域珍稀代表成为观赏或供奉之物,民间少有贸易交往。《洛阳伽蓝记》记载有以"白象""师子"命名的二坊:

　　　　白象者,永平二年乾陀罗国胡王所献。背设五彩屏风,七宝坐床,容数人,真是异物。常养象于乘黄曹,象常坏屋败墙,走出于外,逢树即拔,遇墙亦倒。百姓惊怖,奔走交驰。太后遂徙象于此坊。

　　　　狮子者,波斯国胡王所献也。为逆贼万俟丑奴所获,留于寇中。永安末,丑奴破,始达京师。庄帝谓侍中李彧曰:"朕闻虎见狮子必伏,可觅试之。"于是诏近山郡县捕虎以送。巩县、山阳并送二虎一豹,帝在华林园观之。于是虎豹见狮子,悉皆瞑目,不敢仰视。园中素有一盲熊,性甚驯,帝令取试之。虞人牵盲熊至,闻狮子气,惊怖跳踉,曳锁而走。帝大笑。普泰元年,广陵王即位,诏曰:"禽兽囚之则违其性,宜放还山林。"狮子亦令送归本国。送狮子胡以波斯道远,不可送达,遂在路杀狮子而返。有司纠劾,罪以违旨论。广陵王曰:"岂以狮子而罪人也?"遂赦之。[1]

_____

① 〔北魏〕杨衒之著,杨勇校笺:《洛阳伽蓝记校笺》,中华书局2006年版,第145—146页。

白象和狮子二坊设置在永桥南道,其两侧即为安置四方居民的四夷馆,以此动物作为坊名,体现了异域文化与佛教文化的融合。白象与狮子在佛教中,分别是普贤菩萨和文殊菩萨的坐骑,但在北魏仅作为赏玩之物,说明白象狮子在北魏文化认知中并未提到至高地位。

　　器物类中有以金银制作的餐具以及装饰品,其中尤以玻璃器皿为北魏时期的代表。如大月氏盛产玻璃器皿,太武帝时期"其国人商贩京师,自云能铸石为五色琉璃,于是采矿山中,于京师铸之。既成,光泽乃美于西方来者。乃诏为行殿,容百余人,光色映彻,观者见之,莫不惊骇,以为神明所作。自此中国琉璃遂贱,人不复珍之"[1]。近年来在大同地区出土了大量北魏平城时代的玻璃器皿。其中包括玻璃指环(方山永固陵出土)、玻璃碗(大同南郊北魏墓葬群)、玻璃壶等常用及装饰器物。从器型来看,大量玻璃器皿属外来型制,但也有少数为典型北魏器皿型制,具有本土化特征,说明当时在平城时期已经掌握了玻璃器皿的制作工艺,包括西域玻璃配方及吹制技术也已熟练掌握。[2]但玻璃制品也仅限于贵族使用,在民间的普及程度不高,如河间王元琛家中酒器"有水晶钵、玛瑙杯、琉璃碗、赤玉卮数十枚。作工奇妙,中土所无,皆从西域而来"[3]。

　　西域的果蔬、香料、葡萄酒等产品也大量出现在中土,极大

---

[1]《魏书》,中华书局 1974 年版,第 2275 页。

[2] 韩生存:《北魏平城与丝绸之路》,《北朝研究(第九辑)》,科学出版社 2018 年版,第 57—61 页。

[3]〔北魏〕杨衒之著,杨勇校笺:《洛阳伽蓝记校笺》,中华书局 2006 年版,第 179 页。

丰富着北魏民众的日常生活。西域传入中原的果蔬类尤以椰枣为著,椰枣又名"仙人枣""西王母枣",十六国时期即传入中原,《齐民要术》卷四引《邺中记》曰:"石虎苑中,有西王母枣,东夏有叶;九月生花,十二月乃熟,三子一尺。"①至北魏时期已普遍种植,《洛阳伽蓝记》云:"景阳山南有百果园。果列作林,林各有堂。有仙人枣,长五寸,把之两头俱出,核细如针。霜降乃熟,食之甚美。俗传云出昆仑山,一曰西王母枣。"②在大同南郊北魏墓葬群中曾发现 15 枚巴丹杏及红枣、核桃等坚果类食物。巴丹杏原产中亚西亚地区,在北魏墓中发现的巴丹杏比《酉阳杂俎》所载要早,说明在北魏时期即已从西域传入中原并被人工种植。③

除物质文化外,西域音乐文化及造像艺术也影响了北魏的艺术生活。中亚诸国在音乐风格上独具特色,无论乐器还是乐舞,在北魏文献和文物中皆常见。北魏太武帝真君九年(448),以悦般鼓舞之节施于乐府。《魏书·乐志》云:"世祖破赫连昌,获古雅乐,及平凉州,得其伶人、器服,并择而存之。后通西域,又以悦般国鼓舞设于乐署。"④至孝文帝时期"然方乐之制及四夷歌舞,稍增列于太乐。金石羽旄之饰,为壮丽于往时矣"⑤。西域乐器在北魏平城时期已经广为流传,云冈石窟中关于音乐图像的洞窟

① 〔北魏〕贾思勰著,石声汉校释:《齐民要术今释》,中华书局 2009 年版,第 327 页。
② 〔北魏〕杨衒之著,杨勇校笺:《洛阳伽蓝记校笺》,中华书局 2006 年版,第 63 页。
③ 韩生存:《北魏平城与丝绸之路》,《北朝研究(第九辑)》,科学出版社 2018 年版,第 63 页。
④ 《魏书》,中华书局 1974 年版,第 2828 页。
⑤ 《魏书》,中华书局 1974 年版,第 2828—2829 页。

达 22 座,乐器雕刻 600 余件,乐器 30 余种,常见乐器如琵琶在雕刻中就出现 40 余例之多。此外,西域的乐舞杂戏也是出土文物中常见的内容,据《魏书·乐志》载,天兴六年(403)冬"诏太乐、总章、鼓吹增修杂伎,造五兵、角觝、麒麟、凤皇、仙人、长蛇、白象、白虎及诸畏兽、鱼龙、辟邪、鹿马仙车、高絙百尺、长趫、缘橦、跳丸、五案以备百戏。大飨设之于殿庭,如汉晋之旧也"①。在大同云波路北魏墓葬壁画中,有胡人奏乐图。雁北师院北魏墓葬中,也出土了四件胡人伎乐俑,其中有胡人表演缘橦的场景。

在北魏洛阳时期龙门石窟造像中,有大量作为装饰用的浮雕纹饰图案,这些图案具有鲜明的西域特色,交脚弥勒佛龛中佛陀背光的火焰纹饰也属典型西域特征。此外,还有大量连珠纹、卷草纹、葡萄纹等西域地区的美术题材呈现在石窟造像中。在出土的石刻艺术中,更有明显的西域印记存在,在石刻浮雕中常出现翼兽、畏兽造型,与波斯及印度地区所盛行的风格具有明显的一致性。②这些"畏兽""辟邪"的形象在洛阳出土的墓志,以及巩县石窟中大量出现,而且洛阳出土的一座石棺床雕塑中,生动刻画了极富异域风情的"畏兽戏辟邪"活动场面。③除装饰纹饰外,佛教造像最能反映西域文化的影响,东西方艺术交汇形成的犍陀罗艺术风格影响西域诸国,随着丝绸之路传入中原,并在北魏时期融合中原艺术风格,形成独具特色的北朝造像风格。《洛

---

① 《魏书》,中华书局 1974 年版,第 2828 页。
② 张成渝:《洛阳北魏晚期石刻艺术中的西域美术元素》,《石河子大学学报(哲学社会科学版)》2017 年第 2 期。
③ 张乃翥:《北魏晚期洛阳地区的胡人部落》,《石河子大学学报(哲学社会科学版)》2018 年第 5 期。

阳伽蓝记》中所记载的佛寺,有一部分是西域僧人所建,如法云寺为西域乌场国胡沙门僧摩罗所立。"京师沙门好胡法者,皆就摩罗受持之。……西域所赍舍利及佛牙经像,皆在此寺。"[1]其所建佛寺从建设结构到空间布局以及内部设计,都呈现出与中原风格明显的不同,"佛殿僧房,皆为胡饰。丹素炫彩,金玉垂辉",其独特的艺术风格使得"道俗贵贱同归仰之"。[2]京师洛阳有百国沙门三千余人,北魏也为大量西域胡僧打造专门的寺庙,《资治通鉴》云:"时佛教盛于洛阳,沙门之外,自西域来者三千余人,魏主别为之立永明寺千余间以处之。处士南阳冯亮有巧思,魏主使与河南尹甄琛、沙门统僧暹择嵩山形胜之地立闲居寺,极岩壑土木之美。"[3]《洛阳伽蓝记》云:"西域远者,乃至大秦国,尽天地之西垂,耕耘绩纺,百姓野居,邑屋相望,衣服车马,拟仪中国。"[4]在朝廷的支持下,西域的建筑装饰艺术风格呈现在大量的佛寺建筑中,使得北魏洛阳成为当时极富异域风情的国际化都市。

在北魏西域文化土壤的影响下,北齐西胡化倾向更为明显。这不仅体现在日常生活上,在北齐政权中,西胡人士作为一股重要的政治势力,甚至深刻影响了北齐后期的政治走向。北齐君主多好尚西域文化,宫廷内盛行西域胡风,高洋"散发胡

---

[1] 〔北魏〕杨衒之著,杨勇校笺:《洛阳伽蓝记校笺》,中华书局 2006 年版,第176 页。

[2] 〔北魏〕杨衒之著,杨勇校笺:《洛阳伽蓝记校笺》,中华书局 2006 年版,第176 页。

[3] 〔宋〕司马光编著,〔元〕胡三省音注,"标点资治通鉴小组"校点:《资治通鉴》,古籍出版社 1956 年版,第 4594 页。

[4] 〔北魏〕杨衒之著,杨勇校笺:《洛阳伽蓝记校笺》,中华书局 2006 年版,第200 页。

服"①，高纬"唯赏胡戎乐，耽爱无已"②。受此风影响，在北齐政权中"刑残阉宦、苍头卢儿、西域丑胡、龟兹杂伎，封王者接武，开府者比肩"③，以和士开为代表的西域胡人恩幸集团极大地影响着北齐君主的政治决策。④和士开祖先为西域商胡，"世祖性好握槊，士开善于此戏，由是遂有斯举。加以倾巧便僻，又能弹胡琵琶，因此亲狎"⑤。握槊本为胡戏，北魏后期传入中原，宣武帝以后盛行，"赵国李幼序、洛阳丘何奴并工握槊。此盖胡戏，近入中国，云胡王有弟一人遇罪，将杀之，弟从狱中为此戏以上之，意言孤则易死也。世宗以后，大盛于时"⑥。握槊虽仅为游戏，但在北齐政治生活中时常出现，且多扮演重要的道具，如和士开"与太后握槊，又出入卧内无复期限，遂与太后为乱"⑦。高昂与北豫州刺史郑严祖握槊，"贵召严祖，昂不时遣，枷其使"⑧。韩凤与穆提婆听闻寿阳陷没的消息时，依然握槊不辍，又"后帝使于黎阳临河筑城戍，曰：'急时且守此作龟兹国子，更可怜人生如寄，唯当行乐，何因愁为？'君臣应和若此"⑨。韩凤对朝政漠不关心，甚至提出甘做龟兹国子的想法。汉族士人也受此风影响，

---

① 《北齐书》，中华书局 1972 年版，第 68 页。

② 《隋书》，中华书局 1973 年版，第 331 页。

③ 《北齐书》，中华书局 1972 年版，第 685 页。

④ 许福谦认为，北齐后期政治上表现为鲜卑勋贵与西域胡化恩幸集团的斗争，以及西域胡化恩幸集团与汉族士人的角逐。（许福谦：《东魏北齐胡汉之争新说》，《文史哲》1993 年第 3 期）

⑤ 《北齐书》，中华书局 1972 年版，第 686 页。

⑥ 《魏书》，中华书局 1974 年版，第 1972 页。

⑦ 《北齐书》，中华书局 1972 年版，第 688 页。

⑧ 《北史》，中华书局 1974 年版，第 1146 页。

⑨ 《北齐书》，中华书局 1972 年版，第 692 页。

祖珽善弹琵琶,"和士开胡舞,各赏物百段"①。甚至北齐士人以善弹琵琶为进阶之匙,《颜氏家训·教子》云:"齐朝有一士大夫,尝谓吾曰:'我有一儿,年已十七,颇晓书疏,教其鲜卑语及弹琵琶,稍欲通解,以此伏事公卿,无不宠爱,亦要事也。'"②西域曹国人出身的曹僧奴、曹妙达,以善弹琵琶俱开府封王。

综上,作为少数民族建立的政权,在与中原文化碰撞的过程中,鲜卑族完成自身文化蜕变的同时,也提升了文化包容意识,不断改变着对周边少数民族的态度。定鼎嵩洛后,稳定的政治环境和经济基础为民族文化交流提供了宽松的平台,促使洛阳成为具有国际化特色的都城,西域的物资以及音乐、舞蹈、雕塑等艺术形式极大地丰富了北魏的文化生活。从文献记载和出土文物中,可以明显感受到北魏王朝的包容性和开放性,正是这种品质促使隋唐时期以更加开放和包容的意识对待周边四夷及诸国,最终形成具有融合特点的东亚文化圈层。

附录:西域诸国朝贡北魏情况一览表

遣使国	遣使时间	相关记载	物产或贡物
鄯善	太武帝太延元年(435)六月丙午	"高丽、鄯善国并遣使朝献。"(《魏书·世祖纪上》)	
鄯善	太武帝太延三年(437)三月癸巳	"龟兹、悦般、焉耆、车师、粟特、疏勒、乌孙、渴槃陁、鄯善诸国各遣使朝献。"(《魏书·世祖纪上》)	
鄯善	太武帝太延四年(438)春三月庚辰	"鄯善王弟素延耆来朝。"(《魏书·世祖纪上》)	

---

① 《北齐书》,中华书局 1972 年版,第 516 页。
② 王利器:《颜氏家训集解(增补本)》,中华书局 1993 年版,第 21 页。

（续表）

遣使国	遣使时间	相关记载	物产或贡物
鄯善	太武帝太延五年（439）夏四月丁酉	"鄯善、龟兹、疏勒、焉耆诸国遣使朝献。"（《魏书·世祖纪上》）	
鄯善	太武帝太平真君八年（447）十二月	"鄯善、遮逸国并遣子朝献。"（《魏书·世祖纪下》）	
于阗	文成帝太安三年（457）正月壬戌	"粟特、于阗国各遣使朝贡。"（《魏书·高宗纪》）	"于阗城东三十里有首拔河，中出玉石。土宜五谷并桑麻，山多美玉，有好马、驼、骡。"（《魏书·西域列传》）
于阗	文成帝太安三年（457）十二月	"于阗、扶余等五十余国各遣使朝献。"（《魏书·高宗纪》）	
于阗	献文帝天安元年（466）三月辛亥	"高丽、波斯、于阗、阿袭诸国遣使朝献。"（《魏书·显祖纪》）	
于阗	献文帝皇兴元年（467）二月	"高丽、库莫奚、具伏弗、郁羽陵、日连、匹黎尔、于阗诸国各遣使朝贡。"（《魏书·显祖纪》）	
于阗	献文帝皇兴元年（467）九月壬子	"高丽、于阗、普岚、粟特国各遣使朝献。"（《魏书·显祖纪》）	
于阗	献文帝皇兴二年（468）四月辛丑	"高丽、库莫奚、契丹、具伏弗、郁羽陵、日连、匹黎尔、叱六手、悉万丹、阿大何、羽真侯、于阗、波斯国各遣使朝献。"（《魏书·显祖纪》）	
于阗	宣武帝景明三年（502）秋七月癸酉	"于阗国遣使朝献。"（《魏书·世宗纪》）	
于阗	宣武帝正始四年（507）冬十月丁巳	"高丽、半社、悉万斤、可流伽、比沙、疏勒、于阗等诸国并遣使朝献。"（《魏书·世宗纪》）	
于阗	宣武帝永平三年（510）三月己亥	"斯罗、阿陁、比罗、阿夷义多、婆那伽、伽师达、于阗诸国并遣使朝献。"（《魏书·世宗纪》）	
于阗	宣武帝延昌元年（512）冬十月	"嚈哒、于阗、高昌及库莫奚诸国并遣使朝献。"（《魏书·世宗纪》）	
于阗	宣武帝延昌二年（513）八月庚戌	"嚈哒、于阗、盘陁及契丹、库莫奚诸国并遣使朝献。"（《魏书·世宗纪》）	
悉居半	太武帝太延五年（439）十一月	"高丽及粟特、渴盘陁、破洛那、悉居半诸国各遣使朝献。"（《魏书·世祖纪上》）	

（续表）

遣使国	遣使时间	相关记载	物产或贡物
悉居半	文成帝和平三年（462）三月甲申	"高丽、葭王、契啮、思厌于师、疏勒、石那、悉居半、渴槃陁诸国各遣使朝献。"（《魏书·高宗纪》）	
悉居半	宣武帝景明三年（502）	"疏勒、罽宾、婆罗捺、乌苌、阿喻陁、罗婆、不仑、陁拔罗、弗波女提、斯罗、哒舍、伏耆奚那太、罗盘、乌稽、悉万斤、朱居盘、诃盘陁、拨斤、厌昧、朱渗洛、南天竺、持沙那斯头诸国并遣使朝贡。"（《魏书·世宗纪》）	
悉居半	宣武帝永平四年（511）九月甲寅	"哌哒、朱居盘、波罗、莫伽陁、移婆仆罗、俱萨罗、舍弥、罗乐陁等诸国并遣使朝献。"（《魏书·世宗纪》）	
悉居半	孝明帝神龟元年（518）二月戊申	"哌哒、高丽、勿吉、吐谷浑、宕昌、疏勒、久末陀、末久半诸国，并遣使朝献。"（《魏书·肃宗纪》）	
车师	太武帝太延元年（435）二月庚子	"蠕蠕、焉耆、车师诸国各遣使朝献。"（《魏书·世祖纪上》）	"高昌国……其国盖车师之故地也。……出良马、蒲陶酒、石盐。多草木，草实如茧，茧中丝如细纩，名为白叠子，国人多取织以为布。布甚软白，交市用焉。有朝乌者，旦旦集王殿前，为行列，不畏人，日出然后散去。大同中，子坚遣使献鸣盐枕、蒲陶、良马、氍毹等物。"（《梁书·诸夷列传》）
车师	太武帝太延三年（437）三月癸巳	"龟兹、悦般、焉耆、车师、粟特、疏勒、乌孙、渴槃陁、鄯善诸国各遣使朝献。"（《魏书·世祖纪上》）	
车师	太武帝正平元年（451）六月壬戌	"车师国王遣子入侍。"（《魏书·世祖纪下》）	
焉耆	太武帝太延元年（435）二月庚子	"蠕蠕、焉耆、车师诸国各遣使朝献。"（《魏书·世祖纪上》）	"气候寒，土田良沃，谷有稻粟菽麦，畜有驼马。养蚕不以为丝，唯充绵纩。俗尚蒲萄酒，兼爱音乐。"（《魏书·西域列传》）
焉耆	太武帝太延三年（437）三月癸巳	"龟兹、悦般、焉耆、车师、粟特、疏勒、乌孙、渴槃陁、鄯善诸国各遣使朝献。"（《魏书·世祖纪上》）	
焉耆	太武帝太延五年（439）夏四月丁酉	"鄯善、龟兹、疏勒、焉耆诸国遣使朝献。"（《魏书·世祖纪上》）	

（续表）

遣使国	遣使时间	相关记载	物产或贡物
龟兹	太武帝太延三年（437）三月癸巳	"龟兹、悦般、焉耆、车师、粟特、疏勒、乌孙、渴槃陁、鄯善诸国各遣使朝献。"（《魏书·世祖纪上》）	"风俗、婚姻、丧葬、物产与焉耆略同，唯气候少温为异。又出细毡，饶铜、铁、铅、麖皮、氍毹、铙沙、盐绿、雌黄、胡粉、安息香、良马、犎牛等。"（《魏书·西域列传》）
龟兹	太武帝太延五年（439）夏四月丁酉	"鄯善、龟兹、疏勒、焉耆诸国遣使朝献。"（《魏书·世祖纪上》）	
龟兹	太武帝太平真君十年（449）十一月	"龟兹、疏勒、破洛那、员阔诸国各遣使朝献。"（《魏书·世祖纪下》）	
龟兹	孝文帝延兴五年（475）夏四月丁丑	"龟兹国遣使朝献。"（《魏书·高祖纪上》）	
龟兹	孝文帝太和元年（477）十月	"龟兹国遣使朝献。"（《魏书·高祖纪上》）	
龟兹	孝文帝太和二年（478）秋七月戊辰	"龟兹国遣使献名驼七十头。"（《魏书·高祖纪上》）	
龟兹	孝文帝太和二年（478）九月丙辰	"龟兹国遣使献大马、名驼、珍宝甚众。"（《魏书·高祖纪上》）	
龟兹	孝文帝太和三年（479）九月庚申	"高丽、吐谷浑、地豆于、契丹、库莫奚、龟兹诸国各遣使朝献。"（《魏书·高祖纪上》）	
龟兹	宣武帝永平三年（510）十月戊戌	"高车、龟兹、难地、那竭、库莫奚等诸国并遣使朝献。"（《魏书·世宗纪》）	
龟兹	孝明帝神龟元年（518）秋七月丁未	"波斯、疏勒、乌苌、龟兹诸国并遣使朝献。"（《魏书·肃宗纪》）	
龟兹	孝明帝正光三年（522）秋七月壬子	"波斯、不汉、龟兹诸国遣使朝贡。"（《魏书·肃宗纪》）	

（续表）

遣使国	遣使时间	相关记载	物产或贡物
疏勒	太武帝太延三年（437）三月癸巳	"龟兹、悦般、焉耆、车师、粟特、疏勒、乌孙、渴槃陀、鄯善诸国各遣使朝献。"（《魏书·世祖纪上》）	"其王戴金师子冠。土多稻、粟、麻、麦、铜、铁、锡、雌黄、锦、绵，每岁常供送于突厥。其都城方五里，国内有大城十二，小城数十。"（《魏书·西域列传》）
疏勒	太武帝太延五年（439）夏四月丁酉	"鄯善、龟兹、疏勒、焉耆诸国遣使朝献。"（《魏书·世祖纪上》）	
疏勒	太武帝太平真君十年（449）十一月	"龟兹、疏勒、破洛那、员阔诸国各遣使朝献。"（《魏书·世祖纪下》）	
疏勒	文成帝兴安二年（453）三月乙未	"疏勒国遣使朝献。"（《魏书·高宗纪》）	
疏勒	文成帝太安元年（455）十月	"波斯、疏勒国并遣使朝贡。"（《魏书·高宗纪》）	
疏勒	文成帝和平三年（462）三月甲申	"高丽、莛王、契喈、思厌于师、疏勒、石那、悉居半、渴槃陀诸国各遣使朝献。"（《魏书·高宗纪》）	
疏勒	宣武帝景明三年（502）	"疏勒、罽宾、婆罗捼、乌苌、阿喻陁、罗婆、不仑、陁拔罗、弗波女提、斯罗、哒舍、伏耆奚那太、罗盘、乌稽、悉万斤、朱居盘、诃盘陁、拨斤、厌昧、朱渗洛、南天竺、持沙那斯头诸国并遣使朝贡。"（《魏书·世宗纪》）	
疏勒	宣武帝正始四年（507）九月	"疏勒、车勒阿驹、南天竺、婆罗等诸国，遣使朝献。（《魏书·世宗纪》）	
疏勒	宣武帝正始四年（507）十月丁巳	"高丽、半社、悉万斤、可流伽、比沙、疏勒、于阗等诸国并遣使朝献。"（《魏书·世宗纪》）	
疏勒	宣武帝正始四年（507）十月戊辰	"疏勒国遣使朝贡。"（《魏书·世宗纪》）	
疏勒	宣武帝延昌元年（512）正月戊申	"疏勒国遣使朝献。"（《魏书·世宗纪》）	
疏勒	宣武帝延昌元年（512）五月辛卯	"疏勒及高丽国并遣使朝献。"（《魏书·世宗纪》）	
疏勒	孝明帝熙平二年（517）四月甲午	"高丽、波斯、疏勒、哒哒诸国并遣使朝献。"（《魏书·肃宗纪》）	

（续表）

遣使国	遣使时间	相关记载	物产或贡物
疏勒	孝明帝神龟元年（518）二月戊申	"哒哒、高丽、勿吉、吐谷浑、宕昌、疏勒、久末陀、末久半诸国，并遣使朝献。"（《魏书·肃宗纪》）	
疏勒	孝明帝神龟元年（518）闰七月丁未	"波斯、疏勒、乌苌、龟兹诸国并遣使朝献。"（《魏书·肃宗纪》）	
悦般	太武帝太延三年（437）三月癸巳	"龟兹、悦般、焉耆、车师、粟特、疏勒、乌孙、渴槃陁、鄯善诸国各遣使朝献。"（《魏书·世祖纪上》）	"世祖破赫连昌，获古雅乐，及平凉州，得其伶人、器服，并择而存之。后通西域，又以悦般国鼓舞设于乐署。"（《魏书·乐志》）
悦般	太平真君九年（448）六月丁卯	"悦般国遣使求与王师俱讨蠕蠕，帝许之。"（《魏书·世祖纪下》）	
者至拔		"者至拔国，都者至拔城，在疏勒西，去代一万一千六百二十里。其国东有潘贺那山，出美铁及师子。"（《魏书·西域列传》）	
迷密国	太武帝正平元年（451）正月	"破洛那、罽宾、迷密诸国各遣使朝献。"（《魏书·世祖纪下》）	"正平元年，遣使献一峰黑橐驼。其国东有山，名郁悉满，山出金玉，亦多铁。"（《魏书·西域列传》）
悉万斤	孝文帝延兴三年（473）十月	"悉万斤国遣使朝献。"（《魏书·高祖纪上》）	"其国南有山，名伽色那，山出师子。"（《魏书·西域列传》）
悉万斤	孝文帝承明元年（476）九月癸丑	"宕昌、悉万斤国并遣使朝贡。"（《魏书·高祖纪上》）	
悉万斤	孝文帝太和三年（479）十二月	"粟特、州逸、河龚、叠伏罗、员阔、悉万斤诸国各遣使朝贡。"（《魏书·高祖纪上》）	
悉万斤	孝文帝太和四年（480）七月壬子	"悉万斤国遣使朝贡。"（《魏书·高祖纪上》）	
悉万斤	孝文帝太和十一年（487）八月辛巳	"悉万斤国遣使朝献。"（《魏书·高祖纪下》）	

（续表）

遣使国	遣使时间	相关记载	物产或贡物
悉万斤	孝文帝太和十五年（491）己酉	"悉万斤等五国遣使朝贡。"（《魏书·高祖纪下》）	
悉万斤	宣武帝景明三年（502）	"悉万斤、朱居盘、诃盘陁、拨斤、厌昧、朱沴洛、南天竺、持沙那斯头诸国并遣使朝贡。"（《魏书·世宗纪》）	
悉万斤	宣武帝正始四年（507）四月壬寅、十月丁巳	"吐谷浑、鸠磨罗、阿拔磨拔切磨勒、悉万斤诸国并遣使朝献。……高丽、半社、悉万斤、可流伽、比沙、疏勒、于阗等诸国并遣使朝献。"（《魏书·世宗纪》）	
悉万斤	宣武帝永平二年（509）正月丁亥	"胡密、步就磨、忸密、盘是、悉万斤、辛豆那、越拔忸诸国并遣使朝献。"（《魏书·世宗纪》）	
破洛那	太武帝太延三年（437）十一月甲申	"破洛那、者舌国各遣使朝献，奉汗血马。"（《魏书·世祖纪上》）	"破洛那、者舌国各遣使朝献，奉汗血马。"（《魏书·世祖纪上》）"破洛那国献汗血马。"（《魏书·高宗纪》）
破洛那	太武帝太延五年（439）十一月	"高丽及粟特、渴盘陁、破洛那、悉居半诸国各遣使朝献。"（《魏书·世祖纪上》）	
破洛那	太武帝太平真君十年（449）十一月	"龟兹、疏勒、破洛那、员阔诸国各遣使朝献。"（《魏书·世祖纪下》）	
破洛那	太武帝正平元年（451）正月	"破洛那、罽宾、迷密诸国各遣使朝献。"（《魏书·世祖纪下》）	
破洛那	文成帝和平六年（465）四月	"破洛那国献汗血马。"（《魏书·高宗纪》）	
粟特	太武帝太延元年（435）八月丙戌	"粟特国遣使朝献。"（《魏书·世祖纪上》）	"粟特大明中遣使献生师子、火浣布、汗血马，道中遇寇，失之。"（《宋书·索房列传》）
粟特	太武帝太延三年（437）三月癸巳	"龟兹、悦般、焉耆、车师、粟特、疏勒、乌孙、渴槃陁、鄯善诸国各遣使朝献。"（《魏书·世祖纪上》）	
粟特	太武帝太延五年（439）十一月	"高丽及粟特、渴盘陁、破洛那、悉居半诸国各遣使朝献。"（《魏书·世祖纪上》）	
粟特	太武帝太平真君五年（444）十二月	"粟特国遣使朝贡。"（《魏书·世祖纪下》）	
粟特	文成帝太安三年（457）正月戊辰	"粟特、于阗国各遣使朝贡。"（《魏书·高宗纪》）	

（续表）

遣使国	遣使时间	相关记载	物产或贡物
粟特	献文帝皇兴元年（467）九月壬子	"高丽、于阗、普岚、粟特国各遣使朝献。"（《魏书·显祖纪》）	
粟特	孝文帝延兴四年（474）正月辛巳	"粟特国遣使朝献。"（《魏书·高祖纪上》）	
粟特	孝文帝太和三年（479）十二月	"粟特、州逸、河龚、叠伏罗、员阔、悉万斤诸国各遣使朝贡。"（《魏书·高祖纪上》）	
波斯	文成帝太安元年（455）十月	"波斯、疏勒国并遣使朝贡。"（《魏书·高宗纪》）	"土地平正，出金、银、输石、珊瑚、琥珀、车渠、马脑，多大真珠、颇梨、琉璃、水精、瑟瑟、金刚、火齐、镔铁、铜、锡、朱砂、水银、绫、锦、叠、氍、氉氀、毼毺、赤獐皮，及薰陆、郁金、苏合、青木等香，胡椒、毕拨、石蜜、千年枣、香附子、诃梨勒、无食子、盐绿、雌黄等物。气候暑热，家自藏冰。地多沙碛，引水溉灌。其五谷及鸟兽等与中夏略同，唯无稻及黍、稷。土出名马、大驴及驼，往往有日行七百里者。富室至有数千头。又出白象、师子、大鸟卵。有鸟形如橐驼，有两翼，飞而不能高，食草与肉，亦能啖火。"（《魏书·西域列传》）
波斯	文成帝和平二年（461）八月戊辰	"波斯国遣使朝献。"（《魏书·高宗纪》）	
波斯	献文帝天安元年（466）三月辛亥	"高丽、波斯、于阗、阿袭诸国遣使朝献。"（《魏书·显祖纪》）	
波斯	献文帝皇兴二年（468）四月辛丑	"高丽、库莫奚、契丹、具伏弗、郁羽陵、日连、匹黎尔、叱六手、悉万丹、阿大何、羽真侯、于阗、波斯国各遣使朝献。"（《魏书·显祖纪》）	
波斯	孝文帝承明元年（476）二月	"蠕蠕、高丽、库莫奚、波斯诸国并遣使朝贡。"（《魏书·高祖纪上》）	
波斯	宣武帝正始四年（507）十月辛未	"嚈哒、波斯、渴盘陀、渴文提不那杜忸杜提等诸国，并遣使朝献。"（《魏书·世宗纪》）	
波斯	宣武帝熙平二年（517）四月甲午	"高丽、波斯、疏勒、嚈哒诸国并遣使朝献。"（《魏书·肃宗纪》）	
波斯	孝明帝神龟元年（518）七月丁未	"波斯、疏勒、乌苌、龟兹诸国并遣使朝献。"（《魏书·肃宗纪》）	
波斯	孝明帝正光二年（521）闰五月丁巳	"居密、波斯国并遣使朝贡。"（《魏书·肃宗纪》）	
波斯	孝明帝正光三年（522）七月壬子	"波斯、不汉、龟兹诸国遣使朝贡。"（《魏书·肃宗纪》）	

（续表）

遣使国	遣使时间	相关记载	物产或贡物
伏卢尼（普岚）	文成帝太安二年（456）十一月	"嚈哒、普岚国并遣使朝献。"（《魏书·高宗纪》）	"亦有如橐驼、马者,皆有翼,常居水中,出水便死。城北有云尼山,出银、珊瑚、琥珀,多师子。"（《魏书·西域列传》）
伏卢尼（普岚）	文成帝和平六年（465）四月	"破洛那国献汗血马,普岚国献宝剑。"（《魏书·高宗纪》）	
伏卢尼（普岚）	献文帝皇兴元年（467）九月壬子	"高丽、于阗、普岚、粟特国各遣使朝献。"（《魏书·显祖纪》）	
呼似密			"土平,出银、琥珀,有师子,多五果。"（《魏书·西域列传》）
诺色波罗	宣武帝正始四年（507）九月甲子	"疏勒、车勒阿驹、南天竺、婆罗等诸国遣使朝献。"（《魏书·世宗纪》）	"土平,宜稻麦,多五果。"（《魏书·西域列传》）
诺色波罗	宣武帝永平二年（509）十二月	"叠伏罗、弗菩提、朝陁咤、波罗诸国并遣使朝献。"（《魏书·世宗纪》）	
诺色波罗	宣武帝永平四年（511）九月甲寅	"嚈哒、朱居盘、波罗、莫伽陁、移婆仆罗、俱萨罗、舍弥、罗乐陁等诸国并遣使朝献。"（《魏书·世宗纪》）	
者舌国	太武帝太延三年（437）十一月甲申	"破洛那、者舌国各遣使朝献,奉汗血马。"（《魏书·世祖纪上》）	"破洛那、者舌国各遣使朝献,奉汗血马。"（《魏书·世祖纪上》）"遮逸国献汗血马。"（《魏书·世祖纪上》）
者舌国	太武帝太延五年（439）五月癸未	"遮逸国献汗血马。"（《魏书·世祖纪上》）	
者舌国	太武帝太平真君八年（447）十二月	"鄯善、遮逸国并遣子朝献。"（《魏书·世祖纪下》）	
者舌国	文成帝太安元年（455）六月	"遮逸国遣使朝贡。"（《魏书·高宗纪》）	
者舌国	孝文帝太和三年（479）十二月	"粟特、州逸、河龚、叠伏罗、员阔、悉万斤诸国各遣使朝贡。"（《魏书·高祖纪上》）	
胡密	宣武帝永平二年（509）正月丁亥	"胡密、步就磨、忸密、槃是、悉万斤、辛豆那、越拔忸密诸国并遣使朝献。"（《魏书·世宗纪》）	

（续表）

遣使国	遣使时间	相关记载	物产或贡物
舍弥	宣武帝正始四年（507）六月丁未	"社兰达那罗、舍弥、比罗直诸国并遣使朝献。"（《魏书·世宗纪》）	
舍弥	宣武帝永平四年（511）九月甲寅	"呎哒、朱居槃、波罗、莫伽陁、移婆仆罗、俱萨罗、舍弥、罗乐陁等诸国并遣使朝献。"（《魏书·世宗纪》）	
舍弥	孝明帝神龟元年（518）四月辛亥	"舍摩国遣使朝献。"（《魏书·肃宗纪》）	
大月氏	太武帝时期	"世祖时，其国人商贩京师，自云能铸石为五色琉璃，于是采矿山中，于京师铸之。既成，光泽乃美于西方来者。乃诏为行殿，容百余人，光色映彻，观者见之，莫不惊骇，以为神明所作。自此中国琉璃遂贱，人不复珍之。"（《魏书·西域列传》）	
波路	宣武帝景明三年（502）	"不仑、陁拔罗、弗波女提、斯罗、哒舍、伏耆奚那太、罗槃、乌稽、悉万斤、朱居槃、诃盘陁、拨斤、厌味、朱沴洛、南天竺、持沙那斯头诸国并遣使朝贡。"（《魏书·世宗纪》）	阿钩羌国……有兵器。土出金珠。……其地湿热，有蜀马，土平，物产国俗与阿钩羌同。（《魏书·西域列传》）
波路	宣武帝正始四年（507）十二月丁丑	"钵仑、波利伏、佛胄善、乾达诸国遣使朝贡。"（《魏书·世宗纪》）	
小月氏（居常）	文成帝太安五年（459）五月	"居常国遣使朝献。"（《魏书·高宗纪》）	"居常王献驯象三。"（《魏书·高宗纪》）
小月氏（居常）	文成帝和平元年（460）十月	"居常王献驯象三。"（《魏书·高宗纪》）	
小月氏（车多罗）	孝文帝太和元年（477）九月庚子	"车多罗、西天竺、舍卫、叠伏罗诸国各遣使朝贡。"（《魏书·高祖纪上》）	
小月氏（不流沙）	宣武帝永平四年（511）六月乙亥、八月辛未	"乾达、阿婆罗、达舍、越伽使密、不流沙诸国并遣使朝献。……八月辛未，阿婆罗、达舍、越伽使密、不流沙等诸国并遣使朝献。"（《魏书·世宗纪》）	

（续表）

遣使国	遣使时间	相关记载	物产或贡物
罽宾	太武帝正平元年（451）正月	"破洛那、罽宾、迷密诸国各遣使朝献。"（《魏书·世祖纪下》）	"有苜蓿、杂草、奇木、檀、槐、梓、竹。种五谷，粪园田。地下湿，生稻。冬食生菜。其人工巧，雕文、刻镂、织罽。有金银铜锡以为器物。"（《魏书·西域列传》）
罽宾	文成帝兴安二年（453）十二月甲午	"库莫奚、契丹、罽宾等十余国各遣使朝贡。"（《魏书·高宗纪》）	
罽宾	宣武帝景明三年（502）	"疏勒、罽宾……并遣使朝贡。"（《魏书·世宗纪》）	
罽宾	宣武帝永平元年（508）七月辛卯	"高车、契丹、汗畔、罽宾诸国并遣使朝献。"（《魏书·世宗纪》）	
罽宾	孝明帝熙平二年（517）正月癸丑	"地伏罗、罽宾国并遣使朝献。"（《魏书·肃宗纪》）	
罽宾	孝明帝熙平二年（517）七月乙丑	"地伏罗、罽宾国并遣使朝献。"（《魏书·肃宗纪》）	
吐呼罗	文成帝和平五年（464）十二月	"吐呼罗国遣使朝献。"（《魏书·高宗纪》）	"土宜五谷，有好马、驼、骡。"（《魏书·西域列传》）
副货	不详	"其王遣使朝贡。"（《魏书·西域列传》）	"宜五谷、蒲桃，唯有马、驼、骡。国王有黄金殿，殿下金驼七头，各高三尺。"（《魏书·西域列传》）
南天竺	孝文帝太和元年（477）九月庚子	"车多罗、西天竺、舍卫、叠伏罗诸国各遣使朝贡。"（《魏书·高祖纪上》）	"有伏丑城，周匝十里，城中出摩尼珠、珊瑚。城东三百里有拔赖城，城中出黄金、白真檀、石蜜、蒲萄。土宜五谷。世宗时，其国王婆罗化遣使献骏马、金、银，自此每使朝贡。"（《魏书·西域列传》）
南天竺	宣武帝景明三年（502）	"是岁……南天竺、持沙那斯头诸国并遣使朝贡。"（《魏书·世宗纪》）	
南天竺	宣武帝景明四年（503）四月庚寅	"南天竺国献辟支佛牙。"（《魏书·世宗纪》）	
南天竺	宣武帝正始四年（507）九月甲子	"疏勒、车勒阿驹、南天竺、婆罗诸国遣使朝献。"（《魏书·世宗纪》）	
南天竺	宣武帝永平元年（508）二月辛未	"勿吉、南天竺国并遣使朝献。"（《魏书·世宗纪》）	
南天竺	宣武帝延昌三年（514）十一月庚戌	"南天竺、佐越费实诸国并遣使朝献。"（《魏书·世宗纪》）	

（续表）

遣使国	遣使时间	相关记载	物产或贡物
叠伏罗	孝文帝太和元年（477）九月庚子	"车多罗、西天竺、舍卫、叠伏罗诸国各遣使朝贡。"（《魏书·高祖纪上》）	"国中有勿悉城。城北有盐奇水，西流。有白象，并有阿末黎，木皮中织作布。土宜五谷。世宗时，其国王伏陀末多遣使献方物，自是每使朝贡。"（《魏书·西域列传》）
叠伏罗	孝文帝太和三年（479）十二月庚子	"粟特、州逸、河龚、叠伏罗、员阔悉万斤诸国各遣使朝贡。"（《魏书·高祖纪上》）	
叠伏罗	宣武帝正始四年（507）三月丙子	"叠伏罗国遣使朝贡。"（《魏书·世宗纪》）	
叠伏罗	宣武帝永平二年（509）十二月	"叠伏罗、弗菩提、朝陁咤、波罗诸国并遣使朝献。"（《魏书·世宗纪》）	
叠伏罗	宣武帝永平四年（511）十一月戊申	"难地、伏罗国并遣使朝献。"（《魏书·世宗纪》）	
叠伏罗	孝明帝熙平二年（517）正月癸丑	"地伏罗、罽宾国并遣使朝献。"（《魏书·肃宗纪》）	
叠伏罗	孝明帝熙平二年（517）七月乙丑	"地伏罗、罽宾国并遣使朝献。"（《魏书·肃宗纪》）	
叠伏罗	孝明帝正光二年（521）八月己巳	"伏罗国遣使朝贡。"（《魏书·肃宗纪》）	
叠伏罗	孝明帝孝昌二年（526）二月	"叠伏罗国遣使朝贡。"（《魏书·肃宗纪》）	
拨豆			"国中出金、银、杂宝、白象、水牛、牦牛、蒲萄、五果。土宜五谷。"（《魏书·西域列传》）
哌哒	文成帝太安二年（456）十一月	"哌哒、普岚国并遣使朝献。"（《魏书·高宗纪》）	"西域哌哒、波斯诸国各因公使，并遣澄骏马一匹。澄请付太仆，以充国闲。"（《魏书·任城王云传》）
哌哒	宣武帝正始四年（507）十月辛未	"哌哒、波斯、渴槃陁、渴文提不那杻忸杻提等诸国，并遣使朝献。"（《魏书·世宗纪》）	
哌哒	宣武帝永平二年（509）正月壬辰	"哌哒、薄知国遣使来朝，贡白象一。"（《魏书·世宗纪》）	
哌哒	宣武帝永平四年（511）九月甲寅	"哌哒、朱居盘、波罗、莫伽陁、移婆仆罗、俱萨罗、舍弥、罗乐陁等诸国并遣使朝献。"（《魏书·世宗纪》）	

（续表）

遣使国	遣使时间	相关记载	物产或贡物
哒哒	宣武帝延昌元年（512）十月	"哒哒、于阗、高昌及库莫奚诸国并遣使朝献。"（《魏书·世宗纪》）	"永桥南道东有白象、狮子二坊。白象者，永平二年乾陀罗国胡王所献，背设五彩屏风，七宝坐床，容数人，真是异物。"（《洛阳伽蓝记》卷三）
哒哒	宣武帝延昌二年（513）八月庚戌	"哒哒、于阗、槃陁及契丹、库莫奚诸国并遣使朝献。"（《魏书·世宗纪》）	
哒哒	孝明帝熙平二年（517）四月甲午	"高丽、波斯、疏勒、哒哒诸国并遣使朝献。"（《魏书·肃宗纪》）	
哒哒	孝明帝神龟元年（518）二月戊申	"哒哒、高丽、勿吉、吐谷浑、宕昌、疏勒、久末陀、末久半诸国，并遣朝献。"（《魏书·肃宗纪》）	"其国无车有舆，多驼马。……正光末，遣使贡师子一，至高平，遇万俟丑奴反，因留之。丑奴平，送京师。"（《魏书·西域列传》）
哒哒	孝明帝神龟二年（519）四月乙丑	"哒哒国遣使朝贡。"（《魏书·肃宗纪》）	
哒哒	孝明帝正光五年（524）闰二月癸巳	"哒哒国遣使朝贡。"（《魏书·肃宗纪》）	
哒哒	孝明帝正光五年（524）十二月壬辰	"哒哒、契丹、地豆于、库莫奚诸国并遣使朝贡。"（《魏书·肃宗纪》）	
哒哒	孝庄帝永安三年（530）六月戊午	"哒哒国献师子一。"（《魏书·敬宗纪》）	
哒哒	出帝太昌元年（532）六月丙寅、癸酉	"蠕蠕、哒哒、高丽、契丹、库莫奚国并遣使朝贡。……蠕蠕、哒哒国遣使朝贡。"（《魏书·出帝纪》）	
渴槃陁	太武帝太延三年（437）癸巳	"龟兹、悦般、焉耆、车师、粟特、疏勒、乌孙、渴槃陁、鄯善诸国各遣使朝献。"（《魏书·世祖纪上》）	
渴槃陁	太武帝太延五年（439）十一月	"高丽及粟特、渴盘陁、破洛那、悉居半诸国各遣使朝献。"（《魏书·世祖纪上》）	
渴槃陁	文成帝兴安二年（453）八月辛未	"渴槃陁国遣使朝贡。"（《魏书·高宗纪》）	
渴槃陁	文成帝和平三年（462）三月甲申	"高丽、莲王、契啮、思厌于师、疏勒、石那、悉居半、渴槃陁诸国各遣使朝献。"（《魏书·高宗纪》）	

（续表）

遣使国	遣使时间	相关记载	物产或贡物
渴槃陁	宣武帝正始四年（507）十月辛未	"呹哒、波斯、渴槃陁、渴文提不那杖怚杖提等诸国，并遣使朝献。"（《魏书·世宗纪》）	
渴槃陁	宣武帝正始四年（507）十一月己酉	"阿与陁、呵罗槃、陁跋吐罗诸国并遣使朝献。"（《魏书·世宗纪》）	
渴槃陁	宣武帝延昌元年（512）三月辛卯	"渴槃陁国遣使朝献。"（《魏书·世宗纪》）	
渴槃陁	宣武帝延昌二年（513）八月庚戌	"呹哒、于阗、槃陁及契丹、库莫奚诸国并遣使朝献。"（《魏书·世宗纪》）	
乌苌	宣武帝景明三年（502）	"疏勒、罽宾、婆罗捺、乌苌……并遣使朝贡。"（《魏书·世宗纪》）	"乌仗那国，周五千余里。山谷相属，川泽连原。谷稼虽播，地利不滋。多蒲萄，少甘蔗。土产金、铁，宜郁金香，林树蓊郁，花果茂盛。"（《大唐西域记》卷三）
乌苌	宣武帝永平三年（510）九月壬寅	"乌苌、伽秀沙尼诸国并遣使朝献。"（《魏书·世宗纪》）	
乌苌	宣武帝永平四年（511）三月癸卯	"婆比幡弥、乌苌、比地、乾达国并遣使朝献。"（《魏书·世宗纪》）	
乌苌	宣武帝永平四年（511）十月丁丑	"婆比幡弥、乌苌、比地、乾达等诸国并遣使朝献。"（《魏书·世宗纪》）	
乌苌	孝明帝神龟元年（518）闰七月丁未	"波斯、疏勒、乌苌、龟兹诸国并遣使朝献。"（《魏书·肃宗纪》）	
乌苌	孝明帝正光二年（521）五月乙酉	"乌苌国遣使朝贡。"（《魏书·肃宗纪》）	
乾陁	宣武帝正始四年（507）十二月丁丑	"钵仑、波利伏佛胄善、乾达诸国遣使朝贡。"（《魏书·世宗纪》）	"有斗象七百头，十人乘一象，皆执兵仗，象鼻缚刀以战。所都城东南七里有佛塔，高七十丈，周三百步，即所谓'雀离佛国'也。"（《魏书·西域列传》）
乾陁	宣武帝永平四年（511）三月癸卯	"婆比幡弥、乌苌、比地、乾达诸国并遣使朝献。"（《魏书·世宗纪》）	
乾陁	宣武帝永平四年（511）六月乙亥	"乾达、阿婆罗、达舍、越伽使密、不流沙诸国并遣使朝献。"（《魏书·世宗纪》）	
乾陁	宣武帝永平四年（511）十月丁丑	"婆比幡弥、乌苌、比地、乾达等诸国并遣使朝献。"（《魏书·世宗纪》）	

（续表）

遣使国	遣使时间	相关记载	物产或贡物
康国	太武帝太延中	"太延中,始遣使贡方物,后遂绝焉。"（《魏书·西域列传》）	"有大小鼓、琵琶、五弦箜篌。……出马、驼、驴、犎牛、黄金、硇沙、阿薛那香、瑟瑟、獐皮、氍毹、锦、叠。多蒲萄酒,富家或致十石,连年不败。"（《魏书·西域列传》）

第四章　传播与互动
—— 民族融合下的文学影响

第一节　雅俗之争与北朝文学趋俗化表现

文学的雅俗问题是文学史发展中的重要命题,关于雅俗的认知以及雅俗观念的演进,对于理解文学发展的趋势和规律有所帮助。与此前的汉魏文学及同时期的南朝文学相比而言,北朝文学呈现出明显的俗化特点。北朝文学在"重乎气质""词义贞刚"的传统认知下,多被概括为刚健、质朴等特质,但其俗化特点并未被加以观照,更缺乏系统深入的探究。本节拟在雅俗观念的演进以及北朝雅俗之争的视角下,对北朝文学体现出的俗化现象进行梳理,以期更全面认识北朝文学的整体特质及其影响。

一、雅俗观念的演进及南北朝对于雅俗的认知

先秦文学即有对雅、俗的初步认识,《诗经》中的大雅、小雅作为庙堂之音、燕飨之乐被视为雅文学的典型代表,十五国风则是民间俗文学的代表。通过《诗经》,王者可以"观风俗,知得失,

自考正"①。而其中郑卫之音又属俗中之俗,《乐记·魏文侯篇》云:"吾端冕而听古乐,则唯恐卧;听郑卫之音,则不知倦。"②雅音因为音节缓慢令人昏昏欲睡,郑卫之音因音节繁复使人听之神荡。从艺术效果上看,雅、俗的区别在于对人的心志产生的影响不同。

雅俗关系随着时代的发展,其性质和定位也在发生变化。早期的俗文学会在后代文学演进中被定义为雅文学,譬如《诗经》中的国风,至汉代已被视为经书,虽然其民歌的性质没有变化,但其定位则由俗文学过渡为雅文学。而汉代乐府中的代赵之讴,秦楚之风,"皆感于哀乐,缘事而发,亦可以观风俗,知薄厚"③,取代《诗经》国风,成为俗文学的代表,后世乐府基本延续其通俗性质,但乐府系统中亦有雅俗之分,郊庙歌辞等庙堂之音依然以四言正体为雅。魏晋以降,庙堂之文多采用四言,亦是追求典雅的取向和标准。

雅俗关系的嬗替也体现在文体的发展变化中,挚虞《文章流别论》:"古诗率以四言为体","然则雅音之韵,四言为正,其余虽备曲折之体,而非音之正也"。④刘勰《文心雕龙·明诗》亦称:"若夫四言正体,则雅润为本;五言流调,则清丽居宗。"⑤至

① 《汉书》,中华书局 1962 年版,第 1708 页。
② 〔清〕阮元校刻:《十三经注疏(清嘉庆刊本)》,中华书局 2009 年版,第 3334 页。
③ 《汉书》,中华书局 1962 年版,第 1756 页。
④ 〔清〕严可均辑:《全上古三代秦汉三国六朝文》(三),上海古籍出版社 2009 年版,第 477 页。
⑤ 〔南朝梁〕刘勰著,范文澜注:《文心雕龙注》,人民文学出版社 1958 年版,第 67 页。

建安时期,五言腾跃,四言创作在西晋虽然有嵇康等少数人坚持,但五言渐渐取代四言成为创作主流已成趋势。相对而言,七言则成为流调,致使鲍照七言创作被视为"险俗"的代表。《南齐书·文学传序》云:"发唱惊挺,操调险急,雕藻淫艳,倾炫心魂。……斯鲍照之遗烈也。"[①]至唐末,诗词的演进过程中,诗被视为雅,词被视为俗。明清之际,词又转而为雅,小说则为俗。诸如此类,表明雅俗的性质是随着文学发展而发生变化的,雅俗关系是在交替进行的,且文学整体趋势是向俗的方向发展。[②]

虽然雅俗演进中,文学整体是趋向俗文学发展,但不意味着文学的整体格调在降低。相反,俗文学的出现意味着更多的民众可以接触到文学这一形式。明清小说的艺术价值未必低于诗词,诗词的格调也未必高于小说。"俗"通常有两种含义,一是指文辞通俗,不加雕饰;一是指内容鄙俗,不登大雅之堂。在表达同样内容的前提下,运用典雅的句式(如四言体),引用典故,多被视为文雅。相反,句式不够规整,言辞比较通俗乃至口语化,即便引用了典故,通常也被视为俗。而描写内容其实反映了作者的文化修养以及审美取向,鲍照之所以被称为"险俗",一方面是因为"为文章多鄙言累句"[③],文辞上有意规避繁复;另

---

① 《南齐书》,中华书局1972年版,第908页。

② 王齐州先生认为:"从整体而言,中国文学的发展并不呈现由俗到雅再到衰落的趋向,而是不断地由雅趋俗,即从贵族走向精英,从精英走向大众,文学主流文体越来越通俗化,文学消费主体越来越大众化,这是中国文学发展的基本趋向。"(王齐州:《雅俗观念的演进与文学形态的发展》,《中国社会科学》2005年第3期)

③ 《南史》,中华书局1975年版,第360页。

一方面因其"发唱惊挺，操调险急，雕藻淫艳，倾炫心魂"，在形式上和内容上都倾向于民间乐府，与沈约的"长于清怨"不同，更与颜延之的"体裁明密"相去甚远。总体而言，判断雅俗的标准并非仅仅是接受者文化层次这一点，文学作品的内容、格调、形式、艺术表现，皆是判断雅俗的重要标准。

对于雅俗的理论较全面的概括者为刘勰。首先，刘勰认为雅俗关系是正确认识文学演进的关键因素，《文心雕龙·通变》云："斯斟酌乎质文之间，而櫽括乎雅俗之际，可与言通变矣。"[1]他认为影响文学演进的两个关键因素是文质关系和雅俗关系。这一判断把握了文学发展的整体趋势和基本特征。其次，刘勰在"宗经""征圣"的思想基础上，对于雅俗有明确的区分，他认为"典雅者，熔式经诰，方轨儒门者也"[2]。相对而言，追求新奇的俗文学则是"摈古竞今，危侧趣诡者也"[3]。在儒学和复古思想的指引下，刘勰从内容到形式上，将融合经书的作品视为典雅，摈古竞今，追求新奇者则是俗文学。再次，在艺术风格上，刘勰认为雅文学在经书中表现出雅丽的风格，"圣文之雅丽，固衔华而佩实者也"[4]，雅丽的特征是文辞华丽与内容充实的和谐。又认

---

[1]〔南朝梁〕刘勰著，范文澜注：《文心雕龙注》，人民文学出版社 1958 年版，第 520 页。

[2]〔南朝梁〕刘勰著，范文澜注：《文心雕龙注》，人民文学出版社 1958 年版，第 505 页。

[3]〔南朝梁〕刘勰著，范文澜注：《文心雕龙注》，人民文学出版社 1958 年版，第 505 页。

[4]〔南朝梁〕刘勰著，范文澜注：《文心雕龙注》，人民文学出版社 1958 年版，第 16 页。

为俗的特征是"浮文弱植,缥缈附俗者也"①;"辞浅会俗,皆悦笑也"②,文辞浅陋,能够博人一笑。此外,俗还体现出尚"奇"的风格,刘勰从史传文学中总结出"俗皆爱奇,莫顾实理"③的认识,他认为史传本应尚实,但有些情节刻意追求"奇诡",体现不顾情理的特征,也是为了迎合大众的审美心理。

刘勰从多种文体出发,对于文学雅俗的认识进行了系统的概括,并且坚持以雅文学为文学正宗的思想,提出"禀经以制式,酌雅以富言"④。刘勰的观点代表了当时文学的主流倾向。在梁代钟嵘的《诗品》中,也标榜雅文学,他提出"清雅""雅怨""渊雅"等概念。如称曹植"情兼雅怨,体被文质⑤;鲍照"颇伤清雅之调"⑥;嵇康"讦直露才,伤渊雅之致"⑦;任昉"善铨事理,拓体渊雅"⑧,等等。与此同时,几乎多数理论家都对俗有不

---

① 〔南朝梁〕刘勰著,范文澜注:《文心雕龙注》,人民文学出版社 1958 年版,第 505 页。

② 〔南朝梁〕刘勰著,范文澜注:《文心雕龙注》,人民文学出版社 1958 年版,第 270 页。

③ 〔南朝梁〕刘勰著,范文澜注:《文心雕龙注》,人民文学出版社 1958 年版,第 287 页。

④ 〔南朝梁〕刘勰著,范文澜注:《文心雕龙注》,人民文学出版社 1958 年版,第 23 页。

⑤ 〔南朝梁〕钟嵘著,曹旭集注:《诗品集注》,上海古籍出版社 2011 年版,第 117 页。

⑥ 〔南朝梁〕钟嵘著,曹旭集注:《诗品集注》,上海古籍出版社 2011 年版,第 381 页。

⑦ 〔南朝梁〕钟嵘著,曹旭集注:《诗品集注》,上海古籍出版社 2011 年版,第 266 页。

⑧ 〔南朝梁〕钟嵘著,曹旭集注:《诗品集注》,上海古籍出版社 2011 年版,第 419 页。

同程度的批评，如裴子野认为当时文学"无被于管弦，非止乎礼义"①，同样站在宗经的立场对文学"淫文破典"的现象进行否定。虽然在理论上有诸多对文学俗化的批评，但随着创作实践的进步，文学俗化的倾向日益明显，越来越多的理论家开始接受文学趋俗化的现实，并提出雅俗兼备的思想，如萧子显在《南齐书·文学传序》中提出："言尚易了，文憎过意，吐石含金，滋润婉切。杂以风谣，轻唇利吻，不雅不俗，独中胸怀。"②萧子显纠正了文学批评中过于追求典雅化的弊端，认为文辞过于典雅不利于表达思想，并且接受了"风谣"这种民间文学的养分，最终实现文辞和内容上言尚易了、吐石含金、轻唇利吻、不雅不俗的中和特质。

虽然萧子显在理论上提出了雅俗兼善的主张，但南朝文学在创作上趋俗的倾向日益明显，李百药在《北齐书·文苑传序》中概括了南朝文学趋俗化的过程："江左梁末，弥尚轻险，始自储宫，刑乎流俗，杂怂惥以成音，故虽悲而不雅。爰逮武平，政乖时蠹，唯藻思之美，雅道犹存，履柔顺以成文，蒙大难而能正。原夫两朝叔世，俱肆淫声，而齐氏变风，属诸弦管，梁时变雅，在夫篇什。莫非易俗所致，并为亡国之音；而应变不殊，感物或异，何哉？盖随君上之情欲也。"③梁末文学以宫体诗为代表，刑乎流俗，虽悲而不雅。从齐梁以来，变风变雅，"莫非易俗所致"，

---

① 〔清〕严可均辑：《全上古三代秦汉三国六朝文》（五），上海古籍出版社2009年版，第422页。
② 《南齐书》，中华书局1972年版，第908页。
③ 《北齐书》，中华书局1972年版，第602页。

其根源在于"随君上之情欲"。

　　与南朝文学理论中对雅俗认识的丰富成熟不同,北朝对于雅俗思想的认识较为迟滞且薄弱。在北朝文学认知中,雅、俗多与文、质相联系。北朝文学早期继承西晋传统,以四言创作为典雅追求,从高允、游雅等人的赠答诗中即可明显看出。北魏中后期文风师法南朝,渐趋雅化。北朝后期尤其是北齐、北周文风则又趋向俗化,北周王褒在《皇太子箴》中提到:"臣闻教化爰始,咏歌不足,政俗既移,风雅斯变。伏惟皇明御宇,功均造物,改文为质,斫雕成素。"①在北周文风改革中,苏绰大诰体成为"改文为质,斫雕成素"的典型代表,《北史·文苑传序》:"然绰之建言,务存质朴,遂糠粃魏、晋,宪章虞、夏,虽属辞有师古之美,矫枉非适时之用,故莫能常行焉。"②总体而言,北朝虽然没有专门讨论雅俗问题的理论家出现,但在创作实践中,雅俗的问题也引起了部分关注。对此,可从北朝俗文学的创作表现来探讨。

二、北朝文学演进中的雅、俗之争

　　雅俗文学的差异某种程度上可以概括为精英文学与大众文学的区别。郑振铎在《中国俗文学史》对俗文学的定义是:"所谓俗文学就是不登大雅之堂,不为学士大夫所重视,而流行于民间,成为大众所嗜好,所喜悦的东西。"③在具有统一文学观念的

---

① 〔清〕严可均辑:《全上古三代秦汉三国六朝文》(六),上海古籍出版社2009年版,第366页。
② 《北史》,中华书局1974年版,第2781页。
③ 郑振铎:《中国俗文学史》,商务印书馆2010年版,第1页。

时代,其实并没有突出雅俗之别,当精英文学中出现了分流时,雅俗的问题才被提出。

精英文学中刻意追求鄙俗的文学传统,源自于西晋时期的束皙。束皙才学博通,以他创作《补亡诗》流传于世来看,其在典雅文学上尚有所追求。但《晋书·束皙传》云:"尝为《劝农》及《饼》诸赋,文颇鄙俗,时人薄之。"①从《饼赋》内容来看,其笔调轻松诙谐,不时穿插夸诞之语,如"涕冻鼻中,霜成口外。充虚解战,汤饼为最""行人失涎于下风,童仆空嚼而斜眄"②等语,描绘生动形象,读之令人莞尔。其中对于饮食烹调的细致描绘,更可见摹物写形的功力。通篇看来,此文从艺术手法上来说并不甚俗。仅仅因为其描写对象是多数文人不关注的题材——饼,作为精英士大夫而言,在传统的"君子远庖厨",以及"劳心者治人,劳力者治于人"的观念影响下,《饼赋》以及《劝农赋》等作品,显然被士大夫视为俗的代表。

束皙所谓的"鄙俗"之作非但没有被埋没,反而受到部分精英文人的青睐,甚至有部分追慕者出现。《世说新语·雅量》记载:"殷荆州有所识作赋,是束皙慢戏之流,殷甚以为有才,语王恭:'适见新文,甚可观。'便于手巾函中出之。王读,殷笑之不自胜;王看竟,既不笑,亦不言好恶,但以如意帖之而已。殷怅然自失。"③殷仲堪看到一篇赋,这篇赋与束皙赋类似,在当时

---

① 《晋书》,中华书局1974年版,第1428页。
② 〔清〕严可均辑:《全上古三代秦汉三国六朝文》(三),上海古籍出版社2009年版,第532页。
③ 徐震堮:《世说新语校笺》,中华书局1984年版,第211页。

被称为"慢戏之流",这说明束皙的赋在当时尚有一定的影响力,乃至有大量追随模拟者,连殷仲堪也觉得此类作品颇有可观之处。但是因为内容的鄙俗,不受王恭一类士大夫的认可。可见处在精英文化圈内的文人,从内心深处表示对此类俗文学的不屑,相比之下殷仲堪却是非常具有包容态度。殷仲堪与王恭的不同取向,也反映出精英文学中对于雅俗的认识存在不同的态度。

精英文学中的分化导致雅、俗问题由文学风格的差异,转变为判断文学高下优劣的重要标准,此点在文风整体趋向雅化的北朝中后期表现尤为明显。北朝后期有部分以俗为美学追求的文人,典型代表为成霄、姜质、胡叟等人。《北史·成淹传附子霄》载成淹之子成霄:"字景鸾,好为文咏,坦率多鄙俗,与河东姜质等朋游相好,诗赋间起,知音之士所共嗤笑。"①但是《魏书·成淹传附子霄》云:"子霄,字景鸾。亦学涉,好为文咏,但词彩不伦,率多鄙俗。与河东姜质等朋游相好,诗赋间起。知音之士,共所嗤笑;闾巷浅识,颂讽成群,乃至大行于世。"②《北史》与《魏书》这两段记载有所不同,魏收多出"闾巷浅识,颂讽成群,乃至大行于世"一句。从语气上看,作为精英文学代表的魏收,似乎对两人的文章流行于世颇为不屑。

同样对成霄、姜质等人表达不满的还有北齐文人颜之推,他在《颜氏家训》中提及:"近在并州,有一士族,好为可笑诗赋,诮撇邢、魏诸公,众共嘲弄,虚相赞说,便击牛酾酒,招延声

---

① 《北史》,中华书局 1974 年版,第 1701 页。
② 《魏书》,中华书局 1974 年版,第 1755 页。

誉。"① 颜之推对自己家族的文学能力非常自信,"吾家世文章,甚为典正,不从流俗,梁孝元在蕃邸时,撰《西府新文》,讫无一篇见录者,亦以不偶于世,无郑、卫之音故也"②。他的文学观显然是以典正为追求,对于萧纲等人的宫体风格并不认可,这也是他反对流俗文风的表现,但并不能说明俗文学在北朝没有接受者。

王利器先生认为"疑姜质其人,即颜氏所谓并州士族"③,可见两人对身为文坛执牛耳的魏收、邢邵颇不以为然,这表明以姜质和成霄为代表的俗文学作者,与以魏收为代表的雅文学作者两者之间互有龃龉。颜之推也是站在雅文学的立场对其表示讥讽。这简单归于士大夫文人与民间文人之间的区别,似乎并不妥当,因为成霄出身并不卑微,其父成淹的文笔也是得到公认的。《魏书》载:"淹上《接舆释游论》,显祖览之,诏尚书李䜣曰:'卿等诸人不如成淹《论》,通释人意。'"④ 且成淹还当过主客令接待南朝使者。主客令一职非有文采者不能胜任,所以成霄是有条件接受典雅文学训练的,其与姜质等人好为鄙俗之词,只能说明是个人文学兴趣的问题。这也说明当时有一个俗文学的传播系统,这个系统并不在魏收、颜之推等人的审美范畴中,因此不可能将其文章载入正史。但这个系统毋庸置疑

---

① 王利器:《颜氏家训集解(增补本)》,中华书局 1993 年版,第 254 页。
② 王利器:《颜氏家训集解(增补本)》,中华书局 1993 年版,第 269 页。
③ 王利器:《颜氏家训集解(增补本)》,中华书局 1993 年版,第 256 页。
④ 《魏书》,中华书局 1974 年版,第 1751 页。

确实是存在的。①

　　然而姜质的作品有一篇《亭山赋》，却被杨衒之收录到《洛阳伽蓝记》卷二"正始寺"条当中："遂造《亭山赋》行传于世。"②可见此赋有一定的接受空间和流行度，所以能够被杨衒之全文载入。③钱锺书先生认为此赋不仅文辞粗笨可笑，且多命意欠通之处，甚至杨衒之在引赋前面的关于景阳山风物的描摹都比此赋要高明。④并认为"姜质辈既不善于'典雅'复未工于'鄙俗'"⑤。除姜质外，北朝胡叟则是"既善典雅之词，又工鄙俗之句"的文人。《北史·胡叟传》："叟少聪慧，年十三，辩疑释理，鲜有屈焉。学不师受，披读群籍，再阅于目，皆诵焉。好属文，既善典雅之词，又工鄙俗之句。"⑥胡叟今存《示程伯达诗》一诗，《北史》本传曰："后入沮渠牧犍，牧犍遇之不重，叟乃为诗，示

---

① 孟光全认为："北朝确有一类作家，'诗赋间起'，大体有着相同趣味，且结成群体，近于宋代江湖诗派；他们的作品有一定的市场和接受群体；他们的作品多鄙俗好笑。这些材料可以看出北朝文学是丰富多样的，民间文士为向传统文士雅文学靠拢而努力，这也是北朝文学发展的一个动力。"〔《论〈洛阳伽蓝记·庭山赋〉的另一种趣味》，《内江师范学院学报》2005年第20卷(增)。〕

② 〔北魏〕杨衒之著，杨勇校笺：《洛阳伽蓝记校笺》，中华书局2006年版，第93页。

③ 胡姝梦认为其被选入《洛阳伽蓝记》原因有三：其一为显示洛阳繁华之象，其二在于杨衒之尚奇的文学观，其三对姜质性情的认同。(胡姝梦：《〈洛阳伽蓝记·庭山赋〉研究》，《语文知识》2012年第3期)

④ 钱锺书：《管锥编(四)》，生活·读书·新知三联书店2007年第2版，第2331页。

⑤ 钱锺书：《管锥编(四)》，生活·读书·新知三联书店2007年第2版，第2332页。

⑥ 《北史》，中华书局1974年版，第1262页。

所知广平程伯达。其略曰：'群犬吠新客，佞暗排疏宾。直途既已塞，曲路非所遵。望卫惋祝鮀，眄楚悼灵均。何用宣忧怀，托翰寄辅仁。'"①陈祚明称此诗"怀来显遂，押'辅仁'韵，质中之雅"②。此正是依据《北史》"既善典雅之词，又工鄙俗之句"作出的评价。

除成霄、姜质、胡叟等人外，尚有部分文人创作体现出俗的倾向。如甄琛"琛性轻简，好嘲谑，故少风望"，"所著文章，鄙碎无大体，时有理诣"。③又如裴景融，"虽才不称学，而缉缀无倦，文词泛滥，理会处寡。所作文章，别有集录。又造《邺都、晋都赋》云"④。胡僧祐"性好读书，不解缉缀，然每在公宴，必强赋诗，文辞鄙里，多被嘲谑，僧祐怡然自若，谓己实工，矜伐愈甚"⑤。成霄、姜质、胡叟、甄琛、裴景融、胡僧祐等人共同之处皆是文辞鄙俗，不通文理，却又都表现出不以为意，暗于自见的态度。

雅俗之争主要表现在北朝后期，在孝文帝全面改革基础上，加之与南朝文人交流频繁，北朝文学整体趋向文雅化，此时精英文学中便产生出雅俗的分化。但这种分化并未如南朝一般引起文体和文风的震动和改变，相反只是小范围内的讨论。在北朝文学的认知中，雅俗兼善也成为衡量文学优秀与否的标准之一。魏收在《魏书·自序列传》中借高澄之口称自己"在朝今

---

① 《北史》，中华书局 1974 年版，第 1262—1263 页。
② 〔清〕陈祚明评选，李金松点校：《采菽堂古诗选》，上海古籍出版社 2008 年版，第 1028 页。
③ 《魏书》，中华书局 1974 年版，第 1516 页。
④ 《魏书》，中华书局 1974 年版，第 1534 页。
⑤ 《梁书》，中华书局 1973 年版，第 639 页。

有魏收，便是国之光采。雅俗文墨，通达纵横，我亦使子才、子升时有所作，至于词气并不及之。吾或意有所怀，忘而不语，语而不尽，意有未及。及收呈草，皆以周悉。此亦难有"①。虽然魏收亦否定成霄、姜质等人的俗化，但只是对其产生广泛影响颇有微词，在魏收看来，"雅俗文墨，通达纵横"依然是符合优秀文学标准的。因为从北朝文学整体表现来看，俗化倾向是不容忽视的客观存在现象。

三、北朝文学通俗化表现

北朝文学通俗化主要表现在文辞和内容两方面，文辞上趋向于质朴古拙，缺乏雕润；内容上或表现军功题材，或涉及艳情内容，整体上追求通俗易懂。

北朝文学的通俗化，首先表现在诏令等公文表达上。十六国时期胡族政权统治者不善于，也不习惯用典雅的表达，比如石勒的一些诏令都几乎纯用口语，不可避免地趋向通俗化。石勒的诏令非常的简单明了，往往一两句把事情交代清楚，没有多余的废话，几乎是对口语的直接翻译。如其《下令起建德殿》："去年水出巨材，所在山积，将皇天欲孤膳修宫宇也！其拟洛阳之太极起建德殿。遣从事中郎任汪帅使工匠五千采木以供之。"②《下书采集律令之要》："今大乱之后，律令滋烦，其采集律令之要，为施行条制。"③《下书国人》："国人不听报嫂及在丧婚娶，其烧

---

① 《魏书》，中华书局 1974 年版，第 2326 页。
② 《晋书》，中华书局 1974 年版，第 2737 页。
③ 《晋书》，中华书局 1974 年版，第 2730 页。

葬令如本俗。"①慕容燕汉化较深,在诏令方面较石勒情况稍好一些,但慕容泓与苻坚书信依然可以看出言语具有简洁明了,毫无累赘之词的特点。慕容泓《与苻坚书》:"秦为无道,灭我社稷。今天诱其衷,使秦师倾败,将欲兴复大燕。吴王已定关东,可速资备大驾,奉送家兄皇帝并宗室功臣之家。泓当率关中燕人,翼卫皇帝,还返邺都,与秦以武牢为界,分王天下,永为邻好,不复为秦之患也。钜鹿公轻骛锐进,为乱兵所害,非泓之意。"②又如慕容垂《上书请伐》:"石虎穷极凶暴,天之所弃,余烬尚存,自相鱼肉。今中国倒悬,企望仁恤。若大军一举,势必倒戈。"③也几乎是口语的直译,但其言辞已较石赵时期有所改善。

北魏早期几位帝王的诏令也表现出通俗化倾向。如太武帝《又与宋主书》:"年已五十,未尝出户,虽自力而来,如三岁婴儿,复何知我鲜卑常马背中领上生活。更无余物可以相与,今送猎白鹿马十二匹并毡药等物,彼来马力不足,可乘之。道里来远,或不服水土,药自可疗。"④此文几乎纯用口语,直陈其事。在《魏书》等北朝人所书写的史书中,早期皇帝的诏令明显经过文饰,而《宋书·索虏列传》几乎保留了太武帝书信的原味,曹道衡先生认为这种表达更接近于北魏朝廷通用文体的原貌。

在北魏的诸多诏令当中,孝文帝所收录的最多,且颇有文采。即便如此,孝文帝的一些诏令也不可避免地呈现通俗化倾

① 《晋书》,中华书局 1974 年版,第 2736 页。
② 《晋书》,中华书局 1974 年版,第 2920 页。
③ 〔清〕严可均辑:《全上古三代秦汉三国六朝文》(四),上海古籍出版社 2009 年版,第 198 页。
④ 《宋书》,中华书局 1974 年版,第 2347—2348 页。

向。比如太和初年，卢昶出使南朝前，孝文帝诏昶曰："卿便至彼，勿存彼我。密迩江扬，不早当晚，会是朕物。卿等欲言，便无相疑难。"又敕副使王清石曰："卿莫以本是南人，言语致虑。若彼先有所知所识，欲见便见，须论即论。"①几乎完全是口语化的表达，未加任何修饰。卢昶出使是在太和初年，此时孝文帝虽然不过是十几岁的孩子，但诏书中的雄豪之气在近乎通俗化的表述中显露无疑。

诏令因其具有口头诏书的性质，有时即使是文化教养较高的君主也不可避免地表现出不同程度通俗化的倾向。相比之下，诗歌更能代表北朝文学通俗化的倾向。

北朝诗歌中很多类似谣谚，谣谚本身就属于俗文学，但是常常被文人所引用或创作，这也可说明北朝文人刻意追求俗化的特点。如前秦时期的赵整即用谣谚的形式来讽谏君主，据《高僧传》记载，赵整"性好讥谏，无所回避。苻坚末年，宠惑鲜卑，隳于治政。正因歌谏曰：'昔闻孟津河，千里作一曲，此水本自清，是谁搅令浊。'坚动容曰：'是朕也。'又歌曰：'北园有一枣，布叶垂重阴，外虽饶棘刺，内实有赤心。'坚笑曰：'将非赵文业耶。'"②赵整的两首《讽谏诗》类似于谶谣，将政治变故以通俗的诗句进行暗示，以"调戏机捷"的形式引起君主的警戒。据《晋书》记载，赵整反对苻坚分氐户于诸镇的行为。当苻坚送苻丕于灞上，氐族父老哭泣相送时，赵整于是援琴而歌："阿得脂，阿

---

① 《魏书》，中华书局1974年版，第1055页。
② 〔南朝梁〕释慧皎撰，汤用彤校注，汤一玄整理：《高僧传》，中华书局1992年版，第35页。

得脂,博劳旧父是仇绥,尾长翼短不能飞。远徙种人留鲜卑,一旦缓急语阿谁。"① "阿得脂"一说为伯劳鸟,"仇绥"胡三省已不知为何物,"尾长翼短不能飞"乃形容氐族所面临的困境。"远徙种人留鲜卑,一旦缓急语阿谁"一句,在苻秦政权后期诸族叛乱时,果成谶言。这些类似谣谚的诗歌,在少数民族文学尚不发达时期,多用于表达情感和叙述民族历史上。如北魏早期,时人谣曰:"诘汾皇帝无妇家,力微皇帝无舅家。"②反映民族内部的伦理关系。

北朝有些诗在特定场合出现,是诗人刻意追求庸俗化的行为。如博陵人崔巨伦的《五月五日诗》。据《魏书》记载,怀朔镇将领葛荣占据河北地区,当时崔巨伦为殷州长史、北道别将,在州陷贼,为葛荣所执,"葛荣闻其才名,欲用为黄门侍郎。巨伦心恶之"③。在五月五日宴会上,葛荣让崔巨伦即兴赋诗。崔巨伦不愿与之合作,为避免获罪,又不得不委曲求全,于是便信口吟出:"五月五日时,天气已大热。狗便呀欲死,牛复吐出舌。"④该诗极俗,无甚内涵,饱含其对葛荣政权的不屑,崔巨伦作此诗目的是"以此自晦",并最终获免。

有些诗则是信口拈来,既像诗又像谚,颇类打油诗。如游雅:"人贵河间邢,不胜广平游。人自弃伯度,我自敬黄头。"⑤游雅字伯度,小名黄头,据《魏书》载:"高允重雅文学,而雅轻薄

---

① 《晋书》,中华书局 1974 年版,第 2928 页。
② 《北史》,中华书局 1974 年版,第 2 页。
③ 《魏书》,中华书局 1974 年版,第 1251 页。
④ 《魏书》,中华书局 1974 年版,第 1251 页。
⑤ 《魏书》,中华书局 1974 年版,第 1195 页。

允才,允性柔宽,不以为恨。允将婚于邢氏,雅劝允娶于其族,允不从。"①游雅"性刚戆,好自矜诞,陵猎人物"②,因不满高允娶河间邢氏而不娶游氏,故吟此诗以讽。

　　在北朝一些临终诗或绝命诗中,也具有通俗化倾向。如中山王元熙为元乂所杀,临终前赋《绝命诗》二首:"乂实动君子,主辱死忠臣。何以明是节,将解七尺身。""平生方寸心,殷勤属知己。从今一销化,悲伤无极已。"③又如平东将军营州刺史元景临终前自作墓志铭云:"洛阳男子,姓元名景,有道无时,其年不永。"④北魏皇族在孝文帝以后,已经接受了文学熏陶和训练,在中山王元熙的诗中明显可见其文雅化趋势,但依然无法掩盖其质直、通俗的特点,元景的墓志更是简单至极,直抒性情。究其原因,在于通俗性更符合表达身世感慨。再如冯元兴依托叛臣元乂之势,引为尚书殿中郎,当元乂赐死后,冯元兴亦被废除,故作《浮萍诗》:"有草生碧池,无根绿水上。脆弱恶风波,危微苦惊浪。"⑤陈祚明在《采菽堂古诗选》中称:"元魏诗多直述性情,真率之词,无非苦调,如秋深气凛,剩有寒虫间作悲鸣,冻响衰涩。"⑥"冻响衰涩"可以说是对此类通俗化诗歌恰当的理解。

　　陈祚明所言"直述性情,真率之词",乃是北朝诗歌整体风

---

①《魏书》,中华书局 1974 年版,第 1195 页。
②《魏书》,中华书局 1974 年版,第 1195 页。
③《魏书》,中华书局 1974 年版,第 504 页。
④《魏书》,中华书局 1974 年版,第 377 页。
⑤《魏书》,中华书局 1974 年版,第 1760 页。
⑥〔清〕陈祚明评选,李金松点校:《采菽堂古诗选》,上海古籍出版社 2008 年版,第 1032 页。

格特点,此类诗歌反映了与南朝诗歌不同的艺术取向。从内容上看,直述性情的作品可分为以下几类:

第一类,表现北朝风物景色之作。如董绍《高平牧马诗》:"走马山之阿,马渴饮黄河。宁谓胡关下,复闻楚客歌!"[1]彭城王元勰的《问松林》:"问松林,松林经几冬? 山川何如昔,风云与古同。"[2]王肃的《悲平城》:"悲平城,驱马入云中。阴山常晦雪,荒松无罢风。"[3]三首诗都不刻意追求文辞的华丽,仅有常见意象和简单词语,稍微经过加工,便产生苍劲有力的艺术效果。斛律金所歌北朝著名的《敕勒歌》,更是具有草原民族原始气息的通俗作品。此类诗歌最能代表北朝诗歌刚健的风格特点。

第二类,军人武将表现军旅生活之作。北齐一些武将的诗歌最能体现俗的特点,此类作品主要表现在语言的通俗化上。如北齐高昂《征行诗》:"垄种千口牛,泉连百壶酒。朝朝围山猎,夜夜迎新妇。"[4]此诗以毫无避讳的直白形式,表达武人豪放不羁的生活态度,战场上将士追求及时行乐的哀伤感,也在故作豪迈的高歌中隐约透露。又如北齐高祖常宴群臣,酒酣,各令歌,武卫斛律丰乐歌曰:"朝亦饮酒醉,暮亦饮酒醉。日日饮酒醉,国计无取次。"[5]与此类似的有北周杨文佑的《为周宣帝歌》:"朝亦醉,暮亦醉。日日恒常醉,政事日无次。"[6]这两首诗从其创作

---

① 《北史》,中华书局 1974 年版,第 1706 页。
② 《魏书》,中华书局 1974 年版,第 572 页。
③ 《魏书》,中华书局 1974 年版,第 1799 页。
④ 逯钦立辑校:《先秦汉魏晋南北朝诗》,中华书局 1983 年版,第 2257 页。
⑤ 逯钦立辑校:《先秦汉魏晋南北朝诗》,中华书局 1983 年版,第 2257 页。
⑥ 逯钦立辑校:《先秦汉魏晋南北朝诗》,中华书局 1983 年版,第 2344 页。

意图和创作场合来讲,有极大的相似之处,都具有浓重的口语化特点,前三句皆以"醉"字做结,层层递进,最后加以政治讽刺。

第三类,反映爱情题材的作品,尤其是女性诗歌,此类作品主要体现在内容的通俗化上。如邢邵《思公子》:"绮罗日减带,桃李无颜色。思君君未归,归来岂相识。"[1]该诗以拟代女子的口吻,表达思恋之情,其中所用意象和语辞,在此前的文学作品中时常出现,可说是无甚新意,可以看出北朝文人诗受南朝影响的痕迹。在爱情主题中,北朝女性诗人表现较为突出,如:

> 王容《大堤女》:"宝髻耀明珰,香罗鸣玉佩。大堤诸女儿,一一皆春态。入花花不见,穿柳柳阴碎。东风拂面来,由来亦相爱。"
>
> 王德《春词》:"春花绮绣色,春鸟弦歌声。春风复荡漾,春女亦多情。爱将莺作友,怜傍锦为屏。回头语夫婿,莫负艳阳征。"
>
> 周南《晚妆诗》:"青楼谁家女,当窗启明月。拂黛双蛾飞,调脂艳桃发。舞罢鸾自羞,妆成泪仍滑。愿托嫦娥影,寻郎纵燕越。"[2]

此类作品明显受齐梁文学的影响,内容上多描写男女思恋,意象上多取艳丽华贵之物,色彩鲜明,辞藻绮丽。南朝刘宋以后"自

---

[1]　逯钦立辑校:《先秦汉魏晋南北朝诗》,中华书局 1983 年版,第 2263 页。

[2]　以上数条,分见逯钦立辑校:《先秦汉魏晋南北朝诗》,中华书局 1983 年版,第 2224、2225、2225 页。

颓家竞新哇,人尚谣俗"①,多采民歌入诗。此类作品在形式上并非俗,但在内容上多表现男女之情,在雅正文学观的视角来看也属于通俗之作。北朝诗歌在后期也多吸收民歌成分,甚至波及宫中,如胡太后所作《杨白花》:"阳春二三月,杨柳齐作花。春风一夜入闺闼,杨花飘荡落南家。含情出户脚无力,拾得杨花泪沾臆。秋去春还双燕子,愿衔杨花入窠里。"②据《梁书》载,武都仇池人杨华与胡太后私通,后惧祸南下降梁。胡太后追思之,乃作此曲,"使宫人连臂蹋足歌之,声甚凄惋"③。此曲内容香艳,富有浓郁的民歌色彩,是民间俗歌影响北朝宫廷的代表作。

第四类,取自生活中常见俗物或表现日常世俗生活之作。如《洛阳伽蓝记》所载王肃二女争一夫的故事:"肃在江南之日,聘谢氏女为妻,及至京师,复尚公主。其后谢氏入道为尼,亦来奔肃。见肃尚主,谢作五言诗以赠之。其诗曰:'本为箔上蚕,今作机上丝;得路逐胜去,颇忆缠绵时?'公主代肃答谢云:'针是贯线物,目中恒任丝;得帛缝新去,何能纳故时?'"④两人分别以蚕丝、针线作喻,以日常所见之物喻夫妻之意。又如北齐卢士深妻崔氏所作《靧面辞》:"取红花,取白雪,与儿洗面作光悦。取白雪,取红花,与儿洗面作妍华。取花红,取雪白,与儿洗面作光泽。取雪白,取花红,与儿洗面作华容。"⑤即表现日常生活场

---

① 《南齐书》,中华书局 1972 年版,第 595 页。

② 逯钦立辑校:《先秦汉魏晋南北朝诗》,中华书局 1983 年版,第 2246 页。

③ 逯钦立辑校:《先秦汉魏晋南北朝诗》,中华书局 1983 年版,第 2246 页。

④ 〔北魏〕杨衒之著,杨勇校笺:《洛阳伽蓝记校笺》,中华书局 2006 年版,第 135—136 页。

⑤ 逯钦立辑校:《先秦汉魏晋南北朝诗》,中华书局 1983 年版,第 2286 页。

景,富于生活气息,是世俗生活的再现。

除诗歌之外,北朝赋作也有大量通俗之作,除了上文所言姜质《亭山赋》外,卢元明《剧鼠赋》在选材内容上与束皙《劝农》《饼赋》类似,选取通俗之物作对象。钱锺书称《剧鼠赋》"乃游戏之作,不求典雅,直摹物色,戛戛工于造语"[1]。卢元明另有一篇《幽居赋》。相对来说,《幽居赋》似乎更接近于典雅的风格,但却不存于后世,相反《剧鼠赋》这种个性鲜明,充满辛辣讽刺的近乎于游戏之作的文字却被保留下来,一则说明北朝人在仿效潘岳《闲居赋》一类作品中并不能有所超越,另一方面也可说明通俗化或者极具个性的作品相对来说更容易保留。

四、北朝文学通俗化的成因

北朝文学从公文诏令到诗歌文赋,都体现了明显的通俗化倾向。形成通俗化倾向的主要原因有以下几点:

第一,军功实用主义的需求。

战争期间政令的颁布不需要文辞多么雍容华丽,政令的颁布应该以清晰明了为主,这也是为什么史书说北朝文学"便于时用"的主要原因。《魏书·礼志》云:"太祖南定燕赵,日不暇给,仍世征伐,务恢疆宇。虽马上治之,未遑制作,至于经国轨仪,互举其大,但事多粗略,且兼阙遗。"[2]典章制度的缺失,使其在奏章书仪等方面也未加规范化,因此诏令国书皆以俗化为主。孝

---

[1]　钱锺书:《管锥编(四)》,生活·读书·新知三联书店 2007 年第 2 版,第 2322 页。

[2]　《魏书》,中华书局 1974 年版,第 2733 页。

文帝作为北魏历代最具文采的帝王,《魏书·高祖纪》称:"有大文笔,马上口授,及其成也,不改一字。"①说明此前也是有人口授,因此会保留一部分口语化的成分,孝文帝之前历代君主也当是以"口授"的形式颁布诏书。孝文帝太和八年(484)八月甲辰诏书中说:"百辟卿士,工商吏民,各上便宜。利民益治,损化伤政,直言极谏,勿有所隐,矜令辞无烦华,理从简实。"②可知此前的诏令文字所追求的是"辞无烦华,理从简实",并不需要过多的繁饰之辞。但是"自太和十年已后诏册,皆帝之文也"③。此后孝文帝的诏书可以明显看出文采有所提升,是孝文帝刻意追求的结果。

从十六国时期至北朝末年,在军功实用主义的影响下,应用文学趋向通俗化成为一种必然。偏重实用主义的倾向不仅体现在政令公文上,在儒学层面也有所体现。对玄虚之学的排斥,对经世致用的追求,使得北朝儒学更偏重理性,注重实效。《颜氏家训·文章》中记载了一件北齐席毗嗤鄙文学的故事:"齐世有席毗者,清干之士,官至行台尚书,嗤鄙文学,嘲刘逖云:'君辈辞藻,譬若荣华,须臾之玩,非宏才也;岂比吾徒千丈松树,常有风霜,不可凋悴矣!'刘应之曰:'既有寒木,又发春华,何如也?'席笑曰:'可哉!'"④作为清干之士的席毗认为繁辞华藻不若质性自然,这是北朝实用主义者对文人轻蔑态度的一种反映。

---

① 《魏书》,中华书局 1974 年版,第 187 页。
② 《魏书》,中华书局 1974 年版,第 154 页。
③ 《魏书》,中华书局 1974 年版,第 187 页。
④ 王利器:《颜氏家训集解(增补本)》,中华书局 1993 年版,第 265 页。

第二，民族交往与融合中，文学通俗化倾向逐渐形成。

李炳海先生对民族融合与文学雅俗的关系有深入探讨，他认为："民族融合时期，中国古代文学通俗化的动力主要来自进入中土的少数民族，是他们原始遗风发挥作用的结果；典雅化的能源之一则是来自儒学传统，是各少数民族迈向文明的产物。从民族融合角度看，在文学通俗化趋势中，主要是汉族文人被入主中土的少数民族同化；而在典雅化的过程中，则是少数民族作家汉化。中国古代文学在民族融合时期的雅俗嬗革，实际是汉族与其他各少数民族双向作用的结果，是认同心理在发挥作用。"[1]

文学的发展与受众关系密切，北朝士人在与少数民族君臣交往过程中，不得不采取通俗化的方式，以便使其更易于接受。如早期北朝士人在与君主交流时，多涉及天文秘术、谶纬谣谚，或如僧侣多论神秘奇幻之事，其目的是迎合少数民族君主原始质朴的思维特征。民族交往是双向的，当汉族人在文化上影响少数民族的同时，少数民族的生活习惯和风俗传统也逐渐影响汉人，甚至在北齐更是一改孝文帝全面汉化的成果，恢复鲜卑语的民族语言。文化风俗上如此，但更深层面的是对精神气质的影响，与南朝保持士族文化品格的选择不同，少数民族性格中的刚健、质朴、直率、坦诚等等对北朝士人不可避免地产生影响。在北魏国家强盛时期，这种性格也逐渐形成统一的民族认同和国家意识。因此在民族交融过程中，文学表达趋向通俗化成为

[1] 李炳海：《民族融合与中国古代文学的雅俗嬗革》，《社会科学战线》1992年第2期。

一种必然。

第三,生存环境与文学交流的匮乏。

对于北朝文学生存环境与文学交流的问题,学者讨论较多。总结起来,生存环境的艰辛与文学交流的障碍主要体现在以下几点:首先,闭塞的生存环境阻碍了文学的交流。北朝文人的交往多在州里乡间,因此文人的创作不太可能出现过于典雅化的作品,而更多是要符合底层民众审美需求的民歌或谣谚。其次,生存环境不仅指自然条件,还包含政治环境的险恶。在十六国时期,汉族士人与少数民族政权的关即面临被杀与妥协两条路,尤其在北魏早期国史之狱之后,高允等文人"不为文二十年",有的文人甚至将赠答的诗文付之一炬;再如崔玄伯"自非朝廷文诰,四方书檄,初不染翰,故世无遗文"①,这种小心谨慎难免对文学的健康交流产生阻碍。再次,与南朝相比,北朝文学雅俗间的界限清晰,文人相轻的情况更为严重。对此《颜氏家训·文章》中称:"江南文制,欲人弹射,知有病累,随即改之,陈王得之于丁廙也。山东风俗,不通击难。吾初入邺,遂尝以此忤人,至今为悔;汝曹必无轻议也。"②在北朝作家中,以邢邵、魏收为代表的雅文学一派,对以成霄、姜质等为代表的俗文学群体嗤之以鼻。邢、魏之间虽然也相互嘲讽,但更难对其眼中所谓的鄙俗之作抱有学习和交流的欲望。

生存环境的艰辛与文学交流的匮乏导致一些北朝文人在创作上师心自见,《北齐书·儒林列传·刘昼》记载刘昼"举季才入

---

① 《魏书》,中华书局 1974 年版,第 623 页。
② 王利器:《颜氏家训集解(增补本)》,中华书局 1993 年版,第 279 页。

京,考策不第。乃恨不学属文,方复缉缀辞藻,言甚古拙。制一首赋,以《六合》为名,自谓绝伦,吟讽不辍。乃叹曰:'儒者劳而少工,见于斯矣。我读儒书二十余年而答策不第,始学作文,便得如是。'"[①]刘昼本为儒生,转而著文,以为无师自通,缉缀辞藻草成一赋,沉溺于自我欣赏之中。刘昼对此赋颇为得意,甚至将此赋呈与魏收,希望得到魏收的认同,但魏收评价其:"赋名六合,其愚已甚,及见其赋,又愚于名。"[②]北朝类似刘昼这种不通文法、不重交流者大有人在,这些人在得不到主流文坛认同之后,不免会产生"诮撇邢、魏诸公"的做法,在民间互相标榜,促进民间俗文学系统发展的同时,与主流雅文学偏离甚远。

综上所述,北朝文学在演进过程中,受到多方面因素的影响,无论是实用性文体还是表情达意的文体,其作品多直述性情、真率之词,不可避免地呈现出通俗化的特质,形成所谓的"河朔之制"。这种特质虽然在北朝后期被南来文风所改善,但依然可以代表北朝文学的整体风格取向。北朝文学俗化的特质在经过王褒、庾信等南朝文人的吸纳和改进后,在雅俗观念的碰撞以及文质的调和中逐渐被融合,形成魏徵所言"文质彬彬"的基本认知,为盛唐文学的健康发展作了良好的先导和铺垫。

第二节 永明体在北朝的接受与传播

盛行于齐永明至梁大同年间的永明体,以四声理论的发现

---

① 《北齐书》,中华书局 1972 年版,第 589 页。
② 《北齐书》,中华书局 1972 年版,第 589 页。

和应用为主要特征,其创作以"竟陵八友"为主,《梁书·文学列传·庾肩吾传》:"齐永明中,文士王融、谢朓、沈约文章始用四声,以为新变,至是转拘声韵,弥尚丽靡,复逾于往时。"①永明体对南朝文学影响之深远自不待言,然而,永明体对北朝文学的影响情况,往往掩盖在南朝文学北传的宏观表述中。刘知幾在《史通·杂说下》首先提出永明体在北朝的传播情况:"自梁室云季,雕虫道长。谓太清已后。平头上尾,尤忌于时;对语俪辞,盛行于俗。始自江外,被于洛中。"②在刘知幾眼中,北朝受南方文学影响之标志,即为永明体之"平头上尾,对语丽辞"。有关北朝对永明声律问题的接受情况的记载,多保存在《文镜秘府论·天卷》中,其中《四声论》一篇本之于隋刘善经所著《四声指归》③。刘善经去古未远,曾供职北齐文林馆,对北朝文学特征有充分的认识,其中关于北朝对四声态度的记述尤多且详,从中或可看出北朝后期对永明体诗歌创作方式的接受情况。永明文学的北传一直是北朝文学以及永明文学研究中所忽视的重要问题④,本

---

① 《梁书》,中华书局1973年版,第690页。

② 〔唐〕刘知幾撰,〔清〕浦起龙通释:《史通》,上海古籍出版社2015年版,第472页。

③ 《隋书·文学列传·刘善经》:"河间刘善经,博物洽闻,尤善词笔。历仕著作佐郎、太子舍人。著《酬德传》三十卷,《诸刘谱》三十卷,《四声指归》一卷,行于世。"中华书局1973年版,第1748页。

④ 对永明体系统研究著作如刘跃进:《门阀士族与永明文学》(生活·读书·新知三联书店1996年版)、杜晓勤:《齐梁诗歌向盛唐诗歌的嬗变》(北京大学出版社2009年版)、吴相洲:《永明体与音乐关系研究》(北京大学出版社2006年版)、何伟棠:《永明体到近体》(广东高等教育出版社1994年版)等论著中,对永明体于北朝之影响关注不够,所见北朝文学研究中对此问题讨论则更少。

节以《文镜秘府论》所载为基础,参合史籍,试图描绘出以四声为中心的永明体在北朝的传播与接受情况,以期对南北文学差异的表现和北朝对南朝的接受情况有更深入而全面的了解。

一、北朝声律的发展及其对永明体的认同

四声的发现和应用是永明体的主要特征之一[①],北朝对四声的认识略晚于南朝,其对四声理论的态度可以归纳为支持与排斥两种。据《文镜秘府论·天卷·四声论》,在理论上支持四声者主要有三人:魏秘书常景(著有《四声赞》,今文存)、齐仆射阳休之(著有《韵略》)、齐太子舍人李概(著有《音韵决疑》),此外,《文镜秘府论》中又记载洛阳王斌撰《五格四声论》,但王斌其人不可考[②],且其书在当时"文辞郑重,体例繁多,割拆推研,忽不能别矣"[③],遂可不论。其中常景、李概两人尤其值得注意,常景与袁翻一起被视为孝文帝之后重要的文学革新人物,而李概则是曾经出使南朝的重要使者,其经历与四声在北朝的传播流布关系密切。

史籍中对北朝文学的总体描述以孝文帝时期为转折,如《隋书·经籍志四·集部序》:"后魏文帝,颇效属辞,未能变俗,

---

① 由于"八病"说是否属于永明体特征之一,学界存在一些不同见解,如聂鸿音:《论永明声律说的本质和起源》(《兰州大学学报》1984 年第 4 期)认为八病说为后人之附会,又如刘跃进:《门阀士族与永明文学》中《四声八病二题》认为八病为隋唐时人攀附于沈约所创,故本节只取"四声"之发现与应用为永明特征的观点进行考察。

② 唯《南史·陆厥传》记载:"时有王斌者,不知何许人。著《四声论》行于时。"

③ [日]遍照金刚著,周维德校点:《文镜秘府论》,人民文学出版社 1975 年版,第 30 页。

例皆淳古。齐宅漳滨,辞人间起,高言累句,纷纭络绎,清辞雅致,是所未闻。"①孝文帝时期文学虽有起色,但是对于辞藻(即声韵问题)的重视程度显然不够,这种情况自袁翻、常景后有所改进,《文镜秘府论》引《魏书·文苑传序》:"至丁雅言丽则之奇,绮合绣联之美,眇历年岁,未闻独得。既而陈郡袁翻、河内常景,晚拔畴类,稍革其风。"②《北史·文苑传序》记述与之基本相同。《周书·王褒、庾信列传赞》也称:"其后袁翻才称澹雅,常景思摽沉郁,彬彬焉,盖一时之俊秀也。"③可见袁翻、常景的地位在魏收以及唐代史臣看来也是很重要的,在他们之后,文学才出现鼎盛局面。

　　从今所传作品中很难看出袁翻、常景两人"稍革其风"的主要表现。袁翻为青齐士人,其主要造诣在学术方面,曾参与宣武帝正始年间修订新律。《北齐书·邢邵传》记载他曾排抑邢邵的事件,证明他对于文学后进是"无所奖拔,排抑后进",以至于"论者鄙之",④很难说这样的人能够成为文坛领袖。但袁翻与祖莹文才并列,《魏书·祖莹传》:"莹与陈郡袁翻齐名秀出,时人为之语曰:'京师楚楚,袁与祖;洛中翩翩,祖与袁。'"⑤并常常与元熙等鲜卑贵族,以及"知友才学之士"李琰、李神俊、王诵兄弟、裴敬宪等人进行文学交往活动,其名声大概由此得以传

① 《魏书》,中华书局1973年版,第1090页。
② [日]遍照金刚著,周维德校点:《文镜秘府论》,人民文学出版社1975年版,第27页。
③ 《周书》,中华书局1971年版,第744页。
④ 《北史》,中华书局1974年版,第1717页。
⑤ 《魏书》,中华书局1974年版,第1799页。

出。袁翻"所著文笔百余篇,行于世"①,今所传仅有《思归赋》一篇,《魏书》本传录有其文,诗歌几乎失传。从《思归赋》可以看其文学水平之高下,曹道衡称其"多少近于南朝鲍照、江淹赋的风格"②,说明他是师法南朝刘宋时期的文风。仅从现传作品中并不能看出其对音律声韵的掌握情况如何,也看不出"稍革其风"的表现。总体来看,袁翻的实际文学表现与史籍中的地位名实不副,因此,考察北朝后期文学转变的情况,当以常景为中心。

与袁翻"独善其身,无所奖拔,排抑后进"的态度不同,常景能够发掘后进者的文学才华,温子升即被常景称赞后,名气始盛。《北史·文苑列传·温子升传》载温子升"为广阳王深贱客,在马坊教诸奴子书。作《侯山祠堂碑文》,常景见而善之,故诣深谢之。景曰:'顷见温生。'深怪问之。景曰:'温生是大才士。'深由是稍知之。"③又如苏亮,被常景评价只言片语便可仕途坦然。④与袁翻相比,常景似乎是更能引领文坛进行"稍革其风"的人物。常景年轻时就颇有文才,"名位乃处诸人之下,文

---

① 《魏书》,中华书局 1974 年版,第 1544 页。

② 见曹道衡、沈玉成编著:《南北朝文学史》。又曹道衡、沈玉成:《中古文学史料丛考》:"然以文风论,唯袁翻此赋,文风最近齐梁,当是有意学江、鲍之作。……当时南北交通频繁,其得见江、鲍赋,实近情理。"(中华书局 2003 年版,第 714 页)

③ 《北史》,中华书局 1974 年版,第 2783 页。

④ 《北史·苏绰传附苏亮传》:"亮初举秀才,至洛阳,过河内常景。景深器之,而谓人曰:'秦中才学可以抗山东,将此人乎!'魏齐王萧宝夤引为参军。"(中华书局 1974 年版,第 2250 页)

出诸人之上"①。曾经在孝文帝太和年间奉诏"修律令"②,"典仪注事"③,并撰有《后魏仪注》。其作品主要有《中书监高允遗德颂》(存目)、《司马相如赞》、《王褒赞》、《严君平赞》、《扬雄赞》(逯钦立题为《赞四君诗四首》)、《图古像赞述》、《洛桥铭》,此外还有一篇墓志铭《护军将军高显碑铭》(严可均《全上古三代秦汉三国六朝文》未收此文)、《拟刘琨扶风歌》十二首,已佚④。其与永明体相关的文学理念主要体现在《四声赞》中。《文镜秘府论·天卷·四声论》载常景《四声赞》曰:

> 龙图写象,鸟迹摛光。辞溢流徵,气靡清商。四声发彩,八体含章,浮景玉苑,妙响金锵。⑤

通过四言八句的赞文形式,阐述了诗歌创作中发现并利用四声的玄妙之处。如果将这段表述与沈约的《答甄公论》和《宋书·谢灵运传论》相比照,就会发现常景对于四声说理解的深刻。如其中"四声发彩,八体含章"即是四声用于声韵,而所谓"八体"即为"八病",其根据显然是沈约《答甄公论》中的表述:"善

---

① 《北史》,中华书局 1974 年版,第 1555 页。
② 《北史》,中华书局 1974 年版,第 1687 页。
③ 《北史》,中华书局 1974 年版,第 1585 页。
④ 《魏书·常景传》:"景经涉山水,怅然怀古,乃拟刘琨《扶风歌》十二首。"(中华书局 1974 年版,第 1804 页)
⑤ [日]遍照金刚著,周维德校点:《文镜秘府论》,人民文学出版社 1975 年版,第 33 页。

用四声,则讽咏而流靡;能达八体,则陆离而华洁。"① 又如"浮景玉苑,妙响金锵",即是《宋书·谢灵运传论》中所谓的"浮声""切响",所表达的意思与"一简之内,音韵尽殊;两句之中,轻重悉异"② 无差。更为主要的是,常景毫不掩饰对齐梁时期文风的赞同,认为文章应当"辞溢流徵,气靡清商"。由此可见,常景是在充分理解和接受沈约创作经验的基础上,作出的理性称赞。同时,他也能将四声的理论用于创作中,以《四君赞》中的《司马相如赞》为例:

> 长卿有艳才,直致不群性。
>
> 郁若春烟举,皎如秋月映。
>
> 游梁虽好仁,仕汉常称病。
>
> 清贞非我事,穷达委天命。③

该诗文辞略显古拙,不能严格符合格律规范,且押仄声韵(其余三首皆押平声韵),但相比北朝前期的文学作品而言,已经体现了对声律的自觉运用,在整体风格上也更接近南朝诗歌。

常景以后,阳休之、李概两人也在理论上发展了音韵学与四声学的内容。阳休之"俊爽有风概,少勤学,爱文藻,弱冠擅声,为后来之秀"④。其贡献在《韵略》一书,《文镜秘府论·天卷·

---

① [日]遍照金刚著,周维德校点:《文镜秘府论》,人民文学出版社 1975 年版,第 32 页。
② 《宋书》,中华书局 1974 年版,第 1779 页。
③ 《魏书》,中华书局 1974 年版,第 1802 页。
④ 《北齐书》,中华书局 1974 年版,第 560 页。

四声论》:"齐仆射阳休之,当世之文匠也,乃以音有楚夏,韵有讹切,辞人代用,今古不同,遂辨其尤相涉者五十六韵,科以四声,名曰《韵略》。制作之士,咸取则焉,后生晚学,所赖多矣。"①李百药称其"文章虽不华靡,亦为典正"②。阳休之作为北齐文林馆代表,在声韵普及上有一定影响,对北朝韵学发展影响深远,隋代陆法言《切韵》的成书,即吸收了《韵略》的部分内容。

李概则在四声与五音的关系上作出了努力探索。在四声发现之前,人们所认识的音程关系只有音乐上的五音,这后来成为四声反对者用来驳难四声合理性的理由之一。沈约在《答甄公论》中也就四声与五声的关系进行了讨论:"经典史籍,唯有五声,而无四声。然则四声之用,何伤五声也。五声者,宫商角徵羽,上下相应,则乐声和矣;君臣民事物,五者相得,则国家治矣。"③据此可以推测,北朝甄琛所反对四声的一种理由,即是四声与五音不相符合。对此,沈约从四季运行的角度进行解释:"昔周孔所以不论四声者,正以春为阳中,德泽不偏,即平声之象;夏草木茂盛,炎炽如火,即上声之象;秋霜凝木落,去根离本,即去声之象;冬天地闭藏,万物尽收,即入声之象:以其四时之中,合有其义,故不标出之耳。"④这种解释并没有从根本上解

---

① [日]遍照金刚著,周维德校点:《文镜秘府论》,人民文学出版社1975年版,第33页。

② 《北齐书》,中华书局1974年版,第563页。

③ [日]遍照金刚著,周维德校点:《文镜秘府论》,人民文学出版社1975年版,第32页。

④ [日]遍照金刚著,周维德校点:《文镜秘府论》,人民文学出版社1975年版,第32—33页。

决四声与五音的关系问题。李概在《音韵决疑序》中作出了更为详细的解释,《文镜秘府论·天卷·四声论》载刘善经对其贡献的赞赏:"经(刘善经)每见当此文人,论四声者众矣,然其以五音配偶,多不能谐。李氏忽以《周礼》证明,商不合律,与四声相配便合,恰然悬同。愚谓钟、蔡以还,斯人而已。"①可见,在李概以前,论四声与五音配偶的人非常多,但都不能解释清楚。李概以《周礼》"商不合律,盖与官同声也"②为前提,再将五音与四声相配,具体的相配原则出现于唐初元兢《诗髓脑·调声》云:"声有五声,角徵宫商羽也。分于文字四声,平上去入也。宫商为平声,徵为上声,羽为去声,角为入声。"③而这一问题的关键部分是李概解决的,所以刘善经赞其"钟、蔡以还,斯人而已"④。

以上是对北朝声律发展的大体描述,在《文镜秘府论》中提到的三人中,阳休之和李概稍晚于常景,且少作品,所以实际上只有常景在理论和创作上都接受了永明体。据樋口泰裕以"上尾"和"鹤膝"为中心将北朝诗歌分为四个时期进行的考察发现⑤,从常景开始,改变了之前高允、游雅等人不和声律的古拙

---

① [日]遍照金刚著,周维德校点:《文镜秘府论》,人民文学出版社 1975 年版,第 34 页。

② [日]遍照金刚著,周维德校点:《文镜秘府论》,人民文学出版社 1975 年版,第 33 页。

③ [日]遍照金刚著,周维德校点:《文镜秘府论》,人民文学出版社 1975 年版,第 13 页。

④ 值得注意的是,《广弘明集》卷七《辨惑篇·齐李公绪》言李概"字季节,属文读佛经,脚指夹之",其对佛经态度如此,断不至于据佛经翻译而发现四声理论。

⑤ [日]樋口泰裕:《北朝诗格律化趋势及其进程》,《社会科学战线》1996 年 6 期。

创作,而开启了在此之后温子升、邢邵、魏收等人颇通声律的创作风气。在后三者的作品中,已经出现有意识地避免声病的倾向,且形成了标榜南朝创作文学的团体,以至于祖珽评价邢邵和魏收时说:"见邢、魏之臧否,即是任、沈之优劣。"① 但是这种诗歌中重视声调的创作意识,并非在所有北朝文人中普遍存在,在实践中尚有大量固守北朝质朴文风的创作团体。

二、北朝对永明体的排斥与改造

《文镜秘府论·天卷·四声论》将北朝后期(东魏、北齐时期)声韵的接受情况描述为:"及徙宅邺中,辞人间出,风流弘雅,泉涌云奔,动合宫商,韵谐金石者,盖以千数,海内莫之比也。"② 其中多有夸张之辞,这是刘善经处在北朝立场上认识的局限。北朝虽然对四声问题认识较早,并且有部分文人如常景之类的支持者,但能自觉并灵活将其运用于诗歌创作者则少之又少。相比之下,《隋书·经籍志四·集部序》所说的"清辞雅致,是所未闻""风流文雅,我则未暇"③,似乎更为客观。北朝后期文章创作虽然有所振兴,但在语言的规范上、声律、平仄、对仗等具体创作实践的应用上,都逊色于南方。这主要是因为北朝对永明体有一个由排斥到接受的过程。

在沈约、王融等人大力倡导"四声说"的同时,北方的甄琛

---

① 《北齐书》,中华书局 1972 年版,第 492 页。
② [日]遍照金刚著,周维德校点:《文镜秘府论》,人民文学出版社 1975 年版,第 27—28 页。
③ 《隋书》,中华书局 1973 年版,第 1090 页。

首先以《磔四声》对其进行辩难,这说明,四声说在诞生之初就已传到北方,但北方作家多有排斥。《文镜秘府论》记载了甄琛的主要观点:"魏定州刺史甄思伯,一代伟人,以为沈氏《四声谱》不依古典,妄自穿凿,乃取沈君少时文咏犯声处以诘难之。又云:'若计四声为纽,则天下众声无不入纽,万声万纽,不可止为四也。'"①结合上文所引《答甄公论》可以看出,甄琛反对四声主要有两方面,其一:提出四声与五音不相符合;其二:以汉语语音的独立性及个别性,来模糊四声说的概括性、规律性。沈约在《答甄公论》中虽然作了回应,但似乎仍难以说服甄琛,因此被接受新变的刘善经批评为"胶柱调瑟,守株伺兔"②。甄琛是反对用以四声入诗歌创作的,是北方文学在理论上的守旧派代表,他的观点显然不利于北朝诗歌在形式上的进步,但在当时却得到了部分文学创作者的支持,或者说激发了北朝文人维护自身文学特色的反弹,其典型代表是成霄与姜质。

《魏书·成淹传附成霄传》载:"(成)霄,字景鸾。亦学涉,好为文咏,但词彩不伦,率多鄙俗。与河东姜质等朋游相好,诗赋间起。知音之士,共所嗤笑;闾巷浅识,颂讽成群,乃至大行于世。"③以魏收的文学标准来看,成霄与姜质的作品"词彩不伦,率多鄙俗"。因为魏收和邢邵代表的是主动学习永明体的

---

① [日]遍照金刚著,周维德校点:《文镜秘府论》,人民文学出版社1975年版,第30—31页。

② [日]遍照金刚著,周维德校点:《文镜秘府论》,人民文学出版社1975年版,第31页。

③ 《魏书》,中华书局1974年版,第1755页。

作家,且邢、魏"各有朋党"①,而成霄与姜质则是与之相反的代表,两者相互诋斥。成霄、姜质诸人的诗赋创作被"知音之士,共所嗤笑"。这里的"知音之士",可以看作是熟识永明体创作特征的诗人。南北朝时期多将精通音律者称作"知音之士",如沈约《宋书·谢灵运列传》:"世之知音者,有以得之,知此言之非谬。"②《北齐书·元文遥传》:"然探测上旨,时有委巷之言,故不为知音所重。"③钟嵘《诗品·序》记载王融曾欲作《知音论》,以论"律吕音调"与文章的关系;刘善经《四声指归》说李概是"知音之士,撰《音韵决疑》"④;《颜氏家训·音辞》里也说李季节(李概)"此为知音矣"⑤。按照这种解释,姜质、成霄等人便成为与接受永明体的魏收、邢邵等"知音之士"所鄙视的团体代表,即重视文学质朴乃至鄙俗的一派。⑥这一派在当时的影响十分广泛,其跟风者"颂讽成群,乃至大行于世"⑦。

事实上,北朝一直有好"鄙俗之文"的传统,其早期代表是胡叟,《魏书·胡叟传》称胡叟"好属文,既善为典雅之词,又工为鄙俗之句"⑧。这种鄙俗之句的创作在才情稍逊的北朝文人间

① 《北齐书》中华书局 1972 年版,第 492 页。
② 《宋书》,中华书局 1974 年版,第 1779 页。
③ 《北齐书》,中华书局 1972 年版,第 504 页。
④ [日]遍照金刚著,周维德校点:《文镜秘府论》,人民文学出版社 1975 年版,第 33 页。
⑤ 王利器:《颜氏家训集解(增补本)》,中华书局 1996 年版,第 554 页。
⑥ 吴先宁也看出姜质"与魏收的态度形成一个微妙的对立"这一特征,故而魏收之《魏书》称其"词采不伦,率多卑俗"。(吴先宁:《北朝文化特质与文学进程》,东方出版社 1997 年版,第 56 页)
⑦ 《魏书》,中华书局 1974 年版,第 1755 页。
⑧ 《魏书》,中华书局 1974 年版,第 1149 页。

颇为盛行,如广宁常顺阳、冯翊田文宗、上谷侯法俊等人都聚集在胡叟周围,"禀叟奖示,颇涉文流"①,形成了一个以创作"鄙俗之文"为乐趣的小型文学团体。这种传统一直延续到东魏、北齐时期,《颜氏家训·文章》篇中的几条材料也能反映这一派的创作主张。

《颜氏家训·文章》:"江南文制,欲人弹射,知有病累,随即改之,陈王得之于丁廙也。山东风俗,不通击难。吾初入邺,遂尝以此忤人,至今为悔;汝曹必无轻议也。"所谓"病累",指不合声律音韵的毛病,《文镜秘府论·南卷》所云"推校声律,动成病累"②即为此意。颜之推在北齐文林馆时,很可能以音律等南方熟知的常识批评过北方诗人。当然其中也可能包括除声律外的其他毛病,但北方作家这种不"欲人弹射",拒绝交流创作经验的做法,是其接受永明体的一大障碍。又《颜氏家训·文章》:"齐世有席毗者,清干之士,官至行台尚书,嗤鄙文学,嘲刘逖云:'君辈辞藻,譬若荣华,须臾之玩,非宏才也;岂比吾徒千丈松树,常有风霜,不可凋悴矣!'刘应之曰:'既有寒木,又发春华,何如也?'席笑曰:'可哉!'"刘逖曾多次出聘梁、陈,与南朝有深入交往,③其诗歌当受南方影响颇深。刘逖有一首《对雨诗》,其中有"细落疑含雾,斜飞觉带风。湿槐仍足绿,沾桃更上红"。前两句颇合平仄,后两句对句工稳,清新迤逦,符合永明体的特

---

① 《魏书》,中华书局 1974 年版,第 1151 页。

② [日]遍照金刚著,周维德校点:《文镜秘府论》,人民文学出版社 1975 年版,第 153 页。

③ 《北齐书·文苑传》:"乾明年,兼员外散骑常侍,使于梁主萧庄……兼散骑常侍,聘陈使主。"(中华书局 1972 年版,第 615 页)

征,《北齐书》本传称其"留心文藻,颇工诗咏"①当为不虚。而席毗却将其譬之为"荣华",并对其重视辞藻(其中自然包括对声律、对偶的强调)的做法表示不屑,还试图通过"寒木"这种北方文化特质对其进行纠正。

永明体传入之初,在声律问题得到认可的同时,其自身所携带的绮丽柔靡的文风却遭到拒绝,这和北方文化特质与文人喜好是格格不入的,其隶事用典"怠同书抄"的做法也是北方文人学不来的。虽然有少量作家如魏收、邢邵等以个人才华师法者,但仍有大量保守力量坚持固有的文学风格。如北方人对王籍《入若耶溪》中名句的批评,以及卢思道等人对北上南朝诗人"工于篇什"的诗歌"雅所不惬"的态度②,都可以说是对南方诗歌中过分讲究声律,以及重视迤逦华靡、雕琢文章风气的拒绝。而到了北朝后期,已经形成逐渐摆脱或纠正了模拟南朝文风的倾向,而形成"江北江南,意制本应相诡"③的态度,对自身文学特征有了客观而自信的认识。

事实上,南北方不同的文学主张,也就是"文质观"的不同发展路线。南方文章"贵于清绮",北方强调"重乎气质",双方各有短长。如果没有北方甄琛、姜质、席毗、卢思道等人在理论与实践上的排斥,以及对北方质朴文风的固守与自觉追求,或者如果一味模仿追随永明体的创作手法,就不会有隋文帝改革文

---

① 《北齐书》,中华书局 1972 年版,第 615 页。
② 王利器:《颜氏家训集解(增补本)》,中华书局 1993 年版,第 296 页。
③ 〔清〕严可均辑:《全上古三代秦汉三国六朝文》(六),上海古籍出版社 2009 年版,第 295 页。

风的理论基础,更不会有盛唐诗歌"各去所短,合其两长"的健康发展。隋唐在建立正统文风时所追求的"文质彬彬",正是在南北方这种各自保持自身文学特质的前提下,得以融汇并确立起来的。

三、聘使往来——永明体传播的主要媒介

齐梁时期不仅是诗歌向近体过渡时期,也是南北朝双方交往颇为密切时期。据不完全统计,从齐永明元年 483 年到梁亡 557 年 74 年时间里,南北双方官方交往达 84 次之多,仅永明年间的 11 年内就进行了 22 次交往活动。①永明时期的交往活动虽然以政治目的为基础,但其间也有文化上的往来,尤其是聘使之间在文学上的切磋,更是促进南北方文学交流的重要途径。永明体诞生的时间恰好是在南北双方往来频繁的时期,通过考察南北使者的交往活动,可以明晰永明体北传的方式和媒介。

据史料所载,南齐作为主客郎接待北使者主要有以下几人:任昉(永明三年,485 年);张融(永明八年,490 年);刘绘(永明九年五月,491 年);萧琛(永明九年十月,491 年);王融(永明十年,492 年);谢朓(延兴元年,471 年)。作为使者出使北魏的主要有:车僧朗(萧道成建元三年,481 年);刘赞、张谟(永明元年,483 年);司马宪、庾习(永明二年,484 年);刘赞、裴昭明(永明三年,485 年);裴昭明、司马迪之(永明四年,486 年);颜幼明、刘思效(永明七年,489 年);裴昭明、谢竣(永明九年正

---

① 蔡宗宪:《南北朝交聘与中古南北互动(三九六—五八九)》附表《南北朝交聘编年表》(台湾大学 2006 年博士学位论文)。

月,491 年);萧琛、范缜(永明九年八月,491 年);萧琛、范云(永明十年,492 年);萧琛、庾荜、何宪、邢宗庆(永明十年十二月,492 年);虞长耀(永明十一年,493 年)。

可以看出,永明年间,作为接待使者的主客郎都是永明体创作的代表作家。其中张融与周颙、刘绘都是通晓音韵的作家,《南齐书·刘绘传》:"时张融、周颙并有言工,融音旨缓韵,颙辞致绮捷,绘之言吐,又顿挫有风气。时人为之语曰:'刘绘贴宅,别开一门。'言在二家之中也。"①时人重视言语中符合音韵,即所谓之"言工",《南齐书·周颙传》:"颙音辞辩丽,出言不穷,宫商朱紫,发口成句。"②《南齐书·周颙传》:"每宾友会同,颙虚席晤语,辞韵如流,听者忘倦。"③

对于永明声律的起源问题,按前辈学者之见,固然与佛经转读以及造"经呗新声"关系密切④,但南朝士族在玄谈中对音辞的强调,也为声律之发现提供了契机⑤。这种传统由来已久,

---

① 《南齐书》,中华书局 1972 年,第 841 页。
② 《南齐书》,中华书局 1972 年,第 731 页。
③ 《南齐书》,中华书局 1972 年,第 732 页。
④ 陈寅恪:《四声三问》,《清华大学学报》1934 年第 2 期。
⑤ 对此曹道衡先生已有先见在前:"东晋南朝的士族,在谈玄之际,也很重视人们谈吐的语音是否符合洛阳的声调及其声音是否悦耳。久而久之,连吟咏和普通谈话,也很讲究'音辞'。"(曹道衡:《南朝文学与北朝文学研究》,商务印书馆 2017 年版,第 172 页)王运熙、杨明《魏晋南北朝文学批评史》对此也有论述:"汉末魏晋以来,人们对于言谈吐属,亦注意其声音之美。"(上海古籍出版社 1989 年版,第 220 页)此外,刘跃进认为:"新声杂曲对于永明作家的影响尤为直接。"(《永明诗歌平议》,《文学评论》1992 年第 6 期)由此可见,永明体产生因素众多,不仅与佛经转读关系密切而已。

东晋谢安在谈玄论道时,就以其生理特征融合洛阳方言,形成所谓"洛生咏"①。此后,"洛生咏"实际上成为士族身份的一种象征。张融颇通音韵,曾用洛阳方言作洛生咏,在遇到危机时,竟能通过作"洛生咏"而脱险。从这一点上看,张融与周颙都是具有语言天赋的人,在音辞的理解上对声律的发现作出了有益的探索。另外,这种对音辞的深入理解,还以聘使交往的形式突显出来。

在接待北来使者,以及选拔聘使时,言语工稳是极为重要的衡量标准。在刘宋时期的南北交往中,就已意识到这一点,《宋书·张畅传》载:"(李)孝伯言辞辩赡,亦北土之美也。畅随宜应答,吐属如流,音韵详雅,风仪华润,孝伯及左右人并相视叹息。"②王肃到北魏后,"陈说治乱,音韵雅畅,深会帝旨"③,其言语的典正也是打动孝文帝的原因之一。但在交往中,北方在语辞上稍微逊色于南方,并常常遭到南朝人的鄙视,《南齐书·刘绘传》载:"后北虏使来,绘以辞辩,敕接虏使。事毕,当撰语辞。绘谓人曰:'无论润色未易,但得我语亦难矣'"④。

随着齐梁以后交往的频繁,北方人已经可以掌握南朝这种"言工"的语言方式了,《梁书·儒林列传·卢广传》:"时北来人儒学者有崔灵恩、孙详、蒋显,并聚徒讲说,而音辞鄙拙;惟广

---

① 《世说新语·方正》刘孝标注引宋明帝《文章志》曰:"安能作洛下书生咏,而少有鼻疾,语音浊。后名流多学其咏,弗能及,手掩鼻而吟焉。"(徐震堮:《世说新语校笺》,中华书局1984年版,第206页)

② 《宋书》,中华书局1974年版,第1605页。

③ 《魏书》,中华书局1974年版,第1407页。

④ 《南齐书》,中华书局1972年版,第842页。

（案：范阳卢广）言论清雅，不类北人。"^①由于范阳卢氏在北朝曾多次作为聘使出使南朝^②，因此，卢广对南方语言的掌握程度大大超出其他北方人士。当然这是以对音韵的理解为前提的，也是南北方交往频繁的结果。又如《北齐书·李绘传》言李绘"音辞辩正，风仪都雅，听者悚然"^③。李绘与其兄李浑、弟李纬皆为聘南使主，并且深得梁武帝赏识，李绘因其口才出众，邺下称赞："学则浑、绘、纬，口则绘、纬、浑。"^④又如《北齐书·崔赡传》："赡词韵温雅，南人大相钦服。"^⑤也是因为言辞雅正得到南方人的认可。

这种对音辞的注意也波及到北方的鲜卑贵族，使其在与南方使者言谈中注意语言的规范，改掉了"虏音"。如《北史·任城王澄传》："齐庾荜来朝，见澄音韵遒雅，风仪秀逸，谓主客郎张彝曰：'往魏任城以武著称，今魏任城乃以文见美也。'"^⑥庾荜以文采赞美任城王之标准即为"音韵遒雅"，任城王元澄是孝文帝改革的主力支持者，在实践废除鲜卑语、改言汉语的政令上不遗余力。又如东魏文献王元湛墓志铭言其"风神秀整，音韵恬雅"^⑦。

在当时交往频繁时期，南北双方语言上的交流颇多注意，

---

① 《梁书》，中华书局 1973 年版，第 678 页。
② 范阳卢氏先后有卢玄、卢昶、卢元明出使南朝。
③ 《北齐书》，中华书局 1972 年版，第 395 页。
④ 《北史》，中华书局 1974 年版，第 1208 页。
⑤ 《北齐书》，中华书局 1972 年版，第 336 页。
⑥ 《北史》，中华书局 1974 年版，第 655 页。
⑦ 赵超：《汉魏南北朝墓志汇编》，天津古籍出版社 2008 年版，第 356 页。

不同的方言是南北双方在交往上共同关注的语言现象。如南朝刘昶入魏后，"呵嘒僮仆，音杂夷夏"①，所谓夷音即江南吴语。颜之推《颜氏家训》中也专有《音辞》一篇以辨南北方言之不同。由此而引起对汉语音调、音韵的认识，进而促进四声的发现，是有一定语言实践基础的。四声的发现固然有佛经转读的直接原因，但在转读之外，谈玄的场面和南北朝的交往过程中，对语辞的理解和转化，也是不容忽视的因素。

　　除了促进音辞的发现外，聘使往来还带来文学上的交流。与张融、周颙并列的刘绘，其人虽非"竟陵八友"之一，然与萧子良等人相友善，"永明末，京邑人士盛为文章谈义，皆凑竟陵王西邸。绘为后进领袖，机悟多能"②，皎然《诗式·明四声》以及《封氏见闻录》皆将其与"八友"、周颙等人对举，可见其在永明体发展过程中的重要地位。从今存八首诗中，可以看出其风格与沈约、谢朓相近，趋向遣辞平易。③而作为使者接待北方聘使的经历，更为永明体的北传提供了方便。

　　除了张融、刘绘外，担任过主客郎一职的任昉、萧琛、王融、谢朓更是永明体的主力干将。在南北双方宴会上的切磋交往中，文学的交流是主要方式，永明体作家的作品在聘使交往中得以影响到北方。王融在接待房景高、宋弁时，宋弁"因问：'在朝闻主客作《曲水诗序》。'景高又云：'在北闻主客此制，胜于颜延年，实愿一见。'融乃示之。后日，宋弁于瑶池堂谓融曰：

① 《魏书》，中华书局 1974 年版，第 1308 页。
② 《南齐书》，中华书局 1972 年版，第 841 页。
③ 曹道衡、沈玉成：《南北朝文学史》，人民文学出版社 1991 年版，第 199 页。

'昔观相如封禅,以知汉武之德;今览王生《诗序》,用见齐王之盛。'"① 宋弁在北方虽然听闻王融《曲水诗序》的大名,但是难得一见,在阅览后大为钦佩。如果没有主客的文学交流,以及宴会上的切磋,王融的《曲水诗序》很难顺利传到北方。尤其值得注意的是,萧琛不仅作为主客接待过北方使者,也曾三次出使北方,在文学传播方面发挥重要作用。被邢邵、魏收所师法的任昉、沈约诸人的文集,大概就是此时传入北方的。上文所引反对四声说的甄琛,孝文帝时期也曾接待过南来使者,这也许就是他接触到四声说的主要方式。②

四声的发现对当时的文学创作影响很大,沈约云"自灵均已来,此秘未睹"③,颇以此自负。以王融、沈约、谢朓为代表的永明文人,虽然已经有了明确的声律意识,而且提出了系统的理论,但在创作中还要有一个摸索的过程。包括沈约自己在内,其作品中就多有不合四声,且犯八病的作品,很难完全符合标准。以至于卢照邻说"八病爰起,沈隐侯永作拘囚"④。刘善经也认为在声律问题上是"能言之者,未必能行者"⑤。但经过宫体诗人在声律上的不断完善和改进,在梁、陈之间,四声已经趋于"平仄"二元化,并迈出向律诗即近体诗转换的步伐,这一变化主要体现在庾信、徐陵的创作上。而徐、庾两人的入北经历,及其在北朝

① 《南齐书》,中华书局 1972 年版,第 821—822 页。
② 《魏书·甄琛传》:"琛,高祖时兼主客郎,迎送萧赜使彭城刘缵,琛钦其器貌,常叹咏之。"(中华书局 1971 年版,第 1514 页)
③ 《南齐书》,中华书局 1972 年版,第 898 页。
④ 〔清〕董诰等编:《全唐书》第二册,中华书局 1983 年版,第 1692 页。
⑤ [日]遍照金刚著,周维德校点:《文镜秘府论》,人民文学出版社,第 29 页。

的影响,则是近体诗在北朝更进一步流传散播的契机。

　　当然,文学的交往不仅限于人员的往来,书籍的流通、士人的流亡、僧徒的活动都是促进文学交流的因素。但在这些因素中,聘使的交流是最为健康和积极的,在交聘的语辞中更能充分展现其文学才华,甚至在交聘中与敌国使节成为文学上的朋友[①],保持着友好的往来。例如陈周弘正为聘使入北周见韦琼,相谈甚欢,并赠其诗句"德星犹未动,真车讵肯来?"以示友善。这种没有政治偏见的交往,使文学得以在平等层面交流,是促进文学融合的重要方式。

　　综上所述,永明体的诞生及流播正处于南北双方"自梁、魏通和,岁有交聘"[②]的时期,其间南北虽然偶有战争,但大体上保持了很长时间的和平局面,这为北朝接受永明体提供了良好的外部环境。因为不同的文学立场和创作传统的影响,北朝在四声理论的接受上形成两种态度,其接受者将永明体的优秀因素发挥在创作实践中,其排斥者通过固守北朝文化特质的方式,拒绝了齐梁诗歌柔靡、浮华诗风的侵蚀,保持了健康的文学因子,为隋唐文风的进一步融合奠定基础。

---

① 《梁书·王份传附王锡传》载:普通年间,北使刘善明欲求见王锡、张缵两人,"(朱)异具启,敕即使于南苑设宴,锡与张缵、朱异四人而已。善明造席,遍论经史,兼以嘲谑,锡、缵随方酬对,无所稽疑,未尝访彼一事"(中华书局 1973 年版,第 326 页)。

② 《北齐书》,中华书局 1972 年版,第 469 页。

第三节　张彝《上采诗表》与北魏采诗之风

在北朝乐府诗的研究中,北魏宣武帝时期张彝所献的《上采诗表》尚未受到重视。葛晓音先生首先发现此问题的重要价值[①],此后相继得到少数学者的关注[②],但均未能深入展开讨论。若放在北魏巡省制度的视野下对张彝《上采诗表》进行考察,可以看出北魏对于乐府诗收集、整理的渠道和途径。而结合张彝《上采诗表》与《梁书》所载北方降人的基本情况,或可为解释"梁鼓角横吹曲"何以南传等悬而未决的问题提供一种思考的方向。

一、张彝的双重身份与其《上采诗表》

张彝,字庆宾,清河东武城人。其曾祖张幸曾为南燕慕容超东牟太守,在太武帝拓跋焘时"率户归国"[③],并赐爵平陆侯,拜平远将军、青州刺史。此后其祖袭爵,父早卒,至张彝仍袭爵平陆侯。名门显贵的出身,养成了张彝"性公强,有风气"[④]的个性,

---

① 葛晓音:"关于孝文帝采诗,从未见治文学史者提及,其实《魏书·张彝传》明载此事,颇可注意。……可以想见魏孝文帝时采诗的规模是相当可观的。……当时乐府中既有'不准古旧'的'随时歌谣',其来源必定是观采风谣所得。"(葛晓音:《八代诗史》,中华书局 2007 年版,第 226—227 页)
② 相关研究参见吴先宁:《北朝文化特质与文学进程》,东方出版社 1997 年版;王淑梅:《北朝乐府诗研究》,社会科学文献出版社 2013 年版。
③ 《魏书》,中华书局 1974 年版,第 1427 页。
④ 《魏书》,中华书局 1974 年版,第 1427 页。

其性格豪放，"出入殿庭，步眄高上，无所顾忌"①，即使受到文明太后的批评也不为所动。其性格中倔强不屈的一面表现十分明显，这似乎也预示了张彝的政治悲剧。

在张彝的履历中，有两个身份颇值得注意。一是他曾经以主客郎的身份负责接待南朝聘使。在孝文帝太和初年范阳卢渊作主客令时，张彝与李安民曾并为散令作陪。太和十六年（492）又"迁主客令，例降侯为伯，转太中大夫，仍行主客曹事"②。在任主客郎期间，张彝与南朝文人接触频繁，《北史·任城王传》载："齐庾荜来朝，见澄音韵遒雅，风仪秀逸，谓主客郎张彝曰：'往魏任城以武著称，今魏任城乃以文见美也。'"③主客郎的经历，以及与南朝文人的密切往来，使得张彝对南朝文学有了深入接触和交流的机会，也使他在南北新旧之间颇多称誉，《魏书》称其"南北新旧，莫不多之"④。北魏能够出任主客郎的人，大多数要求"辞藻富逸"⑤，或"综习经典"⑥，这说明张彝在文学上具备一定的才能，此种能力是他关注民间歌谣，并有意识进行采诗行为的前提和基础。

张彝的另一个重要身份是巡使。因其善于督察，故"每东西驰使有所巡检，彝恒充其选，清慎严猛，所至人皆畏伏"⑦，因

① 《魏书》，中华书局 1974 年版，第 1428 页。
② 《魏书》，中华书局 1974 年版，第 1428 页。
③ 《北史》，中华书局 1974 年版，第 655 页。
④ 《魏书》，中华书局 1974 年版，第 1431 页。
⑤ 《魏书》，中华书局 1974 年版，第 2325 页。
⑥ 《魏书》，中华书局 1974 年版，第 1213 页。
⑦ 《魏书》，中华书局 1974 年版，第 1428 页。

此在迁都洛阳之后,张彝被授予太常少卿,迁散骑常侍,兼侍中,"持节巡察陕东、河南十二州"①。在出任巡使期间,张彝有机会接触到民间歌诗,并对其进行收集整理。尤其是张彝在巡省后所献的《上采诗表》更值得关注,因为在张彝之前,关于北魏采诗的情况记载非常有限,张彝的《上采诗表》为研究北魏采诗相关问题提供了弥足珍贵的线索,其表文如下:

> ……(前颂词,略之)高祖迁鼎成周,永兹八百,偃武修文,宪章斯改,实所谓加五帝、登三王,民无德而名焉。犹且虑独见之不明,欲广访于得失,乃命四使,观察风谣。臣时忝常伯,充一使之列,遂得仗节挥金,宣恩东夏,周历于齐鲁之间,遍驰于梁宋之域,询采诗颂,研捡狱情,实庶片言之不遗,美刺之俱显。而才轻任重,多不遂心。所采之诗,并始申目,而值銮舆南讨,问罪宛邓,臣复忝行军,枢机是务。及辇驾之返,膳御未和,续以大讳奄臻,四海崩慕,遂尔推迁,不及闻彻。未几,改牧秦蕃,违离阙下,继以谴疾相缠,宁丁八岁。常恐所采之诗永沦丘壑,是臣夙夜所怀,以为深忧者也。陛下垂日月之明,行云雨之施,察臣往罪之滥,矜臣贫病之切,既蒙崇以禄养,复得拜扫丘坟,明目友朋,无所负愧。且臣一二年来,所患不剧,寻省本书,粗有仿佛。凡有七卷,今写上呈,伏愿昭览,敕付有司,使魏代所采之诗,不埋于丘井,臣之愿也。②

---

① 《魏书》,中华书局 1974 年版,第 1428 页。
② 《魏书》,中华书局 1974 年版,第 1430—1431 页。

从表文中可以看出,张彝采诗开始时间当在孝文帝迁都之后,具体时间在太和二十一年(497)正月,此点依据《魏书》的记载可以明确。《魏书·高祖纪下》载:"二十有一年春正月……己亥,遣兼侍中张彝、崔光,兼散骑常侍刘藻,巡方省察,问民疾苦,黜陟守宰,宣扬风化。"[①]其采诗结束时间在太和二十一年八月"庚辰,车驾南讨"[②],孝文帝亲自率领部队进攻南齐萧鸾,也就是张彝表中所说的"銮舆南讨,问罪宛邓"。所以,张彝整个采诗的过程不过七八个月。由于时间的仓促,以及自认为"才轻任重,多不遂心"等原因,张彝对所采风谣仅仅列了个目录。孝文帝驾崩后,张彝出任秦州刺史,使得所采之诗"遂尔推迁,不及闻彻",一直到宣武帝延昌初年(512)才将所采之诗献出,从其采诗到其献诗,其间经历十几年。

张彝何以迁延十几年才献出所采之诗? 其主要原因在于张彝晚年身患风疾,基本已停废在家,但"志气弥亮"[③]的张彝依然希望能够得到朝廷的重视,因此先后著成"起元庖牺,终于晋末,凡十六代,百二十八帝,历三千二百七年,杂事五百八十九,合成五卷"[④]的《历帝图》,以及上表进献所采之诗,希望以此得到宣武帝的认可。

张彝所采之诗"凡有七卷",按照他的建议,希望宣武帝能够"敕付有司,使魏代所采之诗,不堙于丘井"[⑤]。其中"有司"一

① 《魏书》,中华书局 1974 年版,第 181 页。
② 《魏书》,中华书局 1974 年版,第 182 页。
③ 《魏书》,中华书局 1974 年版,第 1429 页。
④ 《魏书》,中华书局 1974 年版,第 1430 页。
⑤ 《魏书》,中华书局 1974 年版,第 1431 页。

词值得注意，"有司"是否指"乐府"颇令人怀疑。若为"乐府"，当径言之，然而北魏乐府多奏雅乐，对于民间歌谣未见著录。[①]由此可知，当时并没有固定接受献诗之所，故称"有司"而不称"乐府"。然则，张彝所献七卷歌诗最终去向何处？《魏书》中并没有交代，《隋书·经籍志》亦不见录，其他史料中也难寻踪迹。北魏末年，太乐令崔九龙曾建议太常卿祖莹将今古杂曲五百多曲存之乐府，其所收录乐曲"或雅或郑，至于谣俗、四夷杂歌，但记其声折而已，不能知其本意。又名多谬舛，莫识所由，随其淫正而取之。乐署今见传习，其中复有所遗，至于古雅，尤多亡矣"[②]。因崔九龙所收录的谣俗、杂歌"但记其声折而已"，其中当不包括张彝所献七卷的民间谣俗歌诗。

在作为巡使之后，张彝曾出任秦州刺史。在秦州时期，张彝"出入直卫，方伯威仪，赫然可观。羌夏畏伏，惮其威整"[③]，号为良牧。他在任秦州刺史时，是否有采诗之举？这一问题在《上采诗表》中虽然没有明确说明，但张彝在任秦州刺史期间，能够"务尚典式，考访故事"[④]，不仅包括对典章制度的考察，也包括

---

① 《魏书·乐志》载："（太和）七年秋，中书监高允奏乐府歌词，陈国家王业符瑞及祖宗德美，又随时歌谣，不准古旧，辨雅、郑也。十一年春，文明太后令曰：'先王作乐，所以和风改俗，非雅曲正声不宜庭奏。可集新旧乐章，参探音律，除去新声不典之曲，裨增钟县铿锵之韵。'"（中华书局 1974 年版，第 2829 页）又《魏书·高祖纪下》载："（太和）十有一年春正月丁亥朔，诏定乐章，非雅者除之。"（中华书局 1974 年版，第 162 页）可见北魏乐府以雅乐为主，非雅乐者以及新声不典之曲皆不录入。

② 《魏书》，中华书局 1974 年版，第 2843 页。

③ 《魏书》，中华书局 1974 年版，第 1428 页。

④ 《魏书》，中华书局 1974 年版，第 1428 页。

对秦地风俗民情的探查访求。张彝在秦州作刺史时期，或许有采集民间歌诗的行为，至少具备接触西北地区民歌的条件。且从任秦州刺史距其上表已有八年时间，其间足以对所收集诗歌进行补充完善。对于其是否曾在秦州有采诗行为，关系到后文所论"梁鼓角横吹曲"的传播问题，所以在此需要将其说明。

通过以上可知，在张彝的经历中，主客郎和巡使的双重身份，对于乐府诗的收集、整理和流传有天然的优势。身为主客郎能够获得接触南朝文人的机会，对于张彝自身文学素养的提升帮助较大，这使其有能力关注并收集民间诗歌，并且有可能将其传入南朝。而巡使的身份，又使其有机会和条件接触到北朝各地的民间歌谣。而巡使与采诗具体有何关系，则需以北魏巡省制度为视角进行考察。

二、北魏巡省制度下的采诗行为

采诗之风，是历代学者在对《诗经》收集整理情况的考察过程中提出的。关于《诗经》的编订，一般有"采诗说"与"献诗说"，按《汉书·艺文志》："古有采诗之官，王者所以观风俗，知得失，自考正也。"①《诗经》中那些反应底层人民"饥者歌其食，劳者歌其事"的现实之作，就是经过采诗之官收集而来，其目的是为了"观风俗，知得失，自考正"。关于采诗之官究竟为何人，历来说法不一，但大多认为是行人之官。《汉书·食货志上》曰："孟春之月，群居者将散，行人振木铎徇于路，以采诗，献之大师，

---

① 《汉书》，中华书局 1962 年版，第 1708 页。

比其音律,以闻于天子。"①行人将所采之诗献于太师,配上音乐,闻于天子,天子由此得以观民风、知民情。行人在《周礼·秋官》中系统非常完备,大小属官有 524 人之多,周代的行人虽然没有明确记载有采诗的职能,但通过其系统的知识结构和行政执掌来看,行人具备采诗的条件。对行人严格的选拔和培训,使其精通礼乐文化和外交辞令,在巡行四方的同时,也具备采诗的能力。②

北魏的大使巡省制度,虽然与先秦行人制度相距遥远,但在职能上有一定的相通之处。北魏巡省制度最早可追溯自监察之官,在北魏早期,官制上多"法古纯质"③,不依周汉旧名,其中对于监察官即有所提及。《魏书·官氏志》曰:"以伺察者为候官,谓之白鹭,取其延颈远望。"④候官所负伺察之职,即是后来巡使的重要职能之一,"延颈远望"的白鹭形象,体现了巡使奔走四方、观察侦测的特点。这说明在代国时期的拓跋族,就开始依照本民族的风俗实行巡视监察制度。

拓跋魏建立之初官员多无俸禄,致使官吏贪污腐败现象十分严重,因此从文成帝时期开始,便加强了巡省力度,并逐渐形成了一套完备的巡省制度。巡省制度对于遏制官员腐败起到了一定作用,与此同时,巡省官员还负有其他职责。文成帝时期的诏书详细地规定了巡省官员所应当负有的职责,据《魏书·文成

① 《汉书》,中华书局 1962 年版,第 1123 页。
② 详见付林鹏:《行人制度与先秦"采诗说"新论》,赵敏俐主编:《中国诗歌研究》(第 10 辑),社会科学文献出版社 2014 年版。
③ 《魏书》,中华书局 1974 年版,第 2973 页。
④ 《魏书》,中华书局 1974 年版,第 2973—2974 页。

帝纪》载,太安元年(455)夏六月癸酉,文成帝诏曰:

> 夫为治者,因宜以设官,举贤以任职,故上下和平,民无怨谤。若官非其人,奸邪在位,则政教陵迟,至于凋薄。思明黜陟,以隆治道。今遣尚书穆伏真等三十人,巡行州郡,观察风俗。入其境,农不垦殖,田亩多荒,则徭役不时,废于力也;耆老饭蔬食,少壮无衣褐,则聚敛烦数,匮于财也;闾里空虚,民多流散,则绥导无方,疏于恩也;盗贼公行,劫夺不息,则威禁不设,失于刑也;众谤并兴,大小嗟怨,善人隐伏,佞邪当途,则为法混淆,昏于政也。诸如此比,黜而戮之。善于政者,褒而赏之。其有阿枉不能自申,听诣使告状,使者检治。若信清能,众所称美,诬告以求直,反其罪。使者受财,断察不平,听诣公车上诉。其不孝父母,不顺尊长,为吏奸暴,及为盗贼,各具以名上。其容隐者,以所匿之罪罪之。①

根据此诏书及《魏书》中相关材料,可概括出北魏巡省的职责和目的主要包括:1.监察地方官吏执政能力,奖善惩恶;2.收集地方行政信息;3.采集民间政治反馈;4.代理皇帝"问民疾苦",实行安抚。②巡省的官员一方面负责监察地方官吏的行政能力

---

① 《魏书》,中华书局1974年版,第114—115页。
② 关于北魏监察官员之职责、目的、特点和作用,可参看杨钰侠:《北魏大使出巡评议》,《安徽史学》1999年第4期;王大良:《北魏官吏收入与监察机制》,首都师范大学2000年博士学位论文;黄河:《北魏监察制度研究》,吉林大学2010年博士学位论文。

和效果,另一方面负责"观民风俗",从侧面收集民间的政治反馈,以考察官吏政绩。在此过程中,民间歌谣往往以政治反馈的形式进入监察官的视野。有的巡使自觉地继承了先秦"遒人徇路,采取百姓讴谣,以知政教得失"①的职能,注意收集当地民风民情。张彝采诗表中所称孝文帝"犹且虑独见之不明,欲广访于得失,乃命四使,观察风谣",即是出于此目的。因此张彝在出巡时,就多注意主动采集当地的风谣,《魏书·崔挺传》载:"及散骑常侍张彝兼侍中巡行风俗,见挺政化之美,谓挺曰:'彝受使省方,采察谣讼,入境观政,实愧清使之名。'"②他对崔挺政绩的肯定,正是通过在民间"采察谣讼"侧面获得的。

需要一提的是,在太和二十一年(497)与张彝一同出使的人中,还有以文学见长的崔光,据《魏书·崔光列传》载,崔光"为陕西大使,巡方省察,所经述叙古事,因而赋诗三十八篇"③。崔光的文学才能受到孝文帝重视,《魏书·任城王云传》曰:"车驾还洛,引见王公侍臣于清徽堂。……命黄门侍郎崔光、郭祚,通直郎邢峦、崔休等赋诗言志。"④又《魏书·彭城王勰传》载:"后宴侍臣于清徽堂。日晏,移于流化池芳林之下。……遂令黄门侍郎崔光读暮春群臣应诏诗。"⑤与张彝采诗取自民间有所不同,崔光"赋诗三十八篇"属于文人创作。张彝采诗的内容主要是民间歌谣,崔光作诗则是以观采民风为基础的文人诗赋,内容

---

① 《汉书》颜师古注,中华书局 1962 年版,第 1045 页。

② 《魏书》,中华书局 1974 年版,第 1264 页。

③ 《魏书》,中华书局 1974 年版,第 1487 页。

④ 《魏书》,中华书局 1974 年版,第 467—468 页。

⑤ 《魏书》,中华书局 1974 年版,第 572 页。

则是以"述叙古事"为主,两者当有所区别。

在孝文帝之前的巡省使者中,是否有采诗的行为,史书中并没有明确记载。[①]也有学者认为张彝《上采诗表》的呈献,证明了北魏孝文、宣武两朝有采诗制度。[②]然而称其有"采诗行为"则可,言其为"采诗制度"则尚需斟酌。因为北魏虽然在巡省的过程中,官员有采诗的行为,但这种行为并未以制度的形式加以确立和保障。若为制度,应当有固定官员负责诗歌的收集、整理及呈献,并应该有一定的历时性延续。如《汉书·礼乐志》载汉武帝时"乃立乐府,采诗夜诵,有赵、代、秦、楚之讴"[③],可称之为"采诗制度",因为武帝所采之诗有专门的机构即乐府,进行收集整理,也有一定的娱乐性目的,且延续至哀帝近百年时间不中断。又如《孔丛子·巡守篇》称古者天子"命史采民诗谣,以观其风"[④]。刘歆《与扬雄书从取方言》:"诏问三代周秦轩车使者、遒人使者,以岁八月巡路,求代语僮谣歌戏,欲得其最目。"[⑤]扬雄《答刘歆书》:"尝闻先代輶轩之使,奏籍之书,皆藏于周秦之

---

① 葛晓音:"从魏明元帝到魏文成帝……是否采诗,史无明言。但从魏孝文帝遣使观风并兼采诗的情况来看,也不可断定孝文以前必无采诗之事。"(葛晓音:《八代诗史》,中华书局 2007 年版,第 226 页)

② 葛晓音认为:"魏孝文帝的文化政策中,对北朝诗歌影响最大的是他所实行的采诗制度。"(葛晓音:《八代诗史》,中华书局 2007 年版,第 226 页)王淑梅也认为:"《采诗表》可以说明,孝文、宣武时有采诗制度。"(王淑梅:《北朝乐府诗研究》,社会科学文献出版社 2013 年版,第 144 页)

③ 《汉书》,中华书局 1962 年版,第 1045 页。

④ 付亚庶:《孔丛子校释》,中华书局 2011 年版,第 152 页。

⑤ 〔清〕严可均辑:《全上古三代秦汉三国六朝文》(一),上海古籍出版社 2009 年版,第 341 页。

室。"①辎轩之使受天子之命,其目的专为采诗,且所采之诗有固定的机构和人员进行收藏和整理,如此始可称之为制度。

但考察北魏巡使记载,并未见有专门以采诗为目的的出使行为,也没有对所采之诗的去处进行交代。且除张彝一人外,不见其他人有采诗、献诗的行为,可知张彝的采诗行为乃是出于自发,而非制度上的规定。张彝《上采诗表》中提到:"常恐所采之诗永沦丘壑……伏愿昭览,敕付有司,使魏代所采之诗,不埋于丘井。"由此可知,张彝采诗与崔光写作诗赋的性质相同,属于个人行为,采诗只是在巡省制度下的副产品,而非主要目的。从张彝的表文中可以看出,孝文帝此次遣使,是出于"虑独见之不明,欲广访于得失"的政治需求,其"观察风谣"是希望通过对民间歌谣的收集来获得政治反馈,以起到考察地方官员政绩的目的,这与"采诗"入乐府尚有区别。

以《魏书》记载来看,张彝的《上采诗表》并没有得到宣武帝的积极回应,以至其所献之诗最后去向不明。这充分说明北魏朝廷并未将张彝采诗、献诗一事,当作重要事件来处理。再联系当时张彝正受到高肇排挤,已经在家"停废数年",加上"因得偏风,手脚不便",②晚年的张彝大有众叛亲离的趋势,在朝廷中也日渐被边缘化。③其所能作为之事,也仅限于编撰《历帝

---

① 〔清〕严可均辑:《全上古三代秦汉三国六朝文》(一),上海古籍出版社2009年版,第400页。

② 《魏书》,中华书局1974年版,第1429页。

③ 《魏书·张彝传》中称张彝晚年"大起第宅,微号华侈,颇侮其疏宗旧戚,不甚存纪,时有怨憾焉。荣宠之间,未能止足,屡表在秦州预有开援汉中之勋,希加赏报,积年不已,朝廷患之"(中华书局1974年版,第1431—1432页)。

图》,以及整理所采之诗而已。尤其是张彝父子"求铨别选格,排抑武人,不使预在清品"①的行为,激怒武人,使其最终在政治暴乱中惨淡收场。张彝的政治悲剧更是加速了他所献之诗的沦丧。

三、张彝采诗与"梁鼓角横吹曲"的收集和南传

北朝民歌主要保留在"梁鼓角横吹曲"当中,学界对于"横吹曲"诸问题的研究已取得丰富成果,达到一定的高度。②但在"梁鼓角横吹曲"的收集整理研究方面,尤其是如何传入南朝的问题,仍没有达成共识。如果结合张彝的《上采诗表》,以及南北朝时期南北交往的背景,或许能对"梁鼓角横吹曲"的收集、整理以及南传的情况有一些新的认识。

王运熙先生认为"北方乐曲在南朝宋齐时代既已流行,则《乐府诗集》所著录的梁鼓角横吹曲,实际当是刘宋以至萧梁时代乐府前后累积起来的北方乐曲,并非仅是萧梁一代收采而成"③。这种看法是较为客观和稳妥的。《宋书·乐志一》称"又有西、伧、羌、胡诸杂舞"④,说明此时北方乐舞已经开始流行于南方,但是因为一些"哥(歌)词多淫哇不典正"⑤,使得沈约没有

---

① 《魏书》,中华书局 1974 年版,第 1432 页。
② 重要者有孙尚勇:《横吹曲考论》,《中国音乐学》2003 年第 1 期;曾智安:《梁鼓角横吹曲杂考》,吴相洲主编:《乐府学》(第 3 辑),学苑出版社 2008 年版。
③ 王运熙:《乐府诗述论》,上海古籍出版社 2014 年版,第 456 页。
④ 《宋书》,中华书局 1974 年版,第 552 页。
⑤ 《宋书》,中华书局 1974 年版,第 552 页。

收录歌辞。《南齐书·乐志》中也是仅记录了郊庙、朝会歌辞、杂舞曲及散乐，也没有说明北方乐歌的流行情况，更没有歌辞的记录。在《宋书·乐志》和《南齐书·乐志》中，都没有说明北方歌曲的具体流行情况，以及歌曲文本的整理情况。

然则北歌究竟何以收集，又是何时传入南朝的呢？这似乎与张彝采诗不无关系。[①]张彝曾为秦州刺史，秦州治上封城，领郡三，县十三，其中包括陇西大部分地区。据此，"梁鼓角横吹曲"中的西北民风民俗的内容，便有可能进入张彝的视野。《洛阳伽蓝记》中曾引秦民语："快马健儿，不如老妪吹篪"[②]，可知此曲是当时流传较广的歌谣，这一秦州歌谣与"梁鼓角横吹曲"中的《折杨柳歌辞》"健儿须快马，快马须健儿"[③]一篇，在歌词内容上颇相近。诸如此类流传颇广的歌谣，很容易进入张彝采诗的视野。再以"梁鼓角横吹曲"中有《陇头歌辞》三曲为例：

> 陇头流水，流离山下。念吾一身，飘然旷野。
>
> 朝发欣城，暮宿陇头。寒不能语，舌卷入喉。

---

① 最先提出此看法的是吴先宁，其在《北朝文化特质与文学进程》中称："这组作品为什么会以这样集中的形式保存在梁乐府官署中，此问题历来无人涉及。……很可能就是张彝所集的这些诗，通过聘魏的使者带到江南，为南方那些喜欢民歌的宫廷文人所乐见，而为乐府官署所演唱，从而为释智匠所发现而著录。"（吴先宁：《北朝文化特质与文学进程》，东方出版社1997年版，第69页）而"梁鼓角横吹曲"所录之诗中史事，下限在宣武帝时期，因此可以推测张彝与梁鼓角横吹曲之收集整理有密切关系。其推测不无道理，惜其未有展开。

② 〔北魏〕杨衒之著，杨勇校笺：《洛阳伽蓝记校笺》，中华书局2006年版，第179页。

③ 〔宋〕郭茂倩编：《乐府诗集》，中华书局1979年版，第370页。

陇头流水,鸣声幽咽。遥望秦川,心肝断绝。[1]

据汉代辛氏《三秦记》载:"陇坻其坂九回,不知高几里。欲上者七日乃越。高处可容百余家,下处数十万户。上有清水四注。俗歌曰:'陇头流水,鸣声幽咽。遥望秦川,心肝断绝。去长安千里,望秦川如带。'又,关中人上陇者,还望故乡,悲思而歌,则有绝死者。"[2]辛氏《三秦记》所记的"俗歌",在内容上与《陇头歌辞》第三曲几乎一致,说明《陇头歌辞》是后来收集整理者从文献中补录的,而前两曲未知出处。前两曲何时收入"梁鼓角横吹曲"却不得而知[3],这是否与张彝在秦州时期的采诗行为有关,就十分值得怀疑。

《折杨柳歌辞》和《陇头歌辞》都属于通俗歌谣,民间有所传唱,而何以会进入"梁鼓角横吹曲"? 仅仅依靠口头流传似乎不太可能,最大的可能是经过了文人的收集整理。无论从时间上,还是地域上,张彝都有条件和能力对此类民间歌曲进行收集整理。据此可以肯定的是,"梁鼓角横吹曲"中有一部分应属张彝所采之诗。更为稳妥一些的说法是,张彝所采之诗当包含了"梁鼓角横吹曲"中的部分内容,至少两者有重合之处。

那么这类乐歌何以能够传入南朝,当与南北人员的流动

---

① 〔宋〕郭茂倩编:《乐府诗集》,中华书局 1979 年版,第 371 页。

② 刘庆柱辑注:《三秦记辑注·关中记辑注》,三秦出版社 2006 年版,第 83 页。

③ 刘跃进先生即认为此曲为汉代旧曲。(刘跃进:《〈陇头歌〉为汉人所作说》,《文学遗产》2003 年第 3 期)然此曲何以进入"梁鼓角横吹曲"中,是否是张彝在秦州"考访故事"时所补充? 仍可存疑考察。

关系密切。孙楷第先生认为北歌南传必在南向北用兵之时①,但刘宋时期据此已经久远,如果刘宋时期就已经采集了北朝民歌,缘何沈约在《宋书·乐志》中不见记载? 可知刘宋时期流传的只是零散歌谣,尚没有形成"梁鼓角横吹曲"的基本样貌。《宋书·乐志一》记录了十六国北朝音乐人士南下的内容:"晋氏之乱也,乐人悉没戎虏,及胡亡,邺下乐人,颇有来者。……太元中,破苻坚,又获乐工杨蜀等,闲练旧乐,于是四箱金石始备焉。"②在刘宋对北用兵时,获得的仅是乐人及乐工,补充的是雅乐,并没有记录民歌南下的情况。如上文所言,《宋书·乐志》中未收录北方乐歌,也说明此时并未形成"梁鼓角横吹曲"的基本形态,也就不可能单纯通过刘宋时期与北朝的战争将民歌带入南朝。

实际上,有一部分北朝乐府诗歌是通过齐梁时期大量北人南下传入南朝的。北人南下路径很多,既包括聘使、僧侣、商人

① 孙楷第《梁鼓角横吹曲用北歌解》提到:"余谓北歌入南,必在南北用兵南师胜之时。晋太原中破苻坚,此一时也。义熙中刘裕灭南燕、后秦,此又一时也。梁武帝时魏诸元来降,此又一时也。史称永嘉之乱,旧京乐没于刘石,后入关右。及晋破苻坚,获其乐工,于是四厢金石乐始备,清商乐自晋朝播迁,其音亦分散。苻坚灭凉得之。传于前后二秦。及刘裕平关中,因而入南。雅乐清商之为中国乐者,既因南朝胜复入中国;则北歌'横吹曲'之出于魏晋乐及虏中者,亦必因南朝胜入于南,无可疑也。余谓苻秦、姚秦、燕慕容氏诸曲入中国,必在东晋末。梁时所得,盖惟后魏曲。今《乐府诗集》卷二十五所录诸曲,不尽梁时所得,而题梁'鼓角横吹曲'者,盖据《古今乐录》书之。此书作于陈时,陈承梁,用梁乐。固应如是题也。"(孙楷第:《沧州集》,中华书局 2009 年版,第 332 页)
② 《宋书》,中华书局 1974 年版,第 540 页。

往来①,还包括部分北人南降。尤其是在北魏后期与梁朝的交往中,这些北人南降者对北朝乐府诗的南传有着至关重要的作用。北魏末年朝中政治动荡、六镇起义以及尔朱荣河阴之变,造成一部分北方宗室的南奔,如元翼、元昌、元显和、元树、元略、元法僧等。在北魏与梁朝的边界诸多军事冲突中,也有大量州镇将领南投者,如元罗、元愿达、元延明、元斌之等。②南降的北人多受到梁武帝的重视,梁朝不仅为他们提供生活保障,赐予官爵,且常以鼓吹女乐赏赐降将。如《梁书·元法僧传》:"时方事招携,抚悦降附,赐法僧甲第女乐及金帛,前后不可胜数。"③又梁大通三年(529),赐元景仲"女乐一部"④。大通四年,赐元树"加鼓吹一部"⑤。普通中,赐元愿达"甲第女乐"⑥,等等。梁武帝对这些北人赐以女乐,说明南下的宗室和降将大多精通乐理。北魏末年鲜卑贵族汉化倾向明显,从碑铭墓志中也可以看出,很多宗室成员精通音乐。虽然这些北人南降梁朝,但心理上仍以北人自居。如南降的羊侃曾言于梁武帝:"北人虽谓臣为吴,南

---

① 吴先宁看到了张彝作为聘使主客的特殊身份,认为北歌南下主要以聘使往来为主:"很有可能就是张彝所集的这些诗,通过聘魏的使者带到江南,为南方那些喜欢民歌的宫廷文人所乐见,而为乐府官署所演唱,从而为释智匠所发现而著录。"(吴先宁:《北朝文化特质与文学进程》,东方出版社1997年版,第69页)

② 详见王永平:《南奔萧梁之元魏皇族人物及其活动与影响》,《迁洛元魏皇族与士族社会文化史论》,中国社会科学出版社2017年版,第172—180页。

③ 《梁书》,中华书局1973年版,第553页。

④ 《梁书》,中华书局1973年版,第554页。

⑤ 《梁书》,中华书局1973年版,第555页。

⑥ 《梁书》,中华书局1973年版,第555页。

人已呼臣为虏,今与法僧同行,还是群类相逐。"①这些食南朝俸禄的北人,身份尴尬,既不融于南人,又不再是北人,但在心理上和风俗上更认同北人,其在南朝所演奏的乐歌既有南朝本土的,当然也包含大量北朝乐歌。

尤其值得注意的是,《梁书》卷三九《羊侃传》为我们提供了一些线索,结合"梁鼓角横吹曲"中乐府诗歌的内容,或许可以折射出北歌南传的具体形式。据《梁书·羊侃传》,羊侃是东汉南阳太守羊续后人,祖父羊规为宋武帝将领,后陷北方,羊侃遂在北魏为官,官至征东大将军、泰山太守。羊侃父亲一直都有南归之志,常劝其南下,于是在孝明帝武泰元年(528)羊侃举兵南叛,但受到其从兄兖州刺史羊敦的阻挠。北魏方面还派遣了高欢、尔朱阳等人对其围剿,《梁书·羊侃传》载:

> 及高欢、尔朱阳都等相继而至,围侃十余重,伤杀甚众。栅中矢尽,南军不进,乃夜溃围而出,且战且行,一日一夜乃出魏境。至渣口,众尚万余人,马二千匹,将入南,士卒并竟夜悲歌。侃乃谢曰:"卿等怀土,理不能见随,幸适去留,于此别异。"因各拜辞而去。②

在其南下过程中,羊侃受到重重围困,死伤甚重。在离别北方时,士兵们"竟夜悲歌",其所歌当为北歌。"梁鼓角横吹曲"中有一篇《隔谷歌》:"兄在城中弟在外,弓无弦,箭无括。食粮乏

---

① 《梁书》,中华书局1973年版,第558页。
② 《梁书》,中华书局1973年版,第558页。

尽若为活? 救我来! 救我来! "①羊侃受到其从兄羊敦的拒绝,
两人因政治立场不同而反目,似乎正是此情此景的再现。历来
将这首歌解释为对战争的控诉,鲜有从历史角度考察其本事
者。羊侃南下是否为《隔谷歌》的本事,其将士"竟夜悲歌"者
是否就是此曲? 因为文献的缺乏,我们姑且存疑。但这首诗的
意境和情调,与羊侃及将士的经历十分贴切。再如"梁鼓角横
吹曲"中的另一篇《地驱歌乐辞》:

> 青青黄黄,雀石颓唐。槌杀野牛,押杀野羊。驱羊入谷,
> 自羊在前。老女不嫁,蹋地唤天。
> 侧侧力力,念君无极。枕郎左臂,随郎转侧。摩挼郎须,
> 看郎颜色。郎不念女,不可与力。②

历来将此歌一曲视为北朝婚嫁民俗的体现,二曲解释为北朝男
女爱情之作。其中所言之"羊"是否具体代指"羊侃","押杀野
羊"和"驱羊入谷"是否与羊侃南下过程依稀相关? 也颇值得
注意。③如果其中所言之"羊"果然与羊侃有关,那么"侧侧力力,
念君无极。枕郎左臂,随郎转侧。摩挼郎须,看郎颜色。郎不念

① 〔宋〕郭茂倩编:《乐府诗集》,中华书局 1979 年版,第 368 页。
② 〔宋〕郭茂倩编:《乐府诗集》,中华书局 1979 年版,第 366—367 页。
③ 民间谣谚中多以某字或谐音指代某人,如《魏书·临渭氐苻健传》载:"又
　谣曰:'百里望空城,郁郁何青青。瞎人不知法,仰不见天星。'于是悉坏
　诸空城以禳之。'法',是苻法也。"(中华书局 1974 年版,第 2076 页)若
　无注解,很难知道其"瞎人不知法"具体指代何人。将此类谣谚放入"梁
　鼓角横吹曲"中,实亦难辨其本来面目。因此尚不能否定"梁鼓角横吹曲"
　中也有此类隐喻谣谚的收入。

女,不可与力"几句,是否可以看出羊侃在南朝希望得到认可,但却不受重用的两难处境?而这种以男女之情隐喻君臣之义的做法,正是南方文学自屈原以来所形成的传统。陈释智匠的《古今乐录》称此曲"'侧侧力力'以下八句,是今歌有此曲"[1]。说明此曲是后来传入南朝,至少是在宋齐以后传入的。

对于羊侃南下是否就是《隔谷歌》和《地驱歌乐辞》的本事,虽不能确言,然羊侃将北方音乐带入南朝,并进行了南北乐曲上的融合,则是有据可考的。羊侃到了南朝后,曾"自造《采莲》《棹歌》两曲,甚有新致"[2]。梁朝上层也曾"敕赉歌人王娥儿,东宫亦赉歌者屈偶之,并妙尽奇曲,一时无对"[3]。这说明羊侃本人具备自造新曲的能力,其曲目从名称上看,是以南朝原有民间音乐为基调的;但其"妙尽奇曲,一时无对",又说明羊侃当是加以改造,结合了北方一些曲调进行融合创新,形成了全新的音乐风格。此外,羊侃身边还有许多才艺奇人:"有弹筝人陆太喜,著鹿角爪长七寸。舞人张净琬,腰围一尺六寸,时人咸推能掌中舞。又有孙荆玉,能反腰帖地,衔得席上玉簪。"[4]这些"奇曲"和"奇人"在南朝人看来,既新奇又钦羡。羊侃在音乐方面的造诣和交流,使北朝乐歌开始受到梁朝上层的关注,也使北朝乐歌成为梁朝普遍接受的内容。以羊侃为代表的北朝流亡士人,在南朝营造了浓厚的北方音乐氛围,形成了"梁鼓角横吹曲"盛行南

---

① 〔宋〕郭茂倩编:《乐府诗集》,中华书局 1979 年版,第 366 页。
② 《梁书》,中华书局 1973 年版,第 561 页。
③ 《梁书》,中华书局 1973 年版,第 561 页。
④ 《梁书》,中华书局 1973 年版,第 561 页。

朝的土壤。

　　概而言之，"梁鼓角横吹曲"中的北朝乐府诗当有几个来源系统：其一，是民间广泛流传者，如《洛阳伽蓝记》和《三秦记》之类典籍中所记载的歌谣。其二，是张彝采诗时所收集整理的，虽然其所采之诗不知去向，其是否得以流传至南朝亦不得考，但张彝作为聘使主客郎的身份，以及他与南朝人的密切往来，为北歌的南传提供了可能。其三，是以羊侃为代表的北朝降人带入南朝者。随着南北朝交往的密切，聘使、僧侣、商人、降人等皆成为文献传播的载体，使北歌南传研究呈现多渠道的考察路径。本节所提出的问题尚需进一步考索，但不乏为"梁鼓角横吹曲"的研究提供一种新的思考方向。

参考文献

一、古籍资料:

[1]阮元.十三经注疏:清嘉庆刊本[M].北京:中华书局,2009.

[2]二十四史[M].北京:中华书局,1959-1977.

[3]常璩.华阳国志[M].济南:齐鲁书社,2010.

[4]刘义庆.世说新语笺疏[M].刘孝标,注.余嘉锡,笺疏.2版.北京:中华书局,2007.

[5]徐震堮.世说新语校笺[M].北京:中华书局,1984.

[6]慧皎.高僧传[M].汤用彤,校注.汤一玄,整理.北京:中华书局,1992.

[7]释僧祐.弘明集校笺[M].李小荣,校笺.上海:上海古籍出版社,2013.

[8]萧统.文选[M].李善,注.上海:上海古籍出版社,1986.

[9]徐陵.玉台新咏[M].吴兆宜,注.程琰,删补.穆克宏,点校.北京:中华书局,1985.

[10]杨衒之.洛阳伽蓝记校笺[M].杨勇,校笺.北京:中华书局,2006.

[11]颜之推.颜氏家训集解:增补本[M].北京:中华书局,1993.

[12]庾信.庾子山集注[M].倪璠,注.许逸民,校点.北京:中华书局,1980.

[13]阳玠.八代谈薮校笺[M].黄大宏,校笺.北京:中华书局,2010.

[14]张鷟,刘悚.朝野佥载 隋唐嘉话[M].袁宪,校注.西安:三秦出版社,2004.

[15]段成式.酉阳杂俎[M].方南生,点校.北京:中华书局,1981.

[16]许嵩.建康实录[M].张忱石,点校.北京:中华书局,1986.

[17]杜佑.通典[M].王文锦,等,点校.北京:中华书局,1988.

[18]欧阳询.艺文类聚[M].汪绍楹,校.上海:上海古籍出版社,1982.

[19]司马光.资治通鉴[M].胡三省,音注."标点资治通鉴小组",校点.北京:古籍出版社,1956.

[20]郭茂倩.乐府诗集[M].北京:中华书局,1979.

[21]马端临.文献通考[M].北京:北京图书馆出版社,2005.

[22]郑樵.通志二十略[M].王树民,点校.北京:中华书

局,1995.

[23]李昉,等.太平御览[M].北京:中华书局,1960.

[24]张溥.汉魏六朝百三家集题辞注[M].殷孟伦,注.北京:中华书局,2007.

[25]陈祚明.采菽堂古诗选[M].李金松,点校.上海:上海古籍出版社,2008.

[26]王夫之.读通鉴论[M].北京:中华书局,1975.

[27]赵翼.廿二史札记校证[M].王树民,校证.北京:中华书局,2013.

[28]钱大昕.廿二史考异[M].方诗铭,周殿杰,校点.上海:上海古籍出版社,2004.

[29]严可均.全上古三代秦汉三国六朝文[M].上海:上海古籍出版社,2009.

[30]吴淇.六朝选诗定论[M].汪俊,黄进德,点校.扬州:广陵书社,2009.

[31]沈德潜.古诗源[M].北京:中华书局,1963.

[32]李慈铭.越缦堂读书记[M].上海:上海书店出版社,2000.

[33]何文焕.历代诗话[M].北京:中华书局,1981.

[34]丁福保.历代诗话续编[M].北京:中华书局,1983.

[35]纪昀等撰.钦定四库全书总目:整理本[M].四库全书研究所,整理.北京:中华书局,1997.

[36]朱铭盘.南朝宋会要[M].上海:上海古籍出版社,1984.

［37］朱铭盘.南朝齐会要［M］.上海：上海古籍出版社，1984.

［38］朱铭盘.南朝梁会要［M］.上海：上海古籍出版社，1984.

［39］朱铭盘.南朝陈会要［M］.上海：上海古籍出版社，1986.

［40］郑春颖.文中子中说译注［M］.哈尔滨：黑龙江人民出版社，2003.

［41］逯钦立.先秦汉魏晋南北朝诗［M］.北京：中华书局，1983.

［42］赵万里.汉魏南北朝墓志集释［M］//石刻史料新编：第三辑第三册.台北：新文丰出版公司，1982.

［43］赵超.汉魏南北朝墓志汇编［M］.天津：天津古籍出版社，2008.

［44］罗新，叶炜.新出魏晋南北朝墓志疏证［M］.北京：中华书局，2005.

［45］遍照金刚.文镜秘府论［M］.周维德，校考.北京：人民文学出版社，1975.

二、文学类著作：

［1］曹胜高.从汉风到唐音：中古文学演进论稿［M］.北京：中国社会科学出版社，2007.

［2］曹胜高.中国文学的代际［M］.北京：商务印书馆，2013.

[3]曹道衡,刘跃进.南北朝文学编年史[M].北京:人民文学出版社,2000.

[4]曹道衡,沈玉成.南北朝文学史[M].北京:人民文学出版社,1991.

[5]曹道衡,沈玉成.中古文学史料丛考[M].北京:中华书局,2003.

[6]曹道衡.兰陵萧氏与南朝文学[M].北京:中华书局,2004.

[7]曹道衡.南朝文学与北朝文学研究[M].北京:商务印书馆,2017.

[8]曹道衡.中古文史丛稿[M].保定:河北大学出版社,2003.

[9]曹道衡.中古文学史论文集[M].北京:中华书局,1986.

[10]程章灿.魏晋南北朝赋史[M].南京:江苏古籍出版社,2001.

[11]杜晓勤.初盛唐诗歌的文化阐释[M].北京:东方出版社,1997.

[12]杜晓勤.齐梁诗歌向盛唐诗歌的嬗变[M].北京:北京大学出版社,2009.

[13]葛晓音.八代诗史[M].北京:中华书局,2007.

[14]葛晓音.汉唐文学的嬗变[M].北京:北京大学出版社,1990.

[15]葛晓音.诗国高潮与盛唐文化[M].北京:北京大学

出版社,1998.

[16]郭绍虞.中国文学批评史[M].2版.天津:百花文艺出版社,2008.

[17]高人雄.北朝民族文学叙论[M].北京:中华书局,2011.

[18]胡大雷.中古文人抒情方式的演进[M].北京:中华书局,2003.

[19]胡大雷.中古文学集团[M].桂林:广西师范大学出版社,1996.

[20]胡国瑞.魏晋南北朝文学史[M].上海:上海文艺出版社,1980.

[21]蒋述卓.佛经转译与中古文学思潮[M].南昌:江西人民出版社,1990.

[22]刘怀荣,宋亚莉.魏晋南北朝乐府制度与歌诗研究[M].北京:商务印书馆,2010.

[23]刘汝霖.东晋南北朝学术编年[M].上海:华东师范大学出版社,2010.

[24]刘汝霖.汉晋学术编年[M].上海:华东师范大学出版社,2010.

[25]刘文忠.中古文学与文论研究[M].北京:学苑出版社,2000.

[26]刘跃进,范子烨.六朝作家年谱辑要[M].哈尔滨:黑龙江教育出版社,1999.

[27]刘跃进.门阀士族与永明文学[M].北京:生活·读书·

新知三联出版社,1996.

[28]刘跃进.中古文学文献学[M].南京:江苏古籍出版社,1997.

[29]陆侃如.中古文学系年[M].北京:人民文学出版社,1985.

[30]罗根泽.乐府文学史[M].北京:东方出版社,2012.

[31]罗宗强.隋唐五代文学思想史[M].北京:中华书局,2003.

[32]罗宗强.魏晋南北朝文学思想史[M].北京:中华书局,1996.

[33]罗宗强.玄学与魏晋士人心态[M].天津:天津教育出版社,2005.

[34]马海英.陈代诗歌研究[M].上海:学林出版社,2004.

[35]穆克宏,郭丹.魏晋南北朝文论全编:修订本[M].2版.南京:江苏教育出版社,2004.

[36]穆克宏.魏晋南北朝文学史料述略:修订本[M].2版.北京:中华书局,2007.

[37]钱志熙.唐前生命观和文学生命主题[M].北京:东方出版社,1997.

[38]钱志熙.魏晋诗歌艺术原论[M].2版.北京:北京大学出版社,2005.

[39]钱锺书.管锥编:1-4册[M].2版.北京:生活·读书·新知三联书店,2007.

［40］任文京.唐代边塞诗的文化阐释［M］.北京：人民出版社,2005.

［41］任文京.中国古代边塞诗史：先秦—唐［M］.北京：人民出版社,2010.

［42］孙尚勇.乐府文学文献研究［M］.北京：人民文学出版社,2007.

［43］田晓菲.烽火与流星：萧梁王朝的文学与文化［M］.北京：中华书局,2010.

［44］王瑶.中古文学史论［M］.北京：北京大学出版社,1998.

［45］王易.乐府通论［M］.孙尚勇,整理.北京：文化艺术出版社,2018.

［46］王允亮.南北朝文学交流研究［M］.上海：上海古籍出版社,2010.

［47］王运熙.乐府诗述论［M］.上海：上海古籍出版社,2014.

［48］王运熙.中古文论要义十讲［M］.上海：复旦大学出版社,2004.

［49］吴大顺.魏晋南北朝乐府歌辞研究［M］.上海：上海古籍出版社,2009.

［50］吴先宁.北朝文化特质与文学进程［M］.北京：东方出版社,1997.

［51］吴云.20世纪中国文学研究·魏晋南北朝文学研究［M］.北京：北京出版社,2001.

[52]萧涤非.汉魏六朝乐府文学史[M].北京:人民文学出版社,1998.

[53]徐宝余.庾信研究[M].上海:学林出版社,2003.

[54]徐公持.魏晋文学史[M].北京:人民文学出版社,1999.

[55]阎采平.齐梁诗歌研究[M].北京:北京大学出版社,1994.

[56]杨金梅.隋代诗歌研究[M].北京:社会科学文献出版社,2011.

[57]杨荫浏.中国古代音乐史稿[M].北京:人民音乐出版社,1981.

[58]余冠英.汉魏六朝诗选[M].2版.北京:人民文学出版社,1978.

[59]袁行霈.中国诗歌艺术研究:增订本[M].北京:北京大学出版社,1996.

[60]袁行霈.中国文学史[M].3版.北京:高等教育出版社,2014.

[61]张采民.心远集:中古文学考论[M].北京:中华书局,2007.

[62]张可礼.东晋文艺综合研究[M].2版.济南:山东大学出版社,2009.

[63]钟优民.钟优民文集[M].长春:吉林人民出版社,2009.

[64]周建江.北朝文学史[M].北京:中国社会科学出版

社,1997.

[65]周建江.南北朝隋诗文纪事[M].郑州:中州古籍出版社,2001.

[66]周建江.太和十五年:北魏政治变革研究[M].广州:广东人民出版社,2001.

[67]朱谦之.中国音乐文学史[M].上海:上海人民出版社,2006.

[68]宇文所安.初唐诗[M].北京:生活·读书·新知三联出版社,2004.

三、历史文化类著作:

[1]曹胜高.国学通论[M].2版.北京:北京大学出版社,2017.

[2]曹文柱.魏晋南北朝史论合集[M].北京:商务印书馆,2008.

[3]陈金凤.魏晋南北朝中间地带研究[M].天津:天津古籍出版社,2005.

[4]陈明.儒学的历史文化功能:以中古士族现象为个案[M].北京:中国社会科学出版社,2005.

[5]陈戍国.中国礼制史(魏晋南北朝卷)[M].2版.长沙:湖南教育出版社,2002.

[6]陈爽.世家大族与北朝政治[M].北京:中国社会科学出版社,1998.

[7]陈寅恪.金明馆丛稿初编[M].上海:上海古籍出版社,

1980.

[8]陈寅恪.金明馆丛稿二编[M].上海:上海古籍出版社,
1980.

[9]陈寅恪.隋唐制度渊源略论稿:外二种[M].石家庄:
河北教育出版社,2002.

[10]何德章.魏晋南北朝史丛稿[M].北京:商务印书馆,
2010.

[11]侯旭东.北朝村民的生活世界:朝廷、州县与村里[M].
北京:商务印书馆,2005.

[12]焦桂美.南北朝经学史[M].上海:上海古籍出版社,
2009.

[13]雷依群.北周史稿[M].西安:陕西人民教育出版社,
1999.

[14]黎虎.汉唐外交制度史[M].兰州:兰州大学出版社,
1998.

[15]李凭.北魏平城时代[M].北京:社会科学文献出版
社,2000.

[16]李万生.侯景之乱与北朝政局[M].北京:中国社会
科学出版社,2003.

[17]李文才.魏晋南北朝隋唐政治与文化论稿[M].北京:
世界知识出版社,2006.

[18]李则芬.两晋南北朝历史论文集[M].台北:台湾商
务印书馆.1987.

[19]梁满仓.魏晋南北朝五礼制度研究[M].北京:社会

科学文献出版社,2009.

[20]林幹.中国古代北方民族通论[M].北京:人民出版社,2010.

[21]逯耀东.从平城到洛阳:拓跋魏文化转变的历程[M].北京:中华书局,2006.

[22]吕思勉.两晋南北朝史[M].上海:上海古籍出版社,2005.

[23]吕思勉.吕思勉读史札记:增订本[M].上海:上海古籍出版社,2005.

[24]吕一飞.胡族习俗与隋唐风韵:魏晋北朝北方少数民族社会风俗及其对隋唐的影响[M].北京:书目文献出版社,1994.

[25]马长寿.碑铭所见前秦至隋初的关中部族[M].桂林:广西师范大学出版社,2006.

[26]毛汉光.中国中古社会史论[M].上海:上海书店出版社,2002.

[27]毛汉光.中国中古政治史论[M].上海:上海书店出版社,2002.

[28]缪钺.读史存稿[M].北京:生活·读书·新知三联出版社,1963.

[29]牟润孙.注史斋丛稿[M].北京:中华书局,1987.

[30]钱穆.国史大纲[M].北京:商务印书馆,2017.

[31]钱穆.中国学术思想史论丛:卷三[M].合肥:安徽教育出版社,2004.

[32]饶宗颐.中国史学上之正统论[M].上海：上海远东出版社,1996.

[33]汤用彤.汉魏两晋南北朝佛教史[M].武汉：武汉大学出版社,2008.

[34]汤用彤.魏晋玄学论稿[M].上海：上海古籍出版社,2001.

[35]唐长孺.唐长孺社会文化史论丛[M].武汉：武汉大学出版社,2001.

[36]唐长孺.魏晋南北朝史论丛[M].北京：中华书局,2009.

[37]唐长孺.魏晋南北朝史论丛续编[M].北京：生活·读书·新知三联出版社,1959.

[38]唐长孺.魏晋南北朝隋唐史三论[M].北京：中华书局,2011.

[39]田余庆.东晋门阀政治[M].北京：北京大学出版社,2009.

[40]田余庆.拓跋史探[M].北京：生活·读书·新知三联出版社,2003.

[41]万绳楠.魏晋南北朝文化史[M].合肥：黄山书社,1989.

[42]万绳楠.陈寅恪魏晋南北朝史讲演录[M].贵阳：贵州人民出版社,2007.

[43]王永平.东晋南朝家族文化史论丛[M].扬州：广陵书社,2010.

［44］王永平.中古士人迁徙与文化交流［M］.北京：社会科学文献出版社,2005.

［45］王仲荦.魏晋南北朝史［M］.上海：上海人民出版社,2003.

［46］熊德基.六朝史考实［M］.北京：中华书局,2000.

［47］严耀中.魏晋南北朝史考论［M］.上海：上海人民出版社,2010.

［48］阎步克.察举制度变迁史稿［M］.北京：中国人民大学出版社,2009.

［49］阎步克.品位与职位——秦汉魏晋南北朝官阶制度研究［M］.北京：中华书局,2002.

［50］殷宪主编.北朝史研究：中国魏晋南北朝史国际学术研讨会论文集［C］.北京：商务印书馆,2004.

［51］张庆捷.民族汇聚与文明互动：北朝社会的考古学观察［M］.北京：商务印书馆,2010.

［52］中国魏晋南北朝史学会,大同平城北朝研究会.北朝研究：第六辑［M］.北京：科学出版社,2008.

［53］中国魏晋南北朝史学会,武汉大学中国三至九世纪研究所.魏晋南北朝史研究：回顾与探索——中国魏晋南北朝史学会第九届年会论文集［C］.武汉：湖北教育出版社,2009.

［54］周一良.魏晋南北朝史论集［M］.北京：北京大学出版社,2010.

［55］周一良.魏晋南北朝史札记［M］.北京：中华书局,1985.

[56]朱大渭.六朝史论[M].北京：中华书局,1998.

[57]苏小华.北镇势力与北朝政治文化[M].北京：中国社会科学出版社,2012.

[58]谷川道雄.隋唐帝国形成史论[M].李济沧,译.上海：上海古籍出版社,2004.

[59]谷川道雄.中国中世社会与共同体：增订本[M].马彪,译.上海：上海古籍出版社,2013.

[60]谷川道雄.魏晋南北朝隋唐史学的基本问题[M].李凭,等,译.北京：中华书局,2010.

[61]川胜义雄.六朝贵族制社会研究[M].李济沧,徐谷芃,译.上海：上海古籍出版社,2007.

[62]兴膳宏.六朝文学论稿[M].彭恩华,译.长沙：岳麓书社,1986.

[63]吉川忠夫.六朝精神史研究[M].王启发,译.南京：江苏人民出版社,2012.

后　记

　　本书是我对北朝文学研究的第二部专著，也是在博士论文基础上的延伸研究。自工作以来，我一直在北朝文学中思考探索，虽然间及东汉太学与汉魏文化，但主要在北朝中耕耘。2017 年我以"北朝民族融合与文学互动"为题申报了教育部青年项目，这本书就是教育部项目的结项成果。但由于承担行政工作，时间上总嫌不够充裕，对于一些问题的思考也不够深入，最终形成这本不成熟的小书。其中几篇文章发表在不同期刊，或在会议中宣读，获得诸多师友的指点和鼓励，这让我有了持续研究的动力。2023 年我获批了国家社科基金资助，有了新的研究计划和思路，正可以对之前研究中的不足加以弥补和完善。

　　在本书成书过程中，帮助最大的是我的导师曹胜高教授。自 2007 年跟随先生读书，已逾十六载，虽为师生，却已亲似家人，先生对我的关爱之情没齿难忘，今后只有不断努力去回报先生。付林鹏、张甲子、耿战超、张劲锋、侯少博、陶国立、岳洋峰、刘晓、赵金平、周志颖等同门，在师门交流中对书稿的部分文章也提出了修改意见。师门同学们毕业后虽然天南海北，但彼此念念不忘，日日牵挂，感情日益深厚。广陵书社的编辑王丹女士是我的师妹，在读书期间我们切磋琢磨、相互鼓励，工作后不时相见，情谊悠长。王丹的工作细致认真，一丝不苟，校对稿中满满的批注令我汗颜。如果没有王丹的敦促和帮助，以我拖延之性情，本书将不知何时得以问世。

河南大学王宏林教授、西北师范大学马世年教授、郑州大学王允亮教授、河南师范大学陈鹏教授为书稿提出了具体的修改建议；杭州师范大学张树国教授为我进一步的研究提供了思路和指导；河南大学郑学、冯珊珊伉俪也为本书的成书提供了帮助。此外，洛阳师范学院文学院王建国院长对我青睐有加，不仅在工作中提携我，更在学术上鼓励我、引导我，是真正的良师益友。科研处刘恒处长、王磊老师、赵雨皓老师，在本书撰写中也不时敦促，帮助良多，对此感激不尽。我的研究生陈昕雨、宋丹、陈忆雯为本书核对了引文，在此一并致谢。

2023 年 10 月 19 日于洛阳